Un bon musulman

Tahmima Anam

Un bon musulman

Traduit de l'anglais (Bangladesh)
par Sophie Bastide-Foltz

A vue d'œil

Titre original : The Good Muslim

Éditeur original :
Canongate Books Ltd, Edimbourg

ISBN : 978-2-84666-733-3
www.avuedoeil.fr

À vue d'œil
27 Avenue de la Constellation
B.P. 78264 CERGY
95801 CERGY-PONTOISE CEDEX

pour Roland Lamb

PROLOGUE

1971

Décembre

Huit jours après la fin de la guerre, Sohail Haque est planté au beau milieu d'un champ de moutarde fanée. Les pétales de la fleur de moutarde, séchés au point de tomber en poussière, lui chatouillent les narines et lui rappellent le fumet de la viande, à laquelle il n'a pas goûté depuis des mois. Craquements d'herbes qui gémissent sous ses pas ; au-dessus de sa tête, l'œil d'un soleil d'hiver sous sa paupière lourde. Il y a des jours qu'il marche vers le sud, qu'il suit le ruban gris de la route menant à la ville. D'un village à l'autre, tous abandonnés, il s'est nourri de feuilles de bananier, désaltéré dans des mares, embrassant la surface de l'eau et filtrant la mousse entre ses dents. Le troisième jour, un paysan lui a dit que la guerre était finie.

Maintenant, sur le chemin du retour, il s'essaie à prononcer le nom du pays, *Bangladesh.*

Au loin, il aperçoit une tache dans la plaine.

Une caserne. Il en fait le tour, la main moite serrée sur la crosse de son fusil. Pas un bruit, aucun mouvement. Il s'approche, marchant baissé, le corps rompu aux attitudes martiales, prêt à bondir, jetant des regards furtifs aux limites de son champ de vision, prêt à tirer, le doigt sur la détente. Mais le bâtiment est abandonné.

L'armée en retraite a laissé des traces. Les meubles sentent le tabac, les uniformes pendent encore aux cordes à linge. Il trouve leurs assiettes bien empilées dans un coin, et leurs chaussures, tournées à l'opposé de La Mecque. Des tapis de prière. Il les renifle : un mélange de savon, de craie et de cirage.

Sur le mur de la salle de bains, quelqu'un a écrit *Punjab meri Ma.* « Punjab, ma mère. » Comme ces soldats ont dû haïr le Bengale, se dit-il, haïr ce qu'ils devaient endurer, les pieds qui s'enfonçaient dans la boue, l'air qui se refermait sur eux comme la main d'un criminel, les moustiques, les pluies battantes ininterrompues, la nourriture qui leur donnait la chiasse et les laissait sans forces, déshydratés.

Sohail se demande à présent s'il aurait dû garder un peu de pitié pour ces hommes. Il sent le Sohail d'avant, le géographe pas encore endurci par la guérilla, remuer au fond de lui. C'est dans cette humeur clémente qu'il décide de s'étendre sur une des couchettes avec une cigarette à moitié consumée. C'est cet homme au cœur tendre qui le pousse à explorer la pièce derrière le magasin de munitions. Qui fait coulisser la lourde porte métallique, cherche à tâtons l'interrupteur. Et c'est à cet homme-là que s'offre une vision qui continuera de lui glacer les sangs pour le restant de sa vie.

LIVRE UN

Ce qui est dans les Cieux et sur la Terre[1]

1 Le Coran, LVII, 1. Toutes les citations du Coran sont tirées de la traduction de Denise Masson, La Pléiade, Gallimard, 1967. *(Toutes les notes sont de la traductrice.)*

1984

Février

Rentrer à la maison n'aurait pas été possible si Silvi n'était pas morte. C'est à cela que songeait Maya lorsqu'elle s'installa sur la banquette en bois du wagon de troisième classe, posant en équilibre sur ses genoux l'ensemble de ses possessions temporelles : un petit sac à dos contenant deux saris, une tunique, une paire de tennis, une sacoche de médecin avec un stéthoscope et, pour sa mère, un jeune manguier. L'arbre n'avait pas été facile à emballer ; il était plus lourd qu'il n'y paraissait et faisait une drôle de bosse à l'endroit où la motte de terre protégeait les racines. « Cet arbre ne vivra pas, avait dit le paysan qui le lui avait vendu ; c'est un arbre de Rajshahi, il doit rester à Rajshahi. »

Une vieille femme portant une gamelle se glissa à côté d'elle. Elle dévisagea Maya un instant, puis serra sa gamelle entre ses genoux, sortit un chapelet et commença à marmonner le *Kalma* à voix basse.

La Ilaha Illallah, Muhammad ur Rasul Allah.

Bien sûr qu'il survivrait. Il y avait un carré vide à l'extrémité du jardin, côté ouest, et si quelqu'un était capable d'obtenir des mangues de cet arbre, c'était bien *Ammoo*. Mais sept longues années avaient passé – il vint à l'esprit de Maya que ce carré n'était peut-être plus vide.

Un groupe de jeunes gens entra dans le compartiment. Ils se mirent aussitôt à fumer, faisant circuler un paquet de cigarettes Star et une boîte d'allumettes. Résistant à l'envie de les réprimander, elle pressa son visage contre les barres horizontales de la fenêtre ouverte, embrassant du regard les voies jonchées de détritus, le quai de la gare où des garçons vendaient des cacahouètes et des boissons fraîches, et, au-delà, les taches vertes des bosquets de manguiers répartis en divers endroits. Tout cela allait lui manquer. La maison de deux pièces qu'elle avait louée était vide, son sol de ciment brut balayé et lavé. Et la véranda où elle avait reçu ses patients avait été débarrassée également, la table d'examen, le petit guéridon où elle posait son matériel, le fauteuil en bois qu'elle habillait de sa veste blanche à la fin de sa journée, stylo en poche, bille rentrée.

Cela avait commencé par quelques poignées de boue. Elle s'était dit que le vent avait dû projeter une noix de coco ou bien un morceau de bois contre les murs de la maison. Trois jours durant, elle ignora ce bruit.

Au cours de la quatrième nuit, un rire. Caractéristique, s'échappant des doigts de quelqu'un mettant sa main devant la bouche. Un rire de jeune homme, nerveux, efféminé.

Elle se précipita dehors et scruta l'obscurité, mais sans parvenir à voir quoi que ce fût. Il n'y a rien de plus sombre qu'une nuit sans lune à Rajshahi.

Cela s'était terminé, des mois plus tard, par le reflet d'une lame. Elle se le rappelait, un mouvement léger comme un coup de langue de chat, le brillant de la lame et l'éclair de blanc qui lui avait attiré l'œil, le bas d'une longue robe flottant juste au-dessus des chevilles d'un homme en train de se glisser hors de la pièce et de disparaître. Sa main se porta à sa gorge, à la cicatrice, toujours là, noire, violente, mais il ne la lui avait pas tranchée, juste entaillée pour lui signifier que l'affaire n'était pas réglée et qu'il pouvait réapparaître à tout moment pour finir le boulot.

Oui, ça allait lui manquer. Nazia, la maison, les manguiers et le chemin autour de l'étang. Mais le coup de langue de chat de ce couteau et la blessure au cou signifiaient qu'elle pourrait bien ne jamais revenir.

Juste avant que le train ne se mette en branle, un couple avec deux jeunes enfants vint s'installer sur la banquette opposée. La mère tenait l'un d'eux sur ses genoux, cependant que l'autre, une petite fille plus âgée, se glissa entre ses parents. La mère sourit timidement ; Maya devina que c'était son premier voyage en train – un bijou de nez étincelant, une paire de fins bracelets d'or aux poignets, toute sa fortune.

La mort de la femme de son frère n'avait franchement rien d'une tragédie. La perspective de se retrouver devant Silvi – avec son côté moralisateur, le visage enveloppé par la burqa qu'elle n'avait pas quittée depuis la guerre – avait largement contribué à éloigner Maya. Bien sûr, il y avait aussi son frère Sohail. Et *Ammoo*, qui l'avait abandonnée à sa rage. À la rage et à l'odeur forte, pénétrante des livres qui brûlent, odeur qui ne l'avait jamais quittée, pas pendant les sept années où elle avait refusé de rentrer. Le train traversa Rajshahi puis Natore et son paysage, toujours aussi plat et sec, l'odeur des champs de riz se mêlant à celle des plants de moutarde jaune brillant et des galettes de bouse en train de brûler.

La vieille femme ouvrit sa gamelle, libérant des arômes de purée de lentilles et de chou-fleur frit. En face, la famille en fit autant, déballant du pain et du *bhaji*[1]. Maya eut une petite faim ; elle avait négligé de préparer quelque chose pour le voyage. La mère était en train de rompre le pain en petits morceaux et de les mettre dans la bouche de son bébé. Elle donna le reste de la nourriture à son mari, évitant son regard alors qu'il prenait le paquet enveloppé dans un journal.

L'aînée refusa de manger, tirant sa mère par le coude et secouant la tête. Maya fouilla dans son sac, en sortit deux bonbons au tamarin. Elle en offrit un à la fillette qui se leva, grimpa sur ses genoux et prit le bonbon dans la main tendue. La mère protesta, mais Maya l'en dissuada d'un geste. « Laissez », dit-elle. La gamine replia les genoux contre sa poitrine et finit par s'endormir.

---

1 Plat de légumes.

Maya dut dormir elle aussi, car quand elle ouvrit les yeux la fillette pesait lourd dans ses bras et le train s'apprêtait à entrer en gare de Bahadurabad Ghat. Elle sentit une petite tape sur l'épaule. La vieille femme lui désignait sa gamelle où restaient une demi-tranche de pain et un soupçon de riz au lait.

« Mange, dit-elle, pinçant la joue de Maya, tu es trop maigre. Qui va vouloir t'épouser ? »

À Bahadurabad, Maya embarqua sur le ferry. On était en début d'après-midi, le soleil dansait sur toute l'étendue du fleuve. Elle agita son billet à l'intention du passeur et se fraya un chemin vers le pont où elle était la seule femme à avoir choisi de s'asseoir dans la lumière éblouissante du soleil. Le Padma clapotait contre le ferry, doucement, dissimulant la force de son courant. Elle attaqua un paquet de biscuits, essayant de se rappeler si c'était le même bateau qui l'avait amenée à Rajshahi. Il avait un drôle de nom. Elle héla un jeune garçon en uniforme et l'interrogea : « Quel est le nom de ce bateau ?

– *Le Padma.* »

C'en était sûrement un autre. Ce voyage lui semblait remonter à une éternité, quand elle était partie de chez elle. Elle s'était tournée vers sa vieille amie Sultana. Ensemble, elles avaient travaillé comme volontaires dans les camps de réfugiés pendant la guerre, Sultana scandalisant tout le monde en conduisant elle-même le camion d'approvisionnement. Maya devait toujours se rappeler ce que Sultana lui avait dit au cours de ce long été qui avait précédé l'indépendance : qu'elle rêvait de retourner chez elle après la guerre, pas en ville, mais au village de son père. « Je veux sentir la terre me coller aux pieds », avait-elle dit. Après l'autodafé, lorsque Maya avait décidé qu'elle n'avait plus rien à faire là, elle lui avait téléphoné pour lui demander si elle pouvait l'héberger. Sultana annonça à Maya qu'elle venait d'épouser un garçon qu'elle connaissait depuis l'enfance, un médecin. Ils travaillaient ensemble dans un dispensaire de Tangail ; Maya pouvait venir ; elle ne serait pas de trop pour les aider.

Elle y était restée trois mois, mais Tangail était trop proche de Dacca. Chaque jour, Maya regardait passer les bus qui faisaient la navette avec la capitale, se mettant au défi de sauter dans l'un d'eux pour rentrer chez elle. Sultana et son mari étaient jeunes mariés. Maya les avait surpris en train de s'embrasser dans la cuisine, à bouche que veux-tu, les mains de l'homme dans les cheveux de son amie.

Elle repartit, erra un peu partout dans le pays, en train, en ferry, en rickshaw pour finalement aboutir à l'hôpital universitaire de Rajshahi. Elle se porta à nouveau volontaire, puis s'inscrivit pour terminer son internat. Après deux années dans cet hôpital, Maya fut autorisée à ouvrir son propre dispensaire. C'est Nazia qui lui en avait donné l'idée, Nazia qui avait dû se rendre en ville sur le plateau d'un rickshaw à moteur, son bébé à venir coincé en position de siège. Les femmes ne pouvaient décemment pas faire toute cette route pour venir accoucher en ville, s'était dit Maya. Trop de bébés mouraient.

À un moment donné, elle avait décidé de devenir médecin au lieu de chirurgien. Elle avait vu la réaction sur le visage des patientes lorsqu'elle entrait dans le cabinet médical, comme elles se détendaient sur la table d'examen. À l'époque, Maya se dit que c'était du pragmatisme. N'importe qui pouvait devenir chirurgien, mais un médecin pour les femmes, un médecin qui pouvait les accoucher et les recoudre après, et aussi leur apprendre le contrôle des naissances – voilà ce dont elles avaient besoin. Elle n'avait pas pensé à la dette qu'elle remboursait, que chacun des bébés qu'elle mettait au monde pourrait un jour être comptabilisé par rapport à ceux qui étaient morts par sa faute après la guerre.

Il n'y avait jamais eu de dispensaire au village. À tous, Nazia parla de la manière dont Maya l'avait sauvée ainsi que son bébé d'une mort certaine, dont elle avait donné des ordres aux infirmières de l'hôpital, de son savoir-faire quand elle lui avait enfoncé l'aiguille dans le bras. Cette année-là, avant la mousson, Maya apprit à tout le monde dans le village à pratiquer une réhydratation saline par la bouche : une poignée de mélasse, une pincée de sel, une cruche d'eau bouillie. Et la saison se déroula sans qu'il y ait mort d'enfant. L'année suivante, lorsqu'elle demanda, et obtint, la construction d'un puits à la région, elle crut avoir gagné le cœur des villageois.

Nazia et Massoud eurent un autre enfant. Ils l'appelèrent Maya.

Il faisait nuit lorsque le ferry toucha le quai de Jaggannathganj. Maya jeta un coup d'œil à sa montre, se demandant s'il n'était pas trop tard pour attraper le dernier train. L'arbre pesait lourd dans ses bras et les branches lui piquaient l'épaule. Elle décida de tenter sa chance ; trouver un hôtel ici ne serait pas une mince affaire, d'autant qu'on lui poserait des questions, pourquoi elle voyageait seule, pourquoi il n'y avait pas un homme avec elle, un mari, un père.

À la gare elle retrouva la vieille femme du train, sa gamelle ouverte. Maya, bizarrement toute contente de la revoir, se dirigea vers elle. La vieille femme lui fit signe d'approcher.

« Mange, mange, dit-elle.

– Grand-mère, demanda Maya, comment se fait-il que ta gamelle soit toujours pleine ? »

La femme sourit, révélant des petites dents tachées de bétel. Soudain affamée, Maya trempa un morceau de pain dans le curry qu'elle lui proposait.

Quelques heures plus tard, en plein cœur de la nuit, le train s'arrêta en gare et Maya aida la vieille femme à monter. Cinq heures pour Dacca, murmura-t-elle pour elle-même, énumérant le nom des gares : Sirajganj, Mymensingh, Gafargaon. Plus que cinq heures.

*

Maya pensa que revoir Dacca allait peut-être la bouleverser. Elle imaginait les vagues de nostalgie qui allaient la submerger, ce qui la conduisit à se convaincre elle-même que ces sept années passées au loin avaient été nécessaires. Elle se voyait débarquant dans cette fraîche après-midi de février, des nuages se déplaçant à toute vitesse au-dessus d'elle, se remémorant chaque détail de sa vie d'avant : les jours passés à la faculté, les trajets en rickshaw pour aller au parc de Ramna, au cinéma *Modhumita* ou dans le quartier du champ de courses, regrettant les années qu'elle avait passées à la campagne. Mais en sortant de la gare de Kamalapur, elle s'aperçut que tout était bruyant et grossier, comme si quelqu'un avait monté le son. Ça sentait les gens, les ordures et la suie. Elle vit que tout avait poussé – par endroits les immeubles avaient cinq ou six étages – et que son tireur de rickshaw peinait à se faufiler dans le maquis des voitures de Mirpur Road, au son des coups de klaxon impatients. Et, partout, la présence du Dictateur, des graffitis sur les murs le qualifiant de « Général bien-aimé », de « Sauveur du Bangladesh », des affiches de lui, le représentant sur trois ou six mètres de haut, avec son grand front et sa petite moustache qui lui donnait l'air content de lui.

Une heure plus tard, Maya était devant la maison de son enfance, au numéro 25, serrant son sac à dos contre elle, se demandant ce qui l'attendait à l'intérieur.

Ses yeux se réglèrent sur le nouveau profil du bâtiment. La dégradation était bien plus importante que ce qu'elle n'avait imaginé. Là, des bandes grises rayant la façade arrière, à l'endroit où les gouttières avaient fui ; ailleurs, le tassement progressif des fondations, comme si la maison retournait à la terre ; et par-dessus tout, l'étage construit par son frère, en chaume, paille et tôle, comme une cabane de village tombée du ciel sur ce toit.

Cette maison, elle l'avait aimée, autrefois. C'était le seul endroit où elle pouvait évoquer le souvenir de son père – ses coudes sur la table de la salle à manger, ses pas sur la véranda. Sa façon d'ôter ses *chappal* et de lever les jambes pour mettre ses pieds sur le lit. L'odeur de son costume en tweed par temps humide. Et, intégrés à l'ossature de cette maison, toutes les pensées, tous les espoirs, les fantasmes qu'elle avait jamais osé nourrir quant à sa vie future, le combat qu'elle avait mené et remporté, la femme et l'homme qu'elle avait imaginé que son frère et elle allaient devenir ; mais quand tout fut terminé, la tuerie, la trêve, le nouveau tracé de la frontière, il était parti d'un côté, elle de l'autre. Et elle n'avait rien vu venir.

Bon, tu as assez traîné, se dit-elle. Allez, secoue-toi et entre.

Tout était tranquille, propre comme un sou neuf. Les accoudoirs en bois du canapé étincelaient. Le petit chandelier de cuivre était astiqué, le napperon de dentelle amidonné et bien en place sur la table. Les coussins bien retapés. Il lui revint en mémoire que c'était ainsi que sa mère tenait sa maison, comme si une invitée pouvait survenir à tout moment et passer un doigt sur l'appui de fenêtre pour s'assurer qu'il n'y avait pas de poussière.

La maison était modeste – trois pièces en enfilade, reliées par une véranda qui donnait sur le jardin. Tout au bout, la cuisine, qui avait sa propre petite véranda. Elle se dirigea de ce côté-là, sûre d'y trouver sa mère penchée sur le fourneau ou faisant la vaisselle du petit-déjeuner.

Au lieu de quoi elle découvrit une cuisine pleine de femmes. Gantées et vêtues de longues burqas noires, elles étaient penchées sur la meule, l'évier, ou bien sur la cuisinière. Maya hésita un instant avant d'entrer, se demandant si elle ne s'était pas trompée de maison. Elle mit l'arbre debout contre un mur et posa son sac.

« Bonjour ! »

L'une des femmes se leva pour l'accueillir. Maya ne put distinguer ses traits derrière l'ample vêtement noir. « *As-salaam alaikum*, dit-elle.

– *Walaikum as-salaam.* »

La femme tendit la main à Maya. « Nous sommes en deuil de notre sœur », déclara-t-elle avant de retourner à sa tâche consistant à éplucher des concombres au-dessus d'un bol rempli d'eau. Maya l'observa pendant ce qui lui sembla être un long moment. Personne d'autre ne parla ou ne s'adressa à elle. Elle ramassa ses affaires et sortit de la cuisine. Où donc était *Ammoo* ? Le besoin de la voir devint subitement pressant. Maya se pencha au-dessus du lavabo de la salle de bains et s'aspergea plusieurs fois le visage d'eau. Elle arrangea ses cheveux, se préparant à l'instant où elle allait poser son regard sur sa mère. Lorsqu'elle ressortit, quelqu'un l'attendait dans le couloir. « C'est l'heure », lui dit-elle en l'entraînant au salon.

Les femmes en burqas étaient occupées à réagencer la pièce. Le canapé fut poussé de côté, la table soulevée puis couchée sur le flanc. L'une d'elles retourna une photo de son père. L'aquarelle que Sohail avait faite d'elle à sept ans, avec ses rubans rouge et jaune, fut recouverte d'une taie d'oreiller. Quand le muezzin commença l'appel à la prière, Maya les vit accélérer le mouvement, étendre des linges blancs sur le tapis, allumer de l'encens et remplir d'eau de rose un long récipient argenté. Pour finir, elles partagèrent la pièce en deux au moyen d'un drap punaisé au mur.

L'une d'elles poussa Maya de l'autre côté du drap, vers l'arrière de la pièce. « Couvre-toi, s'il te plaît », lui dit-elle.

Maya la prit par le coude. « Où est ma mère, vous savez où elle est ? »

La femme secoua la tête.

« Rehana Haque. C'est sa maison, ici. »

La femme lui empoigna le bras. *« Dora koro, Apa »*, dit-elle. « Prie, ma sœur. »

Et si elle partait à la recherche de sa mère ? Elle était peut-être au Club des femmes ou en visite chez une amie. Ou au cimetière, à fleurir la tombe d'*Abboo*. Mais la pièce était à présent trop encombrée pour que Maya s'en aille. On aurait dit que les femmes s'étaient multipliées, occupant chaque pouce d'espace disponible sur le tapis.

Elles s'appuyaient les unes sur les autres en se tenant la main. Maya se plaqua contre le mur. Elle entendit les hommes entrer d'un pas traînant, théâtre d'ombres et de marionnettes sur le drap de séparation, leurs têtes couvertes encombrant le tableau. L'un d'entre eux se détacha du groupe pour prendre place au centre de la pièce. Il s'éclaircit la voix puis entreprit sa déclamation d'une voix haut perchée, nasillarde : *Alhamdulillah hi rabbil al-ameen*. « Dieu soit loué, qui chérit et soutient tous les mondes. » Au moment où il prononçait cette phrase, Maya aperçut sa mère qui se glissait à l'intérieur de l'espace réservé aux femmes. Elle retint son souffle. Elle aurait voulu l'appeler. Elle agita les bras. *« Ma ! »* la héla-t-elle en chuchotant. Rehana regarda de tous côtés. Le *Huzoor* éleva la voix. *Ammoo* posa son regard sur Maya et demeura un instant interdite. Elle porta ses mains à son visage. Maya eut des picotements aux yeux et dans la gorge. Sept autres années passèrent. Puis, un doux sourire lui vint aux lèvres. *Ammoo* s'avança à travers la foule, les bras tendus en avant, et Maya se retrouva dans son giron, avec son odeur de noix de coco dans les cheveux et de gingembre au bout des doigts. « Quand es-tu arrivée ? » chuchota-t-elle. Toutes ces années entre elles, retenues dans cette voix d'ambre.

« À l'instant. Que se passe-t-il, ici ?

– Une célébration pour Silvi. »

Bien sûr. Silvi avait été inhumée dans les heures qui avaient suivi son décès, mais il s'agissait de son *Qul-khami*, la prière rituelle du troisième jour suivant la mort.

Au bout de sept mois d'exil, Maya avait écrit à sa mère une lettre qui commençait par ces mots : *Je ne suis pas fâchée, mais je ne peux pas rentrer*.

Ammoo était restée presque une année sans répondre. Des mois qui avaient paru interminables à Maya, cependant qu'elle ressassait dans sa tête les paroles de colère que sa mère aurait pu dire, se demandant si ce silence allait se prolonger indéfiniment, regrettant d'avoir expédié cette lettre. Mais lorsqu'elle arriva, la lettre d'*Ammoo* fourmillait de nouvelles récentes au sujet de la maison, des voisins, du jardin. Aucune colère, dans cette lettre, mais elle ne demandait pas à Maya de rentrer. Elles avaient continué de correspondre ainsi, échangeant des plaisanteries subtiles, avec de longs passages sur la pluie et le beau temps, se parlant de tout et de rien.

Le *Huzoor* continuait son prêche. Les femmes se balançaient d'avant en arrière, au rythme de ses paroles. Il vint à l'esprit de Maya que la scène avait dû être semblable à la mort de son père, des hommes coiffés de blanc, l'air parfumé d'eau de rose. Elle regarda sa mère du coin de l'œil. *Ammoo* essuyait des larmes du revers de la main. Elle n'avait pas changé, pas changé du tout.

Le *Huzoo*r se mit à parler de Silvi. De sa piété, de sa bonté. De la foi qui l'habitait. Assise au milieu des amis de la défunte, dont aucun ne pleurait, car il est recommandé aux musulmans de manifester leur chagrin avec modération, Maya se demanda comment elle avait pu rester aussi longtemps absente. Mettre une telle distance entre elle et cette maison, cette ville, cette mère et ce frère. Même si elle avait choisi de s'exiler, c'était comme si une couche insensible s'était formée à son endroit, qui lui apparaissait aujourd'hui comme une énigme. De l'autre côté du rideau se trouvait son frère, maintenant veuf, et son fils, Zaid. Elle pensa aller à sa rencontre, à la barbe qu'il devait porter longue désormais ; elle l'avait tant aimé, elle avait tant voulu qu'il lui ressemblât, jusqu'à se détourner de lui lorsqu'il s'était engagé dans la religion, prenant cela comme une injure personnelle.

Quand *Ammoo* se mit à réciter l'ultime prière, les yeux clos, Maya l'examina plus attentivement. Peut-être avait-elle l'air un peu plus âgée, finalement. Des ombres bleutées sous les yeux, une ride naissante sur le front. Mais ce fut seulement au moment où, après que chacun eut dit *Ameen*, sa mère se retourna, les joues humides, souriant à nouveau, que Maya vit qu'il lui manquait une dent du fond. Et là le poids des années apparut, prenant la forme de cette molaire, lisse et découpée, grosse et petite, un gouffre.

Maya avait parlé de la boue à Nazia, du rire. Nazia s'indigna. « Quels voyous ! dit-elle en s'éventant. Si c'est un gamin je vais le boucler, il ne sortira que pour aller à l'école. »

Il n'avait jamais fait aussi chaud. Personne n'avait jamais vu un sari sécher aussi vite sur la corde à linge, ni les piments se rabougrir pareillement dans les champs. L'étang avait rétréci, on craignait pour les manguiers. « Je sais, dit Maya, allons nager. N'importe qui deviendrait fou avec cette chaleur.

– Vraiment ? Tu crois qu'on peut ? »

Un silence. Il y avait des règles concernant les femmes enceintes et leur accès aux bains, mais Maya les balaya d'un geste ; plus personne ne croyait à ces choses-là. Cela faisait des années qu'elle les sermonnait à ce sujet, leur parlant de science, de superstitions, de leurs droits. « Pourquoi pas ? » dit-elle à Nazia. Cet instant d'hésitation avant de dire oui, elle devait se le rappeler plus tard, mais ce jour-là, elle ne pensa qu'à l'eau, sa fraîcheur verte soulageant la brûlure de cet été étouffant.

Elles s'assirent sur les marches menant à l'étang, les pieds dans l'eau. Nazia s'immergea, plongeant la tête sous l'eau. « *Subhan Allah*, s'exclama-t-elle, rendons grâce à Dieu pour un tel bienfait ! »

« Personne n'empêchera ma femme de se rafraîchir les pieds si elle le désire », déclara Massoud.

Les hommes du village, rassemblés devant sa

maison, secouaient la tête. Une femme enceinte dans l'étang ! C'en était trop.

Ce soir-là, elles se blottirent autour de l'âtre de la cuisine, Maya et Nazia, soufflant sur les tisons jusqu'à ce que les flammes viennent lécher la marmite.

« Que d'histoires ! dit Nazia. Il paraît qu'ils tiennent une réunion.

– Ignore-les, dit Maya. Ce qui compte c'est que Massoud est un brave homme. Ils finiront par se lasser. » Elle ne dit pas à son amie qu'elle avait de nouveau entendu les garçons à sa fenêtre, qu'elle avait dû dormir fenêtres fermées la nuit d'avant, et manqué d'air dans cette chaleur accablante.

Après la célébration, les femmes firent passer quelques plats et *Ammoo* joua son rôle d'hôtesse, invitant chacun à se servir. Quelqu'un proposa à Maya une assiette, mais elle refusa, se sentant la bouche pâteuse. Une grande lassitude l'envahit tout à coup, et elle pensa s'échapper un instant pour aller s'allonger quelques minutes dans l'ancienne chambre de Sohail. Personne ne le remarquerait. Elle ferma les yeux. Elle entendait les gens s'agiter autour d'elle. Elle n'arrêtait pas de piquer du nez, et quand elle ouvrit les yeux, la pièce était vide.

Elle trouva *Ammoo* dans la cuisine.

« *Ma ?*

– Oh, tu es réveillée. Je ne voulais pas te déranger. »

Elle avait les paupières lourdes. Elle fit quelques pas, chancela. *Ammoo* la conduisit jusqu'au canapé. Elle aurait aimé parler à *Ammoo*, lui parler de Nazia et de la boue qu'ils avaient lancée contre sa fenêtre. Et des coups de fouet. Elle aurait voulu lui parler des coups de fouet. Mais c'était une chose qu'*Ammoo* lui sourie, qu'elle l'accueille tendrement, c'en était une autre d'effacer toutes ces années passées. Elle s'écroula sur le canapé, luttant pour garder les yeux ouverts. « Il faut que je te dise quelque chose.

– Comment es-tu venue ?

– Par le train, le ferry, et encore le train.

– Tu dois être fatiguée. Étends-toi un moment. »

Elle sentit qu'elle était à nouveau en train de piquer du nez. « Je t'ai apporté un arbre.

– Je te réveillerai, il n'est que trois heures. »

Elle se força à rouvrir les yeux. Il y avait une boîte marron contre le mur. Elle ne l'avait pas remarquée avant – les femmes d'en haut l'avaient recouverte d'une nappe. « Tu l'as depuis quand ? » demanda-t-elle, soulevant la nappe pour l'examiner.

Le visage de Rehana s'éclaira. « C'est un petit cadeau que je me suis offert.

– Sérieusement ?

– J'ai économisé, encore et encore. Ça m'aura pris deux ans de soldes de loyers. Il y a un Allemand qui vit dans la grande maison maintenant, il paie régulièrement son loyer. Tu n'as pas vu *Magnum* ?

– Il n'y a pas de télévision à Rajshahi. »

Rehana écarquilla les yeux, feignant d'être horrifiée. « Comme c'est triste ! »

Elles rirent. Rehana avait l'air tellement joyeuse qu'elle en évacua presque le sentiment de solitude qui allait avec, quand, une assiette sur les genoux, elle attendait les nouvelles du vingt heures sur BTV.

Maya posa la tête sur l'oreiller bien frais. Juste un instant, se dit-elle, ensuite je donnerai le manguier à *Ammoo* et je lui expliquerai tout. Elle s'endormit. Elle sentit les rayures tigrées du crépuscule à travers les persiennes et, plus tard, *Ammoo* venue lui mettre une couverture. Elle entendit le muezzin marquer la fin du jour. Un murmure à son oreille : voulait-elle manger quelque chose ? Elle posa la main sur le genou de sa mère. Non. Plus tard, un chat se glissa dans la pièce et se coucha sur ses pieds. Elle sentit les battements de cœur accélérés, la chaleur émanant du petit corps.

Elle rêva de Rajshahi.

Dans son rêve, c'est le bosquet d'ananas qui marque la fin de tout. Un jour, elle arpente le village, aussi farouche et impénétrable qu'un brouillard hivernal, son stéthoscope fièrement passé autour du cou. Pas de chaîne en or, elle est médecin. Tôt dans la matinée, elle a sauvé une mère et ses jumeaux, pratiqué elle-même la césarienne, les mains tout au fond de l'utérus partagé, incision rimant avec suture. Et, bien qu'elle ait rappelé à la famille que la naissance de filles devrait être accueillie avec le même amour, elle se réjouit de voir les femmes s'embrasser, de leur soulagement ; elle mastique le triangle de feuille de bétel qu'elles lui ont offert. Et maintenant elle traverse à grands pas le village jusqu'au chemin de terre qui mène à la route qui mène à la ville. Elle balance les bras, le vent de janvier lui cinglant la figure, et arrive à l'étang où elle fait un signe au garçon dont le frère est mort d'une morsure de serpent l'an dernier (arrivée trop tard, ce jour-là), se baisse pour éviter deux manguiers puis décide de prendre un raccourci à travers le carré d'ananas. Encore quelques pas, le soleil est au zénith, le champ lui paraît plus vaste qu'elle ne l'avait imaginé, mais elle n'est pas du genre à rebrousser chemin, alors elle remonte son sari au-dessus des chevilles et avance avec précaution pour éviter les redoutables piquants des plants d'ananas. Elle est tentée de détacher quelques feuilles pour voir s'il n'y aurait pas un fruit mûr, mais elle sait que ce n'est pas la saison. L'air est encore doux et bruissant d'abeilles, et lorsqu'elle est parvenue au bout du champ, elle laisse retomber le bas de son sari et poursuit son chemin, fredonnant une comptine que la petite Maya lui a apprise la veille. Et là, elle les voit. Une douzaine d'hommes formant un cercle. Massoud est au centre. « C'est ce médecin, assène-t-il ; tous ces problèmes, c'est à cause d'elle. »

Maya se réveilla dans l'obscurité. Elle était vêtue d'un *salwaar kameez* appartenant à *Ammoo*, usé aux coudes, sentant fort le savon. Par habitude, elle passa un doigt sur la petite croûte qu'elle avait au cou. Dure, granuleuse, la peau ayant du mal à se régénérer étant donné qu'elle en grattait les bords. Elle s'emmitoufla dans la couverture et partit à la recherche de sa mère. Elle la trouva dans son lit, en train de se passer un peigne en plastique dans les cheveux.

« J'ai cru que tu allais dormir toute la nuit. »

Maya se glissa sous la moustiquaire et grimpa à côté d'elle. « Je ne pensais pas être aussi fatiguée. »

Rehana sépara ses cheveux en deux, traçant une raie parfaitement rectiligne, et se mit à tresser l'un des côtés. Ce rituel renvoya Maya à ces petits matins, avant l'école, où elle se levait dix minutes avant Sohail pour avoir le temps de huiler, tresser et enrubanner ses cheveux. Et elle revit son frère, qui lui donnait la main au moment de franchir la porte.

« Parle-moi de Sohail. » Dans toutes les lettres qu'elles avaient échangées, *Ammoo* avait peu parlé de lui – seulement qu'ils s'étaient installés en haut, que sa femme avait accouché d'un garçon, qu'elle ne les voyait pour ainsi dire jamais, très pris qu'ils étaient par la religion.

Ammoo prit à nouveau son peigne et commença à raconter. Ils se faisaient appeler Tablighi Jamaat. « La congrégation de l'islam. » Silvi avait organisé des réunions là-haut, prêchant les femmes, leur inculquant tout ce qu'il fallait savoir pour être de bonnes musulmanes. Dieu, les hommes, la moralité. La séparation des hommes et des femmes, et le sexe. La vie du Prophète. Ses épouses Aïcha, Khadija et Zaïnab. L'éducation des enfants. Comment appartenir à la communauté des croyants. À la mosquée, Sohail avait ses propres disciples : un grand nombre d'entre eux avaient trouvé le chemin de la foi – de la soumission – grâce à lui. Ils amenaient leurs amis, leurs enfants dévoyés, et Sohail leur disait ce qu'il fallait croire et comment vivre. Il était considéré comme un saint homme.

« Ils ont entre vingt et trente personnes qui vivent ici. Et presque une centaine pendant la journée. J'ai renoncé à les compter. » Ils s'étaient installés en haut peu de temps après le départ de Maya. Ils avaient démarré avec la pièce de devant, celle en briques, puis avaient ajouté l'escalier extérieur pour pouvoir aller et venir sans déranger. Puis étaient venues les pièces à toiture en zinc, les toilettes et la cuisine.

« Comment est-elle morte ?

– Elle avait la jaunisse. On ne l'a su que trop tard. »

Elle pensa à la peau de Silvi devenant jaune, ses yeux prenant la couleur du jaune d'œuf. « Et *Bhaiya*[1] ?

– Pour lui, c'est la vie après la mort l'important.

– Les choses vont changer, dit Maya, maintenant que Silvi n'est plus là.

– Peut-être, répondit *Ammoo*, d'une voix mal assurée. Viens, que je te coiffe. »

Maya se rapprocha de sa mère, mais au lieu de s'asseoir en face d'elle, elle posa la tête sur ses genoux. *Ammoo* passa doucement la main sur son front. « Je peux à peine y croire », dit-elle.

Les yeux de Maya s'embuèrent. Les mots lui montaient dans la gorge. *Ammoo* lui passait les doigts dans les cheveux, massait doucement le cuir chevelu.

« C'est quoi, ça ? » Elle se pencha pour mieux voir, dégageant les cheveux du cou de Maya.

« Ce n'est rien, une coupure, c'est tout.

– Au cou ?

---

1 Frère aîné.

– C’est une longue histoire, *Ammoo.* » Elle se redressa et replaça ses cheveux autour de son cou.

« Raconte. »

Le châtiment était de cent un coups de fouet. Massoud revint de la réunion et cracha les mots à la figure de sa femme. « Cent un, aboya-t-il, c’est ce que tu mérites. »

Maya se tenait entre Nazia et son mari. « Qu’est-ce qu’elle a fait ?

– Elle a menti pour l’enfant. Ce n’est pas le mien. »

Ce n’est pas une malédiction, leur avait-elle expliqué, c’est la trisomie 21. Cet enfant sera différent, il aura des problèmes mais il survivra, je vous montrerai comment vous occuper de lui, si vous voulez.

« Il a une tête de Chinetoque, s’emporta Massoud. Regarde-moi ce nez aplati – tu as couché avec un Chinois, femme, c’est ça, n’est-ce pas ? »

Il alla à la réunion. Il parla aux hommes. Ils dirent qu’ils savaient que quelque chose clochait, et cela depuis qu’elle et cette femme médecin avaient été nager dans l’étang.

Ce Chinetoque n'est pas mon enfant. Espècedeputementeusetricheuse.

Cent un coups de fouet. C'était le châtiment.

L'un de ces coups de fouet comme un point d'interrogation à l'endroit où la lanière s'est enroulée autour du mollet.

Remonte ton sari !

Espèce de pute !

À la fin, alors que Maya était la seule restée à regarder, perdue dans le décompte, pensant que les cent un coups étaient atteints quand on n'en était qu'à cent, elle s'approcha de son amie et fut touchée par le fouet qui la chopa, comme la morsure d'un insecte affamé, lui faisant ravaler le mot qu'elle s'apprêtait à prononcer. *Shesh*. « Terminé. » Elle avait parlé trop vite. À la place du mot, c'est le fouet qui l'avait marquée, sa main se portant aussitôt à l'endroit où la lanière avait frappé et revenant maculée de sang, et n'était-ce pas un sourire dans les yeux de l'homme ? De celui qui exécutait les ordres, pour protéger le village et sa réputation.

Elle trouva Nazia à l'hôpital. « Je t'en prie, va-t'en, dit Nazia, je suis fatiguée. » Elle était étendue, à plat ventre, les jambes emmaillotées. Maya lui toucha le pied, dur, noirci, et elle tressaillit. « Laisse-moi », la supplia Nazia.

Elle voulait voir les blessures de Nazia se refermer. Elle tenait à rester jusqu'à ce que les marques s'en aillent, qu'elles deviennent presque invisibles – ces traits fins semblables à des vers qui danseraient le long de ses jambes. Elle allait leur tenir tête, entamer une résistance. Elles iraient ensemble voir la police, qui disperserait leurs réunions. Mais Nazia refusa, son pied noir refusa et Maya comprit qu'elle serait obligée de laisser la blessure ouverte, de quitter le village, avec, toujours aussi forte, la même indignation.

Elle se demandait où elle pourrait aller après quand le télégramme est arrivé. Dans les Hill Tracts[1], peut-être, ou bien dans le Nord. Elle promena son doigt sur la carte du Bangladesh, le long des artères bleues, du Jamuna, du Meghna, lisant le nom des villes à haute voix : Mymensingh, Pabna, Kushtia. Elle était assise sous le jaquier devant sa maison, à dévorer un bol de compote de prunes de Java quand le facteur s'est arrêté, est descendu de son vélo. Elle lui a offert un peu de fruits qu'il a refusés en regardant ses pieds. Puis il a dit « Quelqu'un est mort dans votre famille, docteur. »

---

1 Chittagong Hill Tracts : région montagneuse du Sud-Est du Bangladesh.

C'était la seule chose qu'elle redoutait. Elle repoussa le bol et empoigna le facteur par les épaules, le sentant se contracter sous l'effet d'un geste aussi familier et à cause des taches pourpres que ses doigts allaient laisser sur sa chemise.

« C'est ma mère ? Dis-moi vite. » Elle ferma les yeux, comme s'il allait la frapper.

« Je ne sais pas, je ne lis pas l'anglais. »

Elle lui arracha le télégramme des mains et l'ouvrit brutalement. Silvi. Silvi était morte.

Cette nuit-là, elle rêva de sa mère enveloppée dans un linceul blanc, du coton enfoncé dans les narines. Au matin elle fit ses bagages. En mourant, Silvi avait instauré une trêve. L'heure était venue de rentrer.

Personne ne vint lui dire au revoir.

La maison avait changé, mais résisté. Et elle y était arrivée, deux trajets en train et un passage en ferry à travers le pays, elle était là, la tête sur les genoux de sa mère, et il n'y avait rien d'autre à faire maintenant que de se remémorer toutes les fois où ils étaient revenus dans cette maison, son frère et elle, pour retrouver les choses inchangées mais changées tout de même, retrouver leur mère en train d'attendre, et d'attendre.

1972

Février

La guerre prit fin, les choses laides devenant encore plus laides, les belles encore plus belles. Revenu d'exil, le grand leader Mujib entreprit d'imprimer la nouvelle monnaie et de rebaptiser tous les bâtiments. Ccux qui avaient frayé avec l'ennemi se cachaient, craignant les démobilisés qui avaient restitué leurs armes mais rêvaient de revanche. Les femmes portaient des œillets dans les cheveux, embaumaient l'huile de coco. Dans les villages, les réfugiés revenus d'Inde à grand-peine se cramponnaient aux carcasses calcinées de leurs maisons et allumaient des bûchers sur des tombes vides.

C'était un hiver de retour. Chez elle toutes les mères vivaient dans l'attente, préparaient des repas élaborés avec ce qui subsistait des rations militaires, s'usaient les yeux à scruter la route, sursautaient au moindre bruit. Bien entendu le moment du retour ne se passait jamais comme elles l'avaient imaginé, le jeune homme retrouvant une maison pleine de bonnes odeurs, du riz sur la table, chacun pomponné, souriant. Non, il arrivait toujours au moment où leur mère était partie acheter un gigot de mouton au marché, ou bien la surprenait en train de chercher deux pinces à linge égarées dans l'herbe. Le garçon était soudain là, échevelé, une profondeur nouvelle dans les yeux, marqué par de nouveaux chagrins, et le revoir était comme le remettre au monde, tout recommencer, s'assurer qu'il avait bien tous ses doigts, tous ses orteils, se demander s'il allait survivre dans ce monde nouveau. Quant au tout jeune soldat, il ne disait rien, ne pensait qu'à des plaisirs simples, le toucher du sari de coton élimé de sa mère, le contact de sa main sur son front, son odeur, comme des citrons, exhaussant toutes les autres sensations.

Mais Sohail ne revint pas. Décembre passa, puis janvier. Rehana et Maya se racontaient comment serait son retour, toutes ces choses agréables, légères, qu'ils feraient ensemble. Manger des crèmes glacées et du coquelet rôti. Peut-être s'offriraient-ils un voyage aux plantations de thé ou bien à Cox's Bazar. Elle avait toujours voulu voir les marées brunes de la baie du Bengale.

Quand le moment arriva, Maya et *Ammoo* se trouvaient au Centre de réadaptation des femmes où elles travaillaient l'une et l'autre en tant que volontaires. Ce jour-là, elles le trouvèrent à la maison à leur retour, confortablement assis dans le salon à lire le journal comme s'il n'était jamais parti.

Il portait une chemise rouge et un *lungi* sale. Son visage était assombri par une barbe noire qui commençait à grisonner. « Je suis désolé, dit-il. J'avais l'intention de me raser. » Ils se sourirent puis Maya l'étreignit aussi longuement que possible, surprise par l'odeur de terre qu'exhalaient ses cheveux.

Ce soir-là, ils prirent la lampe et allèrent s'installer dans le jardin. Rehana glissa un serpentin antimoustiques sous le siège de Sohail et les trois se rapprochèrent, se blottissant l'un contre l'autre pour lutter contre la fraîcheur de février.

« Qu'est-ce qui t'a retenu ? demanda-t-elle. Ça fait des semaines que les autres sont rentrés. »

Sohail ne fournit aucune explication. La fumée du serpentin s'éleva et les titilla, âcre. Il fit un geste de la main gauche, signifiant qu'il était fatigué. Maya et *Ammoo* ne l'avaient pas quitté des yeux de toute la soirée ; peut-être était-il las d'être ainsi dévisagé.

Ils se turent. Les mots semblaient dérisoires. Les grillons haussèrent le ton, les grenouilles aussi. Maya repensa à tous les moments où ils s'étaient assis là. En hiver, il leur arrivait d'y prendre le petit-déjeuner, une assiette sur les genoux, et de regarder le brouillard s'estomper. C'est son père qui avait voulu ce jardin ainsi que la véranda qui le dominait. Deux mois avant sa mort, il y avait planté un rang de tomates, et, penché dessus, s'en était occupé lui-même, aspergeant les semis, retournant la terre. Il mourut avant qu'elles n'aient poussé et, au printemps, lorsque les plants firent un feuillage abondant, ce fut *Ammoo* qui arrosa et chassa les corbeaux. Des années plus tard, quand on réduisit le jardin pour faire de la place à la grande maison, elle sauva un ou deux plants de tomates et les déplaça vers le carré de légumes qu'elle avait délimité devant le bungalow, mais ils n'avaient pas résisté au transfert. Maya l'avait trouvée au beau milieu, un jour, tenant un plant desséché, incrédule.

« Je me demande ce que nous allons faire maintenant ? lança Sohail.

– Elle ne t'a pas dit ? demanda *Ammoo*. Maya va devenir médecin. S'occuper de moi quand je serai vieille. »

Maya rougit, fière au fond d'elle-même d'avoir choisi la médecine. Une belle manière de servir un pays tout neuf. « L'université va bientôt rouvrir, dit-elle.

– Pour nous, c'est la rentrée. » Sohail ne parut guère enchanté à l'idée de retrouver l'université, de répondre oui monsieur, présent monsieur, lors de l'appel. « Quelle sorte de médecin vas-tu être ? » Et, se désignant lui-même, « Les bras et les jambes ? Les yeux et les oreilles ? Le cœur ? » Il se mit à rire, comme s'il ne pouvait pas imaginer qu'on puisse confier ses problèmes de cœur à Maya.

« La chirurgie », répondit-elle.

Il applaudit. « Ah ! Splendide, super. Dr Sheherezade Maya Haque, sutures en tout genre, extraction de tumeurs.

– Combien de temps durent les études ? interrogea *Ammoo*.

– Raccommodeuse d'artères.

– Six ans.

– Peut-être que d'ici là tu seras mariée. »

Maya se hérissa. « Et alors ? Je ne peux pas être médecin si je suis mariée ?

– Tout ce que je voulais dire c'est que beaucoup de choses peuvent changer.

– Où seras-tu dans six ans, *Ammoo* ? » dit Sohail.

Elle leva la tête, vers où aurait dû se trouver la lune s'il y en avait eu une. Comme elle était protégée par l'obscurité, ils ne purent voir son expression lorsqu'elle répondit « Dieu seul le sait. Pendant tout ce temps, la seule chose que je voulais, c'était que tu reviennes indemne, c'est tout. »

« Et toi, *Bhaiya* ? demanda Maya à Sohail.

– Six ans ? Impossible. Je ne sais pas.

– Marié ?

– Comment savoir ? Ça me paraît bien optimiste.

– Tu as toujours été optimiste. »

Il soupira et s'enfonça dans son fauteuil. « Je n'en suis plus aussi sûr. » Elles savaient bien à quoi il pensait. Aussi loin qu'elles pouvaient s'en souvenir, Sohail avait été amoureux de la fille d'en face. Elle s'appelait Silvi. Quand la guerre avait éclaté, sa mère l'avait mariée à un officier de l'armée. Celui-ci avait été tué, Silvi était donc veuve ; elle habitait toujours en face, attendant peut-être le jour où Sohail, de retour, viendrait frapper à sa porte.

Ils se turent un long moment.

« Elle est probablement toujours en deuil », dit *Ammoo*.

Et ils en restèrent là.

Ce soir-là, sur la véranda, avec son frère revenu de la guerre, Maya crut que le temps de l'attente avait pris fin. Elle regarda sa mère étaler son tapis de prière, se tourner face à l'ouest, et rendre grâce à Dieu pour le retour de son fils, voyant l'avenir se dérouler devant eux comme un long fleuve tranquille, aussi prévisiblc quc lc Delta. Comme elle se trompait.

1984

Février

Maya n'arrivait pas à dormir. Elle attendit les premières lueurs de l'aube, chaussa ses tennis, s'entoura la tête d'un foulard et se rua dehors dans le brouillard. À Rajshahi, pour son footing matinal, elle avait choisi un parcours qui consistait à faire le tour de l'étang, traverser le champ de sésame du voisin en évitant la mosquée, puis continuer au-delà de la route menant en ville et retour avant la fin de la prière de l'aube. Cette fois, elle décida de se diriger vers le lac Dhanmondi par les petites routes. Ensevelie sous la brume, endormie, la ville ressemblait à l'image qu'elle en avait conservée ; des maisons blanchies à la chaux, du linge dansant sur les balcons, de grandes avenues silencieuses.

Elle fit le tour du lac Dhanmondi, remarquant que les arbres avaient grandi et que le sentier qui le bordait avait rétréci. Un lot d'embarcations étaient attachées ensemble, avec un panneau annonçant DIX TAKAS L'HEURE. Elle s'arrêta, s'appuya contre un arbre, la respiration sifflante. Elle avait couru à fond de train, plus vite qu'elle ne l'avait voulu. Elle s'accroupit quelques instants à côté de l'arbre. Le lac était sombre, de la couleur des tilleuls. Elle reprit sa course, attentive à présent aux sons marquant le début de la journée, les gens qui se libèrent la gorge dans l'herbe, penchés à leur fenêtre, le tintement des rickshaws, les rideaux métalliques que remontent les commerçants. Elle traversa en courant Mirpur Road à présent empruntée par quelques rares voitures. Puis elle tourna au coin de la rue, se retrouva devant le cimetière où son père était enterré.

Elle regarda autour d'elle. Le gardien était absent, la porte déverrouillée. Elle se glissa à l'intérieur. Entouré de tous côtés par des constructions, le cimetière semblait avoir rétréci. Elle se demanda ce que ça faisait d'avoir une fenêtre donnant sur ces petits rectangles de mort, de voir les gens déposer des fleurs, réciter des prières et pleurer, tout en assurant chaque soir à leurs enfants que les fantômes n'existent pas. Peut-être qu'on n'y faisait plus attention. La ville manquait d'espace, elle l'avait lu dans le journal qui arrivait à Rajshahi avec un jour de retard, elle croissait rapidement et il faudrait bientôt bâtir de plus en plus loin. Peut-être était-ce pour cette raison que le Dictateur avait décrété que les rassemblements de plus de cinq personnes étaient interdits. Comme la ville était surpeuplée, il était important de se déployer.

La visite du cimetière était un rituel familial. Pendant toutes ces années, sa mère avait entretenu l'endroit, avec sa haie tout autour, la pierre tombale bien nettoyée. Maya ne sut trop que faire ; jamais elle n'y était venue seule. Elle se souvenait des paroles que sa mère avait prononcées devant cette tombe, des questions posées, des excuses, des regrets. Elle s'accroupit à côté de la pierre tombale et y posa sa main. *Bonjour, père absent.*

De retour au bungalow, Maya trouva un groupe de femmes au pied de l'escalier. À première vue, elle crut qu'il s'agissait des femmes présentes la veille au soir mais, à y regarder de plus près, elles avaient le visage découvert et parlaient rapidement entre elles dans une langue étrangère. Maya leur demanda en anglais si elle pouvait les aider. Sans se présenter, elles l'embrassèrent l'une après l'autre sur les deux joues. L'une d'elles expliqua dans un mauvais anglais qu'elles étaient des missionnaires françaises. Le Forashi Jamaat. Maya les examina plus attentivement. Elles portaient des ballerines en cuir sous leur robe, des traces légères de vernis sur les ongles et avaient l'air de touristes – un peu hésitantes, les doigts vissés sur les poignées de leurs valises et de leurs sacs à dos. L'une d'elles brandissait un minuscule drapeau en papier fiché sur un cure-dent.

Après une courte discussion, les femmes commencèrent à gravir une par une l'escalier étroit pour pénétrer dans la pièce du haut. Maya les suivit dans l'escalier. La pièce, de forme rectangulaire, était bondée, l'air y était lourd, vicié. Devant, une femme forte avait pris la parole, le visage découvert mais entouré d'un foulard noir. Elle salua les nouvelles arrivantes puis reprit. « Notre sœur Rehnuma nous a quittées récemment, dit-elle évoquant Silvi par son prénom islamique. Que son âme repose en paix.

– Amen, répondirent les femmes de l'assistance.

– Mais il faut poursuivre son œuvre. Le *Taleem* du mercredi continuera. De même que les missions de nos sœurs et de nos frères en terre étrangère. Rappelez-vous que notre vie ici-bas n'est qu'une goutte dans l'océan du temps ; l'au-delà est éternel, chaque moment est un instant d'éternité. »

Des hochements approbateurs, des murmures d'assentiment d'un bout à l'autre de la pièce.

« Souhaitons la bienvenue à nos sœurs venues de France. » Sur quoi les autres femmes se tournèrent vers les Françaises pour les saluer avec enthousiasme, leur toucher le visage et palper le tissu de leurs burqas. Les Françaises se mêlèrent à leurs hôtes, ouvrant leurs sacs, distribuant des cadeaux. Une boîte de chocolats circula. La femme qui avait pris la parole alla vers les visiteuses, les étreignit, leur parlant dans un mélange de bengali, d'arabe et de langage des signes. Puis elle s'assit à nouveau et commença à réciter un passage en arabe, accompagnant ses paroles de gestes avec les mains qu'elle avait gracieuses et potelées.

Je devrais m'esquiver avant qu'on ne me remarque, se dit Maya. Elle quitta les lieux à contrecœur, sa curiosité inassouvie. En bas des marches, elle heurta un garçon qui portait un seau. De l'eau éclaboussa les sandales de Maya et trempa le bas de son pantalon. « Fais attention, petit, dit-elle, le frôlant au passage.

– Bonjour ! lança-t-il. Commentvas-tumadame ?

– Bonjour », dit-elle en se retournant.

Le garçon la regarda de la tête aux pieds, puis éclata de rire, révélant une mauvaise dentition. Il avait des yeux singulièrement clairs, presque gris, et un nez fin, très délicat. Mais tout le reste de sa personne suggérait la pauvreté, son pyjama trop court et sa façon de se frotter les lèvres, sans ménagement, du revers de la main.

« Pourquoi ris-tu ? » interrogea Maya.

Il montra du doigt ses vêtements, ses tennis. « T'es drôlement habillée. »

Elle était sur le point de le quitter quand elle se dit qu'il pourrait peut-être savoir où se trouvait Sohail. Comment l'avaient-ils appelé ? *Huzoor*.

« Dis-moi, mon garçon, sais-tu où se trouve le *Huzoor* ? »

Il haussa les épaules. Puis il ouvrit la bouche et rit à nouveau. « Mais tu peux pas le voir. C'est interdit, tu le savais pas ?

– Ne t'en fais pas pour ça. Il est là ? »

Le garçon lâcha l'anse de son seau. « Non, il est parti. Tu as vu les Françaises ? demanda-t-il.

– Oui, je les ai vues.

– Le mois dernier, on a eu les Russes. Je parle russe.

– Que sais-tu dire ? »

Il marmonna quelques mots qui avaient une tonalité étrangère.

« Qu'est-ce que ça veut dire ?

– La paix, dit-il, pliant les genoux et sautant haut, paix, *shanti*, paix. Je sais le dire aussi en espagnol. » Et il prononça à nouveau quelques mots de charabia.

« Tu as un livre ? »

Il retomba sur ses talons et se balança d'avant en arrière. « Pas de livres. Tout dans la tête, dit-il, pointant un doigt sur sa tempe.

– Bon, il faut que j'y aille, dit Maya.

– Au revoir, *khoda hafez, au revoir*[1] ! » lança-t-il. Les Françaises avaient déjà dû venir. Il fouilla dans sa poche et en sortit un samoussa aplati. « C'est pour toi, dit-il.

– Non, mange-le. Je n'ai pas faim. »

Il croqua un bout du triangle. « OK tata bye-bye. »

---

1 En français dans le texte.

Ammoo était dans la cuisine. Penchée au-dessus de l'évier, la servante que Rehana avait engagée quelques années auparavant faisait la vaisselle du dîner de la veille.

« Maya, voici Sufia. » Dominant Maya d'une quinzaine de centimètres, la femme s'approcha en souriant et posa une grande main sur son épaule.

« Je sais tout de toi », dit Sufia. Elle l'inspecta des pieds à la tête. Maya l'imagina se disant, ainsi c'est donc la fille qui ne voulait pas rentrer au bercail. Elle a l'air d'une paysanne. Une tunique ordinaire, même pas amidonnée. Des cheveux longs, oui, mais quelle peau, toute brûlée par le soleil. Elle continuait de sourire et de lui tapoter énergiquement l'épaule.

« J'ai couru, dit Maya. Je suis allée au cimetière. »

Ammoo hocha la tête. Puis elle se rapprocha de Maya et lui caressa la joue. « Je suis tellement heureuse. »

Elle aussi était heureuse. Elle en éprouvait une chaleur diffuse dans tout son être. Elle aurait voulu l'exprimer, dire à sa mère qu'elle se sentait chez elle, qu'elle ne bougerait plus, mais elle n'y arrivait pas. Ce ne serait pas vrai. Quand *Ammoo* sortit les samoussas de la poêle à frire, elle se rappela les enfants de Nazia qui économisaient l'argent reçu pour la fête de l'Aïd afin de s'acheter des samoussas en ville, les partageant et se disputant pour savoir qui avait eu la plus grosse moitié. « Où est Sohail ?

– Il est venu me voir ce matin, dit *Ammoo*. Il m'a chargée de te dire qu'il t'aimait. »

Aimer ? Était-ce bien le mot qu'il avait utilisé ? « A-t-il dit quand il serait de retour ?

– Pas avant plusieurs semaines. »

Sufia entreprit de moudre du curcuma avec une énorme pierre ayant la forme d'un rouleau à pâtisserie. Elle fit aller et venir la pierre sur le rhizome séché de curcuma, l'écrasa en une pâte grossière puis y revint jusqu'à obtenir une consistance onctueuse et la couleur sombre des soucis écrasés. « C'est un va-et-vient incessant, dit-elle en ramassant le curcuma dans une assiette pour se mettre à répéter le même processus avec une poignée de gousses d'ail. Ça n'arrête pas.

– On dirait les Nations unies, là-haut. Elles ne parlent même pas le bengali.

– Elles viennent des quatre coins de la planète, commenta *Ammoo*, en versant encore de l'huile dans sa poêle.

– Pour Sohail et Silvi ?

– C'est ce qu'ils font. Ils vont de pays en pays, comme des missionnaires. »

Petit garçon, Sohail avait été à Saint-Grégoire, une école de jésuites. Maya était allée le voir, une fois, le jour de la kermesse, les prêtres en longues soutanes de lin attachées à la taille par une corde. Une course à l'œuf à la cuillère. C'est l'image qui lui était venue à l'esprit en entendant *Ammoo* parler de missionnaires, pas ces femmes qui sentaient la cannelle, là-haut.

Ammoo sortit quelque chose de la poêle à frire. « Tu veux un samoussa ? »

La pensée traversa d'un coup l'esprit de Maya. Des yeux gris. À peu près le même âge. « Est-ce le fils de Sohail que je viens de voir là-haut ?

– S'il portait un seau, c'est bien lui, dit Sufia, se tournant maintenant vers une pile d'oignons rouges épluchés.

– Mais il a l'air… *Ammoo*, tu l'as vu ? »

Ammoo reposa sa spatule et rassembla les samoussas sur une assiette. « Oui, *beta*, je sais. J'allais justement t'en parler ce matin.

– Et alors ?

– Et alors, intervint Sufia, il n'y a rien à

faire. Ce garçon traîne comme un voyou, c'est leur choix.

– Mais il ne va pas à l'école ?

– Ils lisent parfois le Livre avec lui, dit *Ammoo*.

– Et toi, tu les laisses faire ? »

Rehana passa l'assiette de samoussas à Maya. Celle-ci vit une grande lassitude dans l'attitude de sa mère. Elle comprit que, quoi qu'il se passât en haut, *Ammoo* avait résolu de l'ignorer. Elle n'était plus du tout la mère protectrice et angoissée de jadis. Si Sohail voulait brûler ses livres, s'il voulait jeter ses meubles, dévisser les douilles d'éclairage et uriner dans un trou creusé dans le sol, ainsi soit-il. Il fut un temps où elle avait tout donné pour ses enfants. Maintenant elle lâchait prise, acceptait passivement tout ce qu'ils décidaient de faire : se tourner vers Dieu, fuir, refuser d'envoyer leurs enfants à l'école. Elle n'avait plus aucune envie de lutter.

C'est là que Maya prit conscience que les années avaient bien plus compté, pour sa mère, bien plus.

« Ce n'est pas mon fils, dit simplement *Ammoo*. Et ce n'est pas le tien non plus. Nous faisons ce que nous pouvons, mais il ne faut pas que tu l'oublies. »

Une autre chose lui revint à l'esprit. L'arbre. Maya alla le chercher dans la chambre de Sohail et le donna à sa mère. « Il vient de Rajshahi », dit-elle simplement, sachant qu'*Ammoo* verrait tout de suite que c'était un manguier très recherché, et que, s'il survivait à l'hiver, il donnerait un fruit subtil et acidulé qu'on ne trouvait nulle part ailleurs

Il s'appelait Mohammad Zaid bin Haque. Un nom bien long pour un garçon aussi petit. Le jour suivant, Maya garda un œil sur l'escalier, et se précipita à sa rencontre dès qu'elle l'aperçut. « Zaid, tu te souviens de moi ? »

Il fit non de la tête, puis, voyant son visage s'allonger, il lui dit « Ha, ha, je t'ai bien eue !

– Alors, comme ça, tu es farceur et polyglotte ?

– C'est quoi un polyglotte ?

– Quelqu'un qui connaît plein de langues. Moi aussi je connais plusieurs langues. Qu'est-ce que tu dirais si je t'apprenais des choses ? »

Il leva le seau, vide. « Faut que j'y aille », dit-il en courant vers le point d'eau.

Plus tard, il frappa à la porte. « Tu veux jouer au Ludo ? demanda-t-il, ôtant ses sandales pour entrer dans sa chambre.

– D'accord. Tu as un tablier ? »

Il déplia une feuille de papier sur laquelle quelqu'un s'était essayé à tracer une reproduction grossière d'un tablier de Ludo, avec ses cases entrecroisées remplies au crayon bleu.

Zaid sortit une poignée de cailloux. « Les blancs sont pour toi, dit-il. Les noirs pour moi.

– Où as-tu trouvé ça ?

– C'est mon *Ammoo* qui me l'a fait.

– Vraiment ? dit Maya, se demandant s'il voulait parler de sa mère, disparue moins d'une semaine auparavant. Tu jouais au Ludo avec elle ? »

Il acquiesça d'un signe de tête très énergique : « Tous les jours. »

Il n'avait qu'un seul dé. « Toi d'abord, lance », dit Maya.

Six. « *Chokka !* annonça-t-il en déplaçant son caillou sur la feuille.

– Zaid, l'interrogea Maya, sortant un trois, tu vas à l'école ?

– Non, dit-il en soufflant sur le dé. Mais je vais y aller.

– Quand ?

– L'an prochain. *Ammoo* me l'a promis.

– Tu sais qu'il faut porter un uniforme à l'école ?

– Chemise et pantalon ?

– C'est ça, chemise et pantalon. »

Sourire jusqu'aux oreilles : « Je sais.

– Ton père ne sera peut-être pas d'accord. »

Il sortit un quatre. « Je t'ai mangée !

– J'ai l'impression que tu as sauté une case.

– Non, c'était un quatre. » Il fit reculer son caillou. « Un, deux, trois, quatre. Tu vois ? »

Elle était absolument sûre qu'il était cinq cases derrière. Elle n'insista pas, perdant en sa faveur, et dès que la partie fut finie, il plia le papier, le mit sous son bras comme un géomètre ses plans, et disparut.

Zaid allait et venait. Maya le trouvait parfois accroupi dans les parterres à faire la chasse aux insectes. Son bengali était rudimentaire, il avait du mal à articuler les consonnes. Et son corps était dans un sale état, la peau constellée de boutons qu'il grattait jusqu'au sang. Il y avait une ligne de petites marques sur son avant-bras, de la crasse partout dans les plis. Il avait six ans mais en paraissait guère plus de quatre, les poignets et les chevilles minces, fragiles. Il portait toujours les mêmes *kurta* bleu pâle, qui étaient trop petites ou trop grandes, et une casquette rejetée en arrière qui lui faisait comme une couronne.

*

Maya ne sortait de la maison qu'à contrecœur. Le matin, elle allait courir autour du lac et, de temps à autre, à la demande d'*Ammoo*, acheter quelques articles à la boutique du coin. Elle avait écrit trois lettres à Nazia, la suppliant de rester en contact et lui proposant de lui envoyer de l'argent si elle en avait besoin. Un jour, elle avait essayé de l'appeler au bureau de poste de la ville, laissant le message qu'elle allait rappeler trois jours plus tard, exactement à la même heure. Trois jours plus tard, le préposé du bureau de poste dit qu'il avait transmis le message mais que personne n'était venu prendre l'appel téléphonique.

Elle renouvela l'appel la semaine suivante. L'homme fut très courtois. Il ne savait pas si Nazia était de retour de l'hôpital. Maya se souvenait de lui, c'était l'homme qui avait apporté le télégramme.

« Est-ce que vous allez bien ? lui demanda-t-elle.

– Oui, *Apa*, mais ma fille est malade. »

Pourquoi en tira-t-elle un sentiment de satisfaction ? Que les villageois tombent malades, maintenant qu'elle n'était plus là pour s'occuper d'eux ? « Vous lui direz que j'ai appelé, dit-elle, tâchant de masquer l'émotion dans sa voix.

– Je lui dirai, *Apa*.

– Merci.

– Les *joldugi* seront bien sucrés cette année, *Apa*. »

Il était en train de dire que les ananas allaient lui manquer, mais peut-être qu'elle aussi allait leur manquer.

*

« Zaid, je vais chez le marchand de légumes. Tu veux venir ?

– Attends », dit-il, levant la main. Il monta l'escalier quatre à quatre, redescendit quelques minutes plus tard avec un morceau de papier froissé.

Maya le lui prit des mains. « Montre-moi ça. »

C'était une liste de courses venant d'en haut.

Okras, y lisait-on. Pommes de terre. Courge.

Ils se mirent en route. « Où sont tes chaussures ? »

Il haussa les épaules. « J'sais pas. » Il sautillait sur la route brûlante. Elle l'entraîna à l'ombre. Au détour d'un virage, ils tombèrent sur un grand bâtiment aux fenêtres ouvertes.

Deux fois deux quatre, deux fois trois six, deux fois quatre huit.

Zaid resta cloué sur place, sa liste de courses à la main.

ECOLE DE GARÇONS AHSANULLAH MEMORIAL, pouvait-on lire sur la porte.

« Tu es déjà venu ici ? » lui demanda-t-elle en se tournant vers lui, mais il avait disparu. La seconde d'après, elle le vit de l'autre côté de la grille, qui regardait par une fenêtre à l'intérieur. Il ôta sa casquette.

« Quelqu'un va te voir, lui cria-t-elle alors qu'il était en train de faire le tour du bâtiment. Reviens. »

Il disparut de sa vue. Elle attendit cinq, dix minutes. Elle entendit un sifflement, qu'elle suivit, et après avoir tourné le coin le retrouva qui l'attendait. Il avait escaladé le haut mur derrière le bâtiment de l'école ; sa *kurta* était salie d'une traînée de poussière rouille. Il sortit sa casquette de dessous le bras et se la planta sur le crâne. « Viens, dit-il, on va être en retard. »

Le marchand de légumes pesa les okras et les pommes de terre, puis alla chercher la courge. Il ne demanda pas d'argent ; les gens d'en haut avaient un compte. « Demandez au *Huzoor* de prier pour moi », dit-il.

1984

Mars

Le jour de la fête de l'Indépendance, Maya alluma la télévision et vit le Dictateur déposer des gerbes au Shaheed Minar, le monument aux martyrs. Il avait une petite tête sombre et de larges épaules bardées de décorations militaires. Le mois précédent, il avait tenté de changer le nom du pays en *république islamique du Bangladesh*. Et, avant cela, il avait acheté deux Rolls-Royce identiques, une pour lui, une autre pour sa maîtresse.

Maintenant, pour l'anniversaire du jour où les tanks de l'armée pakistanaise avaient fondu sur Dacca, il faisait un discours sur la guerre. Soucieux d'établir de bonnes relations avec le vieil ennemi, il se garda d'évoquer les tueries. Il chanta les louanges de l'unité régionale. Tous les musulmans sont frères, serinait-il. Insupportable. Elle éteignit la télévision et rejoignit sa mère qui faisait frire des *paratha* dans la cuisine. Sufia soulevait des disques de pâte à pain et les tapotait doucement entre ses mains pleines de beurre.

À la tombée de la nuit, Maya alla pieds nus d'Elephant Road au Shaheed Minar. Elle marcha sur des journaux, des sacs en plastique, et des petits graviers qui venaient lui chatouiller les orteils, la chaleur du goudron l'obligeant à ralentir considérablement, à progresser sur la pointe des pieds. Une brise légère dans le nez, elle tenait les lanières de ses sandales entre ses doigts et, le sourire aux lèvres, d'un signe de tête, elle saluait les petits groupes de gens qui marchaient à côté d'elle sur la route.

Tout au long du parcours, ils avaient marché pieds nus d'Elephant Road au Shaheed Minar dans des saris rouge et blanc, s'adressant mutuellement le salut national : *Joy Bangla*. « Victoire pour le Bengale. »

Il n'y avait aujourd'hui dans la rue qu'une poignée de personnes qui se frayaient lentement un chemin dans la circulation. Des coups de klaxon impatients se faisaient entendre derrière eux. Au coin de Zia Sarani, Maya évita de justesse un tesson de bouteille et envisagea de remettre ses sandales. Elle en fut irritée, car on aurait dû fermer les rues et nettoyer les trottoirs, et il aurait dû y avoir beaucoup plus de monde, des milliers de personnes portant leurs enfants sur le dos, cherchant à retrouver ce sentiment fuyant d'avoir jadis, il y a bien longtemps, accompli quelque chose de grand.

Elle surprit le regard d'un homme aux cheveux longs portant un châle de laine. L'homme secoua la tête, comme si, ayant lu dans ses pensées, il lui disait de ne pas trop s'en faire.

Elle n'en fut pas consolée pour autant. Elle ne décolérait pas, les mains crispées sur les fleurs qu'elle avait cueillies dans le jardin. Pourquoi *Ammoo* n'était-elle pas venue ? Et Sohail ? Pourquoi, alors qu'ils avaient vécu ensemble chaque instant de cette période, se retrouvait-elle seule ici, entre un ciel bleu sombre et une rue jonchée d'ordures ?

Le mémorial était illuminé de bougies. Les grandes marches menaient à trois structures de béton qui s'élevaient étroites, tout en hauteur et finissaient par une avancée qui semblait offrir un abri au visiteur. Un énorme soleil de papier, peint en rouge, était suspendu par-derrière. Le vent forcit, courbant les petites flammes des bougies, harcelant le saule et agitant ses feuilles jusqu'à les faire tomber.

Le Shaheed Minar fut la première chose que détruisit l'armée pakistanaise pendant la guerre. Ce fut également la première à être reconstruite, en plus haut, plus grand, mais Maya aurait préféré qu'on le laissât en ruine, parce que maintenant, tel qu'il était, brillant et fraîchement repeint, il ne portait plus aucune trace des combats.

Elle s'assit sur la marche du haut, les fleurs sur les genoux, et regarda les gens faire leurs offrandes. Agenouillés devant les piliers, la tête inclinée. Personne ne parlait. Elle vit un homme qui pleurait doucement dans un coin. Il s'essuya grossièrement la joue de la main. Puis il se retourna et la dévisagea. Il resta un instant la tête penchée en avant comme s'il essayait de la reconnaître dans la lumière déclinante. Elle se leva, les fleurs tombant de ses genoux. La seconde d'après, il était près d'elle.

« Maya.

– Joy – c'est toi ? »

Il ramassa les fleurs et les lui tendit, éveillant des souvenirs vieux de presque dix ans déjà. Joy. Le jeune frère du meilleur ami de Sohail. Il avait passé pratiquement toute la guerre au bungalow, servi de garçon de courses aux rebelles, faisant la navette depuis la frontière pour transporter des provisions. Il avait perdu un frère, un père et un morceau de sa main droite à la guerre. Il lui avait donné un sobriquet, un jour ; elle essaya de se le rappeler.

Ils se regardèrent un long moment. Il était plus grand que dans son souvenir. Il se rapprocha d'elle et, sans s'en rendre compte, elle recula d'un pas. « Je te croyais aux États-Unis », dit-elle, se souvenant de leur dernière rencontre au cours de laquelle il lui avait annoncé son départ pour New York. Elle lui en avait beaucoup voulu d'avoir abandonné le pays si peu de temps après sa naissance.

« J'y étais.

– Mais maintenant tu es ici.

– De retour, oui. Depuis presque un an. Et toi ? J'ai entendu dire que tu étais quelque part dans le Nord.

– Moi aussi je suis de retour. » Elle ne voyait pas comment expliquer autrement son parcours.

« Et comment va Sohail ? » Son visage était sombre à la lueur des bougies, rouge des reflets du soleil rouge derrière le Shaheed Minar, mais son front large et sa mâchoire anguleuse lui apparaissaient distinctement.

« Sa femme est morte, dit Maya.

– Oui, je suis au courant. J'ai voulu l'appeler, mais…

– Il n'a pas le téléphone. » Ils se mirent à marcher en direction de l'université. Maya résista à l'envie de rappeler à Joy comment était son frère auparavant, sur le champ de bataille, pendant la guerre, comme étudiant révolutionnaire, d'évoquer cette transformation tragique qui s'était opérée en lui. « Parle-moi de New York. Les gratte-ciel sont-ils aussi hauts qu'on le dit ?

– Plus hauts que dans les films.

– Plus hauts ? Tu as dû te sentir tout petit.

– Ce ne sont pas les gratte-ciel qui vous donnent le sentiment d'être tout petits.

– Qu'est-ce que tu faisais, là-bas ?

– J'étais chauffeur de taxi. » Il la dévisagea et elle lui adressa un petit sourire, comme pour dire qu'il n'y avait rien de déshonorant à conduire un taxi. « Et je me suis marié.

– Marié ! » Elle s'arrêta. « C'est impardonnable. Tu t'es marié sans rien dire à personne ? »

Ils étaient arrivés au grand banian devant l'École des beaux-arts sous lequel ils avaient passé bien des après-midi avant la guerre. Il s'y appuya d'une main et se pencha en arrière. « Ce n'était pas ce genre de mariage.

– Quel genre, alors ? » Elle y réfléchit un moment puis la réponse lui vint et, sans réfléchir, elle laissa échapper, « Enceinte ? »

Il rit. « Maya l'Abeille. Elle pique comme une abeille. Comme Mohammed Ali. »

C'était ça, son sobriquet. Maya l'Abeille.

Il poursuivit. « Je l'ai épousée pour pouvoir rester en Amérique. Mon visa d'étudiant avait expiré et je ne voulais pas revenir.

– Toujours aussi attaché à ce qui est étranger, dit-elle.

– Je sais ce que tu en penses – tu as été très claire là-dessus la dernière fois qu'on s'est vus. » Il sortit un paquet de sa poche et le lui tendit.

« Une cigarette de New York ? Ça ne se refuse pas. »

Il mit deux cigarettes dans sa bouche, les alluma et lui en passa une.

« J'ai vu faire ça un jour dans un film, dit-elle.

– Moi aussi.

– Je croyais que tu n'aimais pas le cinéma. » Elle lui rappelait le soldat qu'il avait été, celui qui avait peur de paraître trop tendre.

« Je ne suis plus le même homme.

– Je n'en crois rien. »

Il changea de sujet. « Mais on me dit que, *toi*, tu n'as pas changé d'un iota. Toujours aussi combative. »

Elle rougit, pleine de timidité tout à coup. Elle lui parla de Rajshahi, de son projet d'être médecin de campagne, omettant la raison de son départ soudain. Elle se le représenta en train de pleurer à nouveau, avec sa façon de porter sa main à son visage. Elle aurait voulu lui dire quelque chose à propos de son frère. Aref avait été le meilleur ami de Sohail à l'université, inséparables depuis que Sohail avait découvert que le père d'Aref, comme *Ammoo*, parlait ourdou et qu'ils avaient des parents au Pakistan. Ce qui les rendait différents des autres, les obligeant à revoir leurs idées politiques en fonction de leur histoire familiale.

Elle tenait toujours ses sandales à la main. Elle se pencha pour les mettre et vit que lui aussi était pieds nus, le pantalon retroussé. « Où sont tes chaussures ?

– Je les ai laissées à la maison.

– À New York ? »

Ils rirent tous les deux. Il héla un rickshaw, l'aida à monter, puis, alors qu'elle s'apprêtait à lui dire au revoir, il se glissa à côté d'elle. « J'aimerais voir Sohail », décréta-t-il.

Elle se demandait ce qu'il savait au juste – si elle devait lui parler de ce qui se passait en haut, de tous ces visiteurs, de leurs vêtements lourds et noirs suspendus à la corde à linge, du fait que ça faisait des années qu'ils s'étaient débarrassés de leurs ampoules électriques, l'obscurité dans laquelle ils vivaient n'étant désormais plus traversée que, de temps à autre, par la faible lueur jaune des lampes à huile.

« Ce n'est pas le moment, dit-elle. Il s'est absenté. »

Il descendit du rickshaw. « Une autre fois », dit-il, la saluant de la tête comme s'il portait une casquette. Puis il ajouta : « Il y a une petite fête vendredi prochain chez Chottu et Saima. Tu veux venir ? »

Elle avait entendu parler de la fortune de Chottu et Saima, de leur grande maison de Gulshan. Ce qui éveillait un peu sa curiosité. Et elle se dit qu'elle ne détesterait pas savoir quand elle reverrait Joy. « Peut-être. Je t'appelle, d'accord ? »

Sur le chemin du retour, Maya se rappela la dernière fois qu'elle avait vu Joy. Ce matin-là, Cheikh Mujib, libéré de sa prison au Pakistan, arrivait à Dacca. Les gens s'étaient massés le long des rues, depuis l'aéroport jusqu'à la 32e Rue à Dhanmondi où il résidait. Maya retrouva Chottu et Saima sur Mirpur Road. Chottu s'était peint un drapeau vert et rouge sur la joue. Elle lui dit qu'il avait l'air d'un clown. Je m'en fiche, fut sa réponse. *« Joy Bangla ! »* « Victoire pour le Bengale. » Les gens affluaient de toutes parts, sortant des maisons et des boutiques, abandonnant leur voiture sur place, sautant des rickshaws. On soulevait les enfants pour les porter sur les épaules. Lorsqu'elle se retourna, la rue derrière elle avait disparu sous une marée humaine. Finalement, ils arrivèrent dans la rue que Mujib devait emprunter et se firent une place sur le trottoir. Les chants retentirent de plus belle. « Il arrive, dit Chottu dressé sur la pointe des pieds, je le vois »

Une clameur remonta la rue. Mujib se tenait debout sur la plateforme d'un de ces camions servant à transporter des briques ou des cageots de fruits, encadré par Tajuddin et Cheikh Moni. La plateforme était jonchée de fleurs. Quand il passa devant eux, Mujib regardait dans la direction opposée, si bien qu'elle ne vit que son dos, sa veste, sa *kurta* blanche. Le convoi circulait sans doute assez lentement mais Maya eut l'impression que le camion était passé à toute vitesse et elle s'engagea à sa suite, dans le flot de la foule. Elle prit Saima par le bras et toutes deux tentèrent de s'y frayer un passage. Elles voyaient à présent le dos de tous ces hommes qui avaient fini par revenir de la guerre, ces gens dont la victoire avait engendré un pays, qui allaient rédiger la constitution, leur donner un passeport et un hymne national.

Maya sentit que quelqu'un tirait sur son sari ; elle essaya de presser le pas, butant sur la personne qui la précédait. Voulant avancer plus vite, elle lâcha le bras de Saima. Et là, une petite tape sur l'épaule. Elle se retourna, irritée, et vit un homme qui avançait dans la foule, les yeux rieurs. Elle s'arrêta. Il s'arrêta. Ils restèrent immobiles à se regarder, comme deux rochers au milieu d'un fleuve, le flot de gens s'écoulant autour d'eux et entre eux. Elle voulut lui prendre la main, celle qui était la plus proche d'elle, mais il lui tendit l'autre pour une poignée de main. « Bonjour Joy, dit-elle bêtement.

– Maya l'Abeille. » Qui pique comme une abeille, avait-il coutume de dire. Rester là, dans cette position, à contre-courant, était impossible, si bien qu'elle tourna les talons et se remit à marcher. Elle sentit qu'il la suivait. De temps à autre ils étaient bousculés, et elle le sentait qui la heurtait légèrement. Elle se mit à fredonner un chant révolutionnaire et elle l'entendit qui le reprenait. Émue, elle essaya à nouveau de lui prendre la main.

C'est alors qu'elle le découvrit, ce vide où son doigt aurait dû se trouver. La main emmaillotée dans un épais bandage. Elle déplaça lentement le bout de son doigt sur ce qui était maintenant le bout de son doigt à lui, un bandage serré et doux. Elle se retourna à nouveau, lui lâchant la main, et le dévisagea. « Où est ton doigt ? lui demanda-t-elle.

– L'armée me l'a pris. »

Elle s'en saisit à nouveau, pressée par la foule derrière, et porta le doigt coupé à ses lèvres. « Au revoir, doigt, dit-elle.

– Au revoir Maya, répondit Joy, je m'en vais. »

Se méprenant, elle lui dit « Nous allons devoir inhumer ce doigt convenablement.

– Je pars en Amérique. »

Impossible. Elle s'écarta brusquement de lui. « Maintenant, tu pars maintenant ?

– Après-demain. »

La grossièreté du personnage lui revint en mémoire. Comment il avait pesté et juré tout au long de la guerre. Pillé un cinéma pour s'emparer du projecteur qui rouillait toujours dans le jardin de sa mère. Elle se raccrocha à cette preuve d'incivilité. « Bon vent, alors, dit-elle. Bonne chance. » Et pour lui serrer la main, elle prit celle qui était indemne, comme pour dire, vas-y, pauvre chose brisée, je n'ai pas besoin de toi.

Maya faisait maintenant le décompte des pertes que Joy avait subies et les comparait aux siennes. Il avait perdu son frère au combat, puis, après avoir été fait prisonnier par l'armée, il était rentré chez lui pour découvrir que son père n'était plus. Elle était réconfortée par la proximité de cet homme, lui qui avait survécu à des épreuves bien pires que les siennes.

*

Dans l'abri de jardin, il y avait un tas de boîtes recouvertes de poussière et de toiles d'araignée. En fouillant, elle retrouva son carnet de notes de sixième. Des notes médiocres et une appréciation de son professeur se plaignant de ce qu'elle bavardait trop et perturbait fréquemment le cours.

Une petite ombre se dessina dans l'ouverture de la porte : Zaid.

« Ah, te voilà. Je t'ai cherché hier, où étais-tu ?

– À l'école.

– Vraiment, tu es allé à l'école ? Que t'ont-ils appris ?

– Le français.

– Le français ? C'est une bonne école, dis donc. Tu es sûr que ce n'était pas plutôt une des femmes de là-haut ?

– Non, fit-il, secouant la tête, c'était une vraie école.

– Et tu portais une chemise et un pantalon ? »

Il tenait quelque chose derrière son dos, qu'il finit par lui montrer, un paquet emballé dans du papier brun. « Pour toi », dit-il.

Maya l'ouvrit en déchirant le papier. C'était un tablier de Ludo tout neuf avec des pièces de couleur et deux dés. « Pour moi ? demanda-t-elle. Où l'as-tu trouvé ?

– Mare-si, dit Zaid. Ça veut dire merci en français. »

Maya répéta le mot. « Merci. » Elle rendit le

tablier à Zaid. « Et si tu le gardais, comme ça quand tu as envie de jouer, tu le descends ?

– Maintenant on pourra jouer avec *Dadu* », dit-il l'air tout content avant de sortir, le tablier de Ludo en équilibre sur sa tête, laissant à nouveau la lumière pénétrer dans l'abri de jardin. Maya poursuivit son exploration, passant au crible de vieux journaux, des restes de ciment et de peinture, jusqu'à ce qu'elle trouve ce qu'elle cherchait : un projecteur de cinéma volé, encore dans sa boîte, dont les charnières avaient rouillé.

*

Vendredi, Joy passa la prendre pour aller à la fête. Il frappa à la porte, le sourire aux lèvres, fleurant bon le savon. *Ammoo* le salua chaleureusement tandis qu'il se baissait pour lui toucher les pieds, et interrompit *Dallas* pour lui demander des nouvelles de sa mère. Sa voiture sentait le cuir et l'après-rasage. Il baissa la vitre et sortit le coude, son autre main légère sur le volant. « Mais pourquoi es-tu allée vivre dans ce village, finalement ? » demanda-t-il alors qu'ils roulaient vers Gulshan.

Maya s'agita sur son siège. Elle avait décidé de porter un sari en coton tout simple, mais maintenant, avec cet air chaud qui s'engouffrait dans la voiture de Joy, le tissu se froissait déjà et elle commençait à regretter son choix. Elle aurait dû écouter sa mère et s'habiller un peu plus, porter de la soie ou de la mousseline. « Les choses bougeaient trop vite, dit-elle, je ne pouvais plus le supporter. » Cela semblait tellement dur, formulé ainsi.

« Et tu as laissé tomber ta formation, tout ça ?

– Je n'avais plus qu'une année à faire. J'ai fini mon internat à l'hôpital de Rajshahi. Et puis je suis devenue simple médecin de campagne. Mais c'est ce dont les gens ont besoin là-bas, quelqu'un qui les aide à mettre leurs enfants au monde. » Elle éprouva le besoin de lui en dire plus, parler des avortements qu'elle avait pratiqués après la guerre, lui expliquer que ce n'était que plus tard, bien plus tard qu'elle s'était rendu compte qu'elle avait accumulé une dette qu'elle s'acharnait encore à rembourser. Comment pourrait-il comprendre, ce n'était qu'un soldat, il avait tué par principe, mais les bébés de la guerre, les enfants du viol, ils avaient été abandonnés aux étudiants en médecine, aux volontaires qui travaillaient sous des tentes dans les faubourgs de la ville.

Ils étaient dans la 27e Rue à présent, à la hauteur du stade Abahani. Sur ce terrain, Maya se rappelait avoir joué au cricket avec Sohail, courant d'un guichet à l'autre dans son *salwaar kameez*.

« Tu as passé sept ans à Rajshahi ?

– Je suis d'abord allée à Tangail, mais ce n'était pas assez loin. » Ils fonçaient sur une grande avenue avec, à un bout, une fontaine, à l'autre, une sculpture abstraite. Elle voulait changer de sujet. « Alors, quoi de neuf à Dacca ?

– Moi aussi, ça ne fait pas très longtemps que je suis là. On a du mal à la reconnaître, tu ne trouves pas ?

– Hmm…

– Ils ont changé les numéros des rues – tu dois déjà être au courant. »

Oui, elle le savait. Le quartier de Dhanmondi avait été renuméroté. Nul ne savait s'il fallait utiliser les anciens numéros ou les nouveaux. L'ancienne 13e Rue, disait-on, la nouvelle 6e Rue A. C'était comme une pilule difficile à avaler, qui vous reste dans la gorge. Ils espéraient peut-être que, pour les gens, ces lieux traditionnels ne seraient plus ce qu'ils avaient été autrefois, les rues où ils avaient manifesté, les rues qu'ils avaient parcourues pour aller voter ; la 27e Rue n'était plus celle par laquelle étaient passés les blindés de l'armée. Et la 32e Rue n'était plus celle où Mujib avait été tué, tombant à la renverse dans l'escalier, sa pipe résonnant sur le carrelage, alors que le sang formait une fleur et colorait ses cheveux. Non, on ne pouvait plus dire, c'est arrivé à Bottrish Nombor, il fallait dire que c'était la 26e Rue A, une rue toute neuve où il n'y avait pas eu d'homme assassiné, pas d'homme et sa femme, pas de fils, de belles-sœurs, de frères, de neveux et nièces, de gardes du corps, de chauffeurs, de portiers. La 26e A était associé à une lettre anglaise ; ce n'était pas un numéro que l'on pouvait attribuer à ces morts. Oui, elle savait qu'ils avaient changé les numéros de rue.

Ils firent le reste du trajet en silence, Maya les yeux fixés sur la route qui passait devant le vieil aéroport, le cantonnement, Mohakhali avec ses nouveaux immeubles de bureaux et ses usines. Ils arrivèrent enfin à Gulshan où les parcelles de terrain étaient deux fois plus grandes, les rues pleines de voitures, où le Dictateur lui-même employait la douceur.

Les joues de Chottu étaient rouges et luisantes. « Mon Dieu, mais c'est une revenante ! » Il mit son bras autour des épaules de Joy. « Où l'as-tu dénichée ?

– Shaheed Minar, dit Joy. Nous étions en train d'allumer des bougies. »

Chottu éclata d'un gros rire hoquetant. « Toujours à chercher les ennuis, *dost*[1]. Viens, Maya, entre. Saima va m'étrangler si je te garde pour moi. » Il les conduisit à travers la maison et le jardin qui avait été décoré de guirlandes de lumières, jusqu'à une grande tente jaune.

Une femme dans un sari de mousseline de soie bleue tendit un verre à Chottu. « Écoutez-moi tous, voici Maya, ma vieille amie de *muktijuddho*[2] ! » Son verre à la main, Chottu accompagna ces mots d'un geste en direction des personnes présentes. Quelques-unes se retournèrent et la saluèrent. « Qu'est-ce que je te sers, Maya ? Un Coca ? Un peu de *vino* ? »

Il baissa le ton. « *Whisky* ? Ce que tu veux, Paul te l'apportera. » Un homme apparut auprès de Chottu. Il portait un costume et des gants blancs.

---

1 *Dost, dosto* : ami, ou amis.
2 Guerre d'indépendance.

« Un jus de fruits ? » dit Maya.

Chottu hocha la tête, déçu, et se tourna vers Joy. Joy regarda Maya, s'éclaircit la voix. « Un jus de fruits pour moi aussi, merci.

– T'es un beau salaud, dit Chottu. De quoi j'ai l'air, maintenant ?

– Ananas, mangue, tomate, Tang ? » demanda le serveur. Maya entendit un cri strident et se retourna pour voir Saima qui chaloupait vers elle, un gros bébé dans les bras.

« Je vais te tuer, je vais te tuer là, tout de suite, tu es de retour en ville, et tu ne m'as pas appelée ? Eh, Joy, tu ne m'avais pas dit que tu l'amènerais, tu pensais me faire une surprise, espèce de voyou, *OHMYGOD*, je n'y crois pas. » Elle refila le bébé au serveur et prit le visage de Maya dans ses mains. « Laisse-moi te regarder. *Alhamdulillah*, tu n'as pas pris une ride, femme cruelle que tu es ! Regarde-moi, j'ai déjà l'air d'une vieille peau à côté de toi. »

Maya secoua la tête en signe de dénégation et lui retourna le compliment, appréciant le magnifique sari que portait Saima, sans oublier les mèches de cheveux savamment arrangées qui lui encadraient le visage. Les gens les regardaient à présent. Saima prit la main de Maya et entreprit de la présenter aux invités. La femme au sari de mousseline bleue s'appelait Lovely. Pintu, son mari, était un tout petit homme qui transpirait dans son tee-shirt blanc. « Voici Khaled, et Minny, ils habitent en face, et le frère de Khaled, Sobhan, et sa femme, Dora. Dora fait des gâteaux absolument merveilleux, au chocolat, à la vanille, au citron – ceux au citron sont divins. » Dora glissa son bras sous celui de son mari et adressa un vague sourire à Maya. Maya se demanda ce qui était arrivé à leurs vieux amis, ceux d'apparence un peu plus pauvre avec lesquels ils avaient fait leurs études et étaient partis faire la guerre. C'est la paille et la poutre, se corrigea-t-elle ; toi non plus tu n'as pas entretenu tes vieilles amitiés. La main molle et moite dans celle de Maya, Saima allait d'un invité à l'autre. Elle souriait, souriait, laissant une trace de rouge à lèvres sur une dent de devant. « Je veux tout savoir, dit-elle, que tu me racontes absolument tout. Mais il faut d'abord que j'aille voir ce qui se passe en cuisine. Ils vont faire n'importe quoi si je ne les surveille pas. »

Maya s'était posée au bord d'un fauteuil bien rembourré. Le *Alhamdullilah* de Saima la dérangeait ; il y a quelque temps de cela, elles auraient ri des gens qui invoquaient Dieu à tout bout de champ. Mais maintenant, tout le monde s'y était mis ; le matin même, elle était allée chez le marchand de légumes et après avoir payé et pris congé, elle l'avait entendu dire *Allah hafez*. « Qu'est-ce que vous reprochez à la salutation traditionnelle, avait-elle rétorqué. *Khoda hafez* n'est pas assez religieux pour vous ? » L'homme avait tombé le masque et lui avait tendu son argent. « S'il vous plaît, allez acheter vos légumes ailleurs », avait-il dit calmement.

Une bouffée de chaleur monta aux joues de Maya au souvenir de l'incident. Elle serait désormais obligée d'aller jusqu'à Mirpur Road pour le moindre achat. Elle parcourut la pièce du regard. Rencontra celui de Lovely qui lui fit un petit signe. Maya lui répondit par un signe aussi. Où était Joy ? Son sari était plus que froissé, à présent, et elle se rendit compte qu'il bouffait de manière disgracieuse sur ses hanches. Elle pourrait peut-être aller voir où était la salle de bains et s'arranger un peu. Elle sortit de la pièce et emprunta un long couloir aux murs couverts de tableaux. Des petites ampoules encastrées dans le plafond éclairaient chacun d'eux. Elle se retrouva devant une huile représentant un paysage de campagne : des plants de riz jaunes et des paysans en train de travailler, ronds, muscles saillants, pieds enfoncés dans la terre jusqu'aux chevilles. Cette toile ne ressemblait en rien aux gens parmi lesquels elle avait vécu ces dernières années ; là-bas, les hommes qui arpentaient les rizières étaient plus souvent maigres que ronds, émaciés par le travail et la faim.

Elle vit une femme en jean et *kurta* de couleur vive qui examinait une autre des toiles de Chottu. « Bonjour », lui lança-t-elle, voulant paraître amicale.

La femme l'examina des pieds à la tête, embrassant du regard la simplicité du sari, les mains nerveusement soudées ensemble. « On dirait que vous n'aimez pas beaucoup ce genre de réjouissances.

– Je ne suis pas très douée pour les réjouissances.

– Même chose pour moi. C'est mon mari qui a insisté pour que nous venions.

– Je suis une vieille amie de Saima. Maya Haque.

– Moi c'est Aditi. Oh mais oui, ils m'ont parlé de vous. Le médecin engagé. »

Maya sourit, le qualificatif lui plaisait. « Le temps est aux réjouissances, alors ?

– Pour la majorité des gens, oui. Vous avez été absente ?

– En quelque sorte.

– Il ne faut pas leur en vouloir, vous savez. Ils ont envie de s'amuser. Pas de rester enfermés dans le passé. »

Elles retournèrent ensemble parmi les autres.

On avait mis de la musique et quelques personnes commencèrent à danser, se trémoussant de droite et de gauche, un verre à la main. Ils se bousculaient, se touchant du bout des doigts. Maya retrouva Joy et Chottu dans un coin du jardin, parlant d'un projet d'entreprise. « Alors, qu'est-ce que tu en penses, *dosto*, tu veux en être ?

– Je n'ai pas encore pris ma décision.

– Ne t'en fais pas. » Chottu se pencha tout près de Joy et lui tapota la poitrine. « Quand on pense à tous les crétins qui gagnent de l'argent dans ce pays, il n'y a aucune raison pour que nous ne puissions pas en profiter. Tu n'es pas d'accord, Maya ?

– Si, pourquoi pas. » Elle vit que Joy la regardait. Elle se rappela que son père avait été propriétaire des filatures de jute de Khulna. « Vous pouvez gagner tout l'argent que vous voulez. Mais ce n'est pas comme ça que vous arrangerez les choses.

– Nous laissons ça aux médecins. Et aux politiciens.

– Laisser ça aux autres et laisser le pays s'enliser ?

– Ah Maya, dit Chottu en secouant la tête, tu prends toujours les choses trop au sérieux. On vieillit, alors moi je dis qu'il vaut mieux s'amuser un peu avant de mourir. » Il leva son verre, vide, hormis quelques glaçons. Maya lança à Joy un regard horrifié, s'attendant à ce qu'il réponde en roulant des yeux, complice, mais il se contenta de la dévisager, l'air imperturbable. L'une des amies de Saima – Molly ou Dolly, ou quelque chose comme ça – toucha le bras de Maya. « Bonjour ! » dit-elle.

La femme, sanglée dans un corsage sans manches, ressemblait à une pile de pneus de vélo. « Bonjour, répondit Maya, faisant un effort pour ne pas regarder la graisse de son cou.

– Alors comme ça, vous êtes une amie de Saima ?

– D'école, oui. »

La femme regardait Maya avec insistance. Maya la regarda aussi.

« Vous n'êtes pas mariée ?

– Non.

– Vous ne voulez pas vous marier ?

– Je ne crois pas. Enfin, je ne sais pas, je n'y ai pas vraiment réfléchi. »

Les yeux de la femme scrutaient Maya. « Venez avec moi, dit-elle, prenant le bras de Maya. Je vais vous présenter mon frère, Saadiq. Il est expert-comptable. »

Maya s'écarta. « Oh, non, merci. »

La femme tint bon. « C'est un très très bon parti. Et il plaît aux filles. Mais je voudrais quelqu'un de simple, de modeste, pas trop – vous voyez ce que je veux dire ? Les filles d'aujourd'hui. Venez, venez, que craignez-vous ? »

Saima s'approcha et mit son bras autour des épaules de Maya. « Alors tu as fait la connaissance de mon amie. Elle est unique, tu sais. Non seulement elle est médecin, mais elle chante – et même plus joliment qu'un rossignol. Au fait, Maya, et si tu nous chantais quelque chose, juste un petit truc ? »

Le visage de la grosse femme s'épanouit en un large sourire. Maya secoua la tête. « Je n'ai pas chanté depuis trop longtemps. »

Saima attira son attention. « Si je peux me permettre, je vais vous emprunter mon amie. » Elle rit et entraîna Maya du côté du buffet. « Ne fais pas attention à elle, elle est totalement inoffensive. » Une longue table avait été dressée contre le mur du fond du jardin. Des hommes en veste blanche y servaient des *rooti* fraîchement roulées et des kebabs. À l'autre bout de la table, du biryani et du curry de mouton, du poisson et de la salade complétaient le repas.

Un jour, peu de temps après la guerre, elle circulait sur un rickshaw dans une des nouvelles rues de Dhanmondi. Le lac était calme, le ciel sans nuages, le soleil cognait fort. Vers 1972, les maisons du quartier étaient clairsemées, chaque parcelle de terrain séparée par une vaste pelouse et un espace dégagé. Le rickshaw allait prendre la 13e Rue lorsque Maya vit une femme accroupie sur la pelouse, devant sa maison. Elle la vit arracher une poignée d'herbe et se l'enfourner dans la bouche en jetant des regards furtifs autour d'elle. Maya avait déjà été témoin de toutes sortes de misères, pendant la guerre et l'été qui avait suivi, cependant que le riz dépérissait dans les champs et que les gens se précipitaient en ville, une croûte de sel autour de la bouche, mais c'est le souvenir de cette femme, aperçue dans la lumière éblouissante du plein été, son sari retombant autour d'elle comme les ailes protectrices d'une créature depuis longtemps disparue, qui l'avait accompagnée tout ce temps, et elle n'avait jamais pu chasser le sentiment qu'ils n'étaient tous qu'à deux pas de s'accroupir sur leurs pelouses pour être allaités par la terre nourricière elle-même.

« Tu devrais aller à Rajshahi, dit-elle à Saima, tu verrais le pays sous un autre angle. »

Elle soupira. « Oh, j'adorerais. Quelle vie, tu devais avoir, là-bas. Moi j'ai une vie agitée, bien trop agitée. Il y a tellement à faire, ici. La maison n'est pas encore terminée – les peintures n'ont pas encore été faites à l'étage. Et les toilettes sont dans un état ! Les *mistri*[1], il faut toujours être derrière eux. »

Elle opina, distraite par la façon dont Saima déplaçait ce qui était dans son assiette mais sans avaler quoi que ce fût. « Je ne trouve plus personne capable de m'aider convenablement, les enfants détestent la *bua*, mais au moins ce n'est pas une voleuse comme la précédente. Mais assez parlé de moi. Dis-moi ce que ça fait de revenir chez soi après tout ce temps ?

– Ça a passé tellement vite, dit Maya. Tu sais que la femme de Sohail est morte ?

---

1 Artisan en gujarati et d'autres langues indiennes, déformation du mot *mestre* (maître, expert) en portugais.

– Non, je l'ignorais. *Innalillah.* Ça fait longtemps que nous ne l'avons pas vu. C'est comme si vous aviez tous les deux disparu ensemble. »

La comparaison déplut à Maya. « Il habite en haut, il a un fils.

– Et que devient-il ? »

Elle chercha les mots justes sans parvenir à les trouver. Elle ne savait jamais comment raconter la conversion de Sohail, comment d'homme ordinaire il s'était métamorphosé en saint homme. Elle aurait voulu être plus sincère vis-à-vis de cette femme qui avait été son amie. Il y a bien longtemps, elle aurait pu dire à Saima que tout ça l'écœurait, le tableau des paysans, cette masse de nourriture sur son buffet, la façon dont Mousseline Bleue posait sa main sur le bras de Chottu. Mais plus maintenant.

Joy s'approcha d'elles, s'essuyant les mains avec une serviette de table en tissu. « Délicieux, ce dîner, Saima. Tu es aussi talentueuse que belle.

– Alors, on flirte avec ma femme ? lança Chottu en administrant à Joy une grande claque dans le dos. Il faut bien que quelqu'un le fasse, je n'ai pas le temps de batifoler – trop occupé à gagner assez d'argent pour payer les saris et les boucles d'oreilles de madame ! »

Saima sourit, le visage à la fois ouvert et tendu.

« Tu ferais bien de te méfier, dit Joy. Ta femme est ravissante et tu n'arrêtes pas de prendre du bide.

– Une femme ça va, ça vient, mon vieux, mais il n'y en a pas une qui m'empêchera de manger ce que je veux. »

Au dessert – entremets à l'ananas, à la pêche et biscuits à la cuiller – la femme qui s'appelait Aditi aborda de nouveau Maya. « Vous avez mangé ?

– Oui, c'était délicieux.

– Saima fait toujours la cuisine pour tout un régiment. » Aditi baissa la voix. « Pour être franche, je préfère mille fois le riz aux lentilles plutôt que cette espèce de biryani.

– Moi aussi, dit Maya.

– Peut-être aimeriez-vous rencontrer d'autres amateurs de riz aux lentilles.

– D'autres dinosaures, attachés au passé ?

– Des journalistes. »

Maya était sceptique. « Vous voulez parler de ces gens qui nous racontent que le Dictateur est un grand leader ?

– Nous ne sommes pas tous pareils. » Elle griffonna une adresse sur un bout de papier. « Passez me voir. »

Elle plia la note et la posa au creux de sa main. Tout plutôt que le biryani de Saima et son *Alhamdullilah*.

« Appelle-moi, dit Saima, en l'étreignant affectueusement. Que dis-je, tu te fais désirer. Moi je t'appelle. Je t'appellerai demain. On se fera un déjeuner. Oh, et dis à ta mère que je l'embrasse. Demain, d'accord ? N'oublie pas, hein ? »

Maya espérait qu'en la reconduisant Joy se tairait. Son sari n'avait plus aucune tenue, et, ne cherchant plus à y remédier, elle posa son pied sur le siège et laissa les plis s'ouvrir sur ses genoux. Cette nuit la mettait mal à l'aise. Elle pensa à Saima, au plaisir qu'elle avait eu à la revoir – et à l'impatience avec laquelle ces villageois de Rajshahi s'étaient débarrassés d'elle. Elle flottait dans une espèce d'incertitude. Elle se sentait trop vieille et trop jeune. Laide. Vieille fille laide dans un sari laid. Mais même, elle pourrait très bien faire ce qu'il fallait pour être de nouveau des leurs. Ils oublieraient vite ces retrouvailles embarrassantes et il y aurait d'autres après-midi avec Chottu et Saima, balançant ses jambes sur un accoudoir de fauteuil. Elle les amènerait peut-être à parler du passé mais ils parleraient surtout d'eux-mêmes et des gens qu'ils connaissaient, échangeraient des potins et se plaindraient de la chaleur. Une partie d'elle-même le voulait, mais elle savait qu'elle n'y arriverait pas. Joy pensait-il à cela, en la reconduisant chez elle en silence ? Elle s'en fichait. Il ne s'était pas franchement précipité pour la défendre. Aller à cette soirée était une erreur – une erreur de croire qu'à son retour à la maison tout serait comme avant.

*

Maya s'efforça d'oublier la fête. Elle se mit à observer les allées et venues à l'étage. La grassouillette s'appelait Khadija, fille d'un riche fermier de Sylhet. Elle avait pris la suite de Silvi pour prononcer les sermons ; deux fois par jour, des cohortes de femmes débarquaient et allaient s'entasser dans les pièces du haut. On disait qu'il en venait d'aussi loin que d'Italie et de Cuba.

Le téléphone sonnait toutes les après-midi à quatre heures et une jeune femme d'en haut descendait pour attendre l'appel. Elle arrivait avec quelques minutes d'avance, hésitait sur le pas de la porte, ôtant ses chaussures et agitant nerveusement ses orteils dans ses chaussettes.

Lorsque le téléphone sonnait, elle était prête à bondir, mais elle attendait que quelqu'un sorte de la cuisine pour répondre et, quand Maya ou Rehana lui tendait le combiné, elle le prenait à deux mains. Ensuite elle s'accroupissait et chuchotait. La conversation ne durait que quelques minutes, puis elle remontait précipitamment à l'étage.

C'était tout ce que Maya savait des gens d'en haut. Une fille qui chuchotait au téléphone et un garçon qui transportait de l'eau dans un seau.

Elles nettoyèrent l'emplacement disponible dans le jardin. C'était l'endroit idéal, exposé au vent du sud, abrité du soleil par un cocotier. *Ammoo* se pencha sur le trou creusé par Maya et défit la grosse toile de jute, faisant courir ses doigts sur les racines délicates du jeune arbre. Elle murmura une prière, puis souffla doucement sur l'arbre. Puisses-tu donner longtemps des fruits, dit-elle. Maya l'aida à reboucher la blessure faite à la terre et, ensemble, elles versèrent quelques tasses d'eau sur le monticule.

« *Ma*, dit Maya, j'ai l'impression que Sufia me vole. »

La tête d'*Ammoo* pivota. « Qu'est-ce qui te fait croire ça ?

– Quelques billets manquants dans mon sac. »

Ammoo mit un doigt sur sa bouche. « Moins fort, dit-elle. Elle pourrait sortir de la cuisine et t'entendre.

– Si c'est une voleuse, je ne devrais pas être obligée de parler tout bas.

– Ça fait six ans qu'elle travaille pour moi, elle ne m'a jamais rien pris.

– Alors, elle a peut-être quelque chose contre moi.

– Ne sois pas ridicule. Vérifie à nouveau, tu as peut-être mal compté. »

Ammoo avait l'air si sûre d'elle. « Ah bon, peut-être bien, après tout. »

Maya retrouva une de ses vieilles revues de médecine dans la remise, un numéro de 1960 de la *Lancet*, qu'elle avait trouvé à Nilkhet chez un marchand de livres d'occasion, juste après la guerre. « Les causes courantes de blessures à l'œil chez les jeunes », lut-elle. Elle entendit un bruit de dispute et sa mère qui disait « Ce n'est pas la première fois, *beta* », à voix basse et avec sévérité. Maya referma sa revue et alla jusqu'à la cuisine sur la pointe des pieds. Un fracas de verre cassé. Maya trouva *Ammoo* dominant Zaid, une main en l'air.

Ammoo se retourna et la vit. « Maya, ne reste pas là, s'il te plaît. » Zaid tenait une assiette dans sa main ; les débris d'une autre étaient éparpillés à ses pieds. Il refusa de regarder Maya dans les yeux et garda la tête baissée. « Maya, s'il te plaît, je t'ai demandé de t'en aller, je m'en occupe. »

Maya s'éclipsa, clignant des yeux à la lumière du soleil. Plus tard, *Ammoo* s'avança à pas lents sur la véranda dans des pantoufles en caoutchouc, ses pas produisant le même son que des claques.

« C'était lui, dit *Ammoo*. C'est lui qui a pris l'argent. » Elle tendit quelques billets à Maya. « Tiens, prends ça. » La main d'*Ammoo* tremblait. De fines gouttes de sueur perlaient sur son front.

« Voyons, maman, ça n'est pas grave.

– Il vole, il ment. Je ne sais plus quoi faire. »

Maya se rappela le jeu de Ludo, bizarrement neuf. « Sa mère vient juste de mourir, il fait ce qu'il peut. »

Ammoo secoua la tête. « Non, ce n'est pas ça.

– L'as-tu frappé ? »

Ammoo secoua la tête. « Il a un sale caractère. Il y a quelques mois, il a mis le feu aux rideaux. J'ai bien cru que toute la maison allait flamber. »

La semaine suivante, Rehana préparait des *rooti*. Assis sur des tabourets bas, Maya et Zaid attendaient que le pain soit frit et qu'elle le serve. Un corbeau arriva battant des ailes le long du haut mur que l'on voyait par la fenêtre de la cuisine.

« Pourquoi il a pas de chaussures ? dit Zaid.

– Le corbeau ? demanda Rehana.

– Parce qu'il a des serres, dit Maya. Et de toute façon, les oiseaux n'ont pas besoin de chaussures, ils ont des ailes. » Tu aimerais bien avoir une paire d'ailes, pas vrai, pensa-t-elle. Puis elle dit, « Est-ce que tu connais ton alphabet ?

– *Alif ba ta sa*, marmonna-t-il en mâchant consciencieusement sa *rooti*.

– Pas arabe, bengali. Connais-tu ton *ko kho* ? »

Il croqua de nouveau dans son pain. « Non, dit-il.

– Tu parles toutes ces langues et tu ne connais même pas ton propre alphabet ! Je vais te l'apprendre.

– Il faut que j'y aille. » Il se sauva de la cuisine, sautant par-dessus la carpe vidée, l'œil vitreux, qui avait été posée par terre.

Zaid remplit son seau et Maya l'aida à le hisser en haut de l'escalier. Arrivée sur le palier, elle vit que c'était jour de lessive : trois burqas noires, et une djellaba blanche suspendue au milieu d'elles comme un signe d'allégeance. Rehana lui avait dit que les femmes d'en haut faisaient sécher leurs sous-vêtements la nuit et les rentraient avant la prière de l'aube. Avec ces chaudes nuits de printemps, pas de problèmes, mais ça devait se compliquer en hiver. À la pensée d'une assemblée de postérieurs réfrigérés, elle partit d'un grand éclat de rire.

« Viens demain, dit-elle, nous travaillerons le *ko kho.* »

Il eut l'air hésitant, plissa les yeux.

Le lendemain, alors qu'il rechignait encore à prononcer le nom des lettres, elle lui dit « Tu sais, j'ai vécu dans un village, et je connais plein de garçons qui n'ont toujours pas appris leur *ko kho.*

– Aussi grands que moi ?

– Plus grands. »

Il était perpétuellement en mouvement, se grattait une oreille, puis se fourrait un doigt dans une narine, avant d'attaquer l'autre, semait la zizanie en posant la main au milieu d'une colonne de fourmis rouges qui traversait le jardin. « Je veux aller à l'école, dit-il.

– Allez, encore une fois, dit-elle exaspérée. *Ko.* »

Il l'ignora, écrasant les fourmis avec son pouce, les assassinant l'une après l'autre.

Elle fit une autre tentative. « Tu sais, ce corbeau que tu as vu hier ?

– Hmm. » Et vlan, une écrasée, puis une autre, et encore une autre. « Celui qui n'avait pas de chaussures ? » Il en surprit une qui courait sur son bras et l'écrasa entre ses doigts.

« Celui qui n'avait pas de chaussures. Tu n'aimerais pas savoir épeler corbeau ? Tu pourrais lui écrire une lettre et lui demander pour ses chaussures.

– Les corbeaux ne lisent pas les lettres. »

Elle se laissa aller en arrière dans l'herbe, vaincue. « D'accord. Tu as raison.

– Je veux aller à l'école », répéta-t-il.

Le seau était plein. Cette fois, elle le laissa faire tout seul, affectant de ne pas compter les longues minutes qu'il mit à monter les marches, ni les éclaboussures qu'il fit au passage, figeant la poussière de l'allée en dessous.

Ils jouaient au Ludo presque toutes les après-midi. « Je sais que tu triches », dit un jour Maya, brandissant la pièce de Ludo rouge. « *Ammoo*, tu as vu ce qu'il a fait, là ?

– Oui, dit Rehana, tu as avancé d'une case en trop, *beta*.

– Tu vois, ta *Dadu* est d'accord.

– Très bien, dit-il en croisant les bras sur sa poitrine, remets-la où elle était, alors.

– Et si on travaillait l'alphabet, pour changer ? »

Il secoua la tête. « Il faut que j'y aille. » Il souleva le tablier laissant les pièces s'éparpiller sur le sol.

« *Ma*, dit Maya après son départ, ramassant les petits disques ronds, je voulais te demander quelque chose.

– Mais oui, ma fille.

– J'ai réfléchi, à propos de Zaid. Tu te souviens du jour où nous sommes allés chez l'épicier et où il s'est conduit si bizarrement. Et le fait qu'il vole. Il n'y a qu'une chose à faire, et je pense que si on peut y arriver, ça pourrait être la solution. Je voudrais l'inscrire à l'école. »

Ammoo acquiesça, comme si elle s'y attendait. « C'est vrai qu'il parle beaucoup d'aller à l'école.

– Je suis allée voir la directrice de celle qui est à deux pas. Elle a dit qu'elle lui ferait passer un examen, et que s'il réussit, il pourra commencer en janvier. »

Ammoo replia le tablier de Ludo et le remit à Maya. « J'ai déjà eu cette conversation avec ton frère de nombreuses fois, Maya.

– Mais il n'est jamais là ; il ne le saura même pas.

– Tu ne comprends pas. Tu crois que Zaid fait ce qu'il veut, mais on le surveille de très près, là-haut, tout le temps.

– Si Sohail l'apprend, je dirai que c'était mon idée.

– Il va s'en prendre au garçon. »

Maya écarta cette éventualité d'un geste. « Je vais te dire, je n'accepterai pas qu'il me dise non, pas lui. » Elle était résolue à trouver le moyen d'y arriver.

Fin mars, alors que les soirées fraîches faisaient place à la chaleur et aux tourbillons de poussière qui allaient avec, elle le prit la main dans le sac. Le sien. La surprise se peignit sur son visage, mais il resta là, à fixer sa main, comme si celle-ci allait lui souffler ce qu'il devait dire.

Elle se rua sur lui et s'empara de son sac. Il se jeta à genoux, et ses cheveux frôlèrent les pieds de Maya cependant qu'il prononçait ces mots, reniflant comme à son habitude : « Pardon, je voulais pas. »

Elle s'accroupit, et le souleva en le prenant sous les bras pour qu'ils soient les yeux dans les yeux.

« J'suis pas un voleur », dit-il en secouant la tête.

Elle le crut. « Alors ne me vole pas comme si tu en étais un. » Il fondit en larmes alors qu'elle le reposait sur le canapé. « Tu as besoin d'argent ? lui demanda-t-elle.

– Non », fit-il. Puis, « Oui. »

Elle essaya de lui donner de l'argent mais il tremblait de tout son corps et ne put l'accepter. « S'il te plaît, ne dis rien à *Abboo*, l'implora-t-il. S'il te plaît, s'il te plaît. »

Elle pensa à ce que le père de l'enfant dirait. De ses mensonges, du fait qu'il triche au jeu et qu'il vole de l'argent à sa tante. Elle voulait lui parler de ces choses-là, lui enseigner tout ce qu'on doit inculquer à un jeune enfant sur la différence entre le bien et le mal. Mais où en serait-il, ce gosse, s'il ne faisait pas semblant de parler français ? Dieu voit tout, lui dirait son père, mais ça n'allait pas lui rendre sa mère.

De ce jour, chaque fois qu'elle s'apercevait qu'il lui manquait quelques billets dans son sac, elle supposait que Zaid les avait pris. Elle s'en fichait ; et même, elle en tirait une sorte de fierté, elle l'imaginait avec un fruit ou un œuf dur acheté dans la rue, et ce fruit et cet œuf dans ses mains allaient lui remplir l'estomac, lui procurant un peu de plaisir, grâce à elle, parce qu'elle faisait semblant de ne rien voir.

1972

Mars

Le changement chez Sohail avait commencé à peine était-il rentré de la guerre. Maya et *Ammoo* se firent la remarque qu'il avait minci, parlant de son apparence pour essayer de réduire la distance qui s'était installée entre eux. Il ne leur avait pas fallu longtemps avant de se rendre compte qu'il s'était renfermé en lui-même. Qu'il était devenu un homme peu disert, soucieux du mot juste, méticuleux. Se baignant deux fois par jour, parfois même trois. Repassant ses chemises, une en particulier à carreaux rouges et bleus, qu'il portait le matin, enlevait pour le déjeuner, et remettait à la tombée de la nuit. Chaque soir, au cours de ces premières semaines, Maya attendait qu'il lui parle de la guerre, espérant qu'il commencerait son récit dès qu'*Ammoo* aurait dit bonne nuit et emporté la lampe, en leur recommandant de ne pas se coucher trop tard.

« Alors… » commença-t-elle un soir, se tournant vers lui.

Il fourragea dans la poche de sa chemise. « Ça ne te dérange pas ? dit-il, agitant un paquet de cigarettes.

– Non, bien sûr que non. Depuis quand est-ce que tu me demandes la permission ?

– Je ne sais pas. Tu ne vas pas me dire que je prends de mauvaises habitudes ?

– Les révolutionnaires sont à l'abri de toute convention sociale. Tu ne le savais pas ?

– Parce que j'ai réchappé à tellement de balles que maintenant je suis invulnérable ?

– Absolument. Plus rien ne peut t'atteindre.

– Bien, dit-il, avalant la fumée. J'en ai assez d'obéir aux ordres. »

Une fois encore elle pensa qu'il allait peut-être se découvrir, tout déballer, là, de A à Z, de la guerre à la paix, et qu'à la fin ce serait comme si elle y avait été. La distance entre eux serait balayée, oubliée. Son propre retour n'avait certes pas été facile non plus. Elle aurait aussi aimé lui confier certaines choses, comme pour tourner la page, reléguer ces neuf mois de guerre quelque part, en un lieu confortable et lointain.

Au lieu de cela, il fumait, avec une telle

énergie qu'elle pouvait entendre le bout de sa cigarette se consumer.

« Je suis fatigué, dit-il, quoique sans faire le moindre geste pour se lever.

– Le voyage a été long ? lui demanda-t-elle, se rendant compte qu'elle ne savait même pas la distance qu'il avait dû parcourir pour rentrer.

– Oui.

– À pied ?

– Pour l'essentiel. »

Il écrasa sa cigarette sous son talon puis ramassa le mégot et le lança au loin. Ils le regardèrent se perdre dans la nuit du jardin.

« Je suis fatigué », répéta-t-il et elle comprit à cet instant qu'il n'avait aucunement l'intention de lui dire quoi que ce fût, qu'il allait tout garder pour lui, ne le distiller qu'au fil des années et qu'en attendant ces choses-là resteraient entre eux, dans le silence et la colère.

Puis, Piya est arrivée, et tout a changé.

Quand Maya la trouva devant la porte, elle avait attendu toute la matinée sans oser sonner. Maya était sur le point de sortir pour prendre son service de l'après-midi au Centre de réadaptation ; elle était élégamment vêtue d'un *churidaar* et d'une *kurta*. Elle s'était même autorisé un tout petit peu de rouge à lèvres.

« Vous cherchez quelqu'un ? » demanda-t-elle, appréhendant d'un seul coup d'œil les sandales usées de la fille, le vieux sari défraîchi et enroulé serré autour de sa tête. La femme se contenta de tendre un bout de papier à Maya, sans mot dire. Leur adresse était inscrite de la main de Sohail, avec ces mots « Si Dieu le veut, nous nous reverrons ».

Sohail était en train de fumer une cigarette dans le jardin. Il la jeta en voyant arriver Maya. « Quelqu'un te demande.

– Qui ça ?

– Je ne sais pas. Une fille. Elle ne veut rien me dire. »

Il se précipita à la porte. « Piya ? »

La femme sembla se redresser en le voyant et, un instant plus tard, ils s'étreignaient et elle s'essuyait le visage avec le bout de son sari. « Ils m'ont jetée dehors, pleura-t-elle. Je ne suis pas la bienvenue chez eux.

– Tu as bien fait de venir », dit-il.

Maya était bêtement restée là, la main sur le loquet, honteuse de la petite pointe de jalousie qu'elle avait ressentie en les voyant s'étreindre. Puis la femme changea de position et sa tête apparut, découverte. De surprise, Maya étouffa un cri. Elle avait les cheveux courts, manifestement tondus quelques semaines auparavant. Sohail entraîna Piya à l'intérieur, ne jetant qu'un très bref coup d'œil à Maya, un regard qui semblait dire, s'il te plaît, ne me demande rien ; pour une fois, je t'en prie, ne me demande rien.

Lorsque Maya rentra le soir du Centre de réadaptation, Piya était assise dans le salon. Rehana lui tapota le dos. « Piya va rester chez nous. »

Piya fit un signe de tête à l'adresse de Maya, qui fit de même. Personne ne dit mot des raisons de sa présence. Elles supposèrent que Sohail avait rencontré cette femme pendant la guerre, qu'elle avait des problèmes et que sa famille l'avait renvoyée – Maya savait qu'il n'y avait qu'une sorte de problème qui pouvait l'avoir poussée à apparaître sur le seuil de leur porte.

Des femmes comme elle, Maya en voyait tous les jours au Centre de réadaptation ; elles arrivaient en masse depuis des semaines. Certaines avaient été violées dans leurs villages, devant leurs maris ou leurs pères, d'autres kidnappées et retenues dans les quartiers militaires pendant toute la durée de la guerre. Maya était chargée de dire à ces femmes que leur vie allait bientôt revenir à la normale, qu'elles pourraient rentrer chez elles et que leurs familles les accueilleraient comme des héroïnes de la guerre, avec force embrassades. Elle le leur disait chaque jour, sachant que c'était un mensonge, et elles écoutaient en silence, fixant leurs genoux, souhaitant que cela fût vrai.

Certaines savaient très bien que c'était un mensonge. Dans un élan de générosité après la victoire, le nouveau gouvernement avait autorisé quelques soldats ennemis à rentrer chez eux au Pakistan, et un certain nombre de femmes avaient décidé de partir avec eux. Maya avait été réveillée un matin par un appel du centre. *Elles sont à l'aéroport, elles tentent de partir.*

À l'aéroport, c'était la pagaille, les gens essayant de rentrer dans le nouveau pays ou bien de le quitter, tentant de se frayer une place au-devant de la première file qui s'était formée devant le premier guichet en service. Mais habillées en futures mariées, ces femmes-là étaient reconnaissables entre toutes, avec leurs bijoux de nez qui brillaient au soleil, et de lourds bracelets aux poignets qui donnaient pesanteur et musicalité à chacun de leurs gestes. Certaines avaient des fleurs dans les cheveux et une ou deux s'étaient même donné la peine de se peindre les mains au henné.

Non loin de là, les soldats étaient libérés de leurs chaînes, un par un. Ils se regroupaient et, penchés les uns sur les autres, se parlaient en chuchotant avec désinvolture. L'un d'eux souriait parfois.

Une volontaire du centre, simplement vêtue, les cheveux dénoués, s'adressa aux femmes sur le départ.

« Ce n'est pas bien, les sermonna-t-elle ; vous n'avez même pas prévenu vos familles. »

L'une d'elles s'avança. « Ils nous ont dit qu'ils ne voulaient pas de nous. Où voulez-vous qu'on aille ? Qu'est-ce qu'on va manger ?

– Le Centre de réadaptation des femmes va pourvoir à vos besoins.

– Quels besoins ? Vous allez nous rendre nos familles ? Nous ramener chez nous ?

– Nous allons vous aider à vous réadapter. À vous réinsérer dans la société. Vous n'avez pas entendu ce qu'a dit Cheikh Mujib ? Il a dit que vous étiez des héroïnes, des héroïnes de la guerre. »

Une autre femme prit la parole. « Nous ne voulons pas être des héroïnes. Nous avons honte.

Nous voulons laisser cette honte derrière nous, prendre un nouveau départ. »

Maya intervint. « Je vous en prie, ne nous abandonnez pas maintenant. »

Les soldats montèrent à la queue leu leu dans l'avion. Qu'ils étaient grands, comme ils se tenaient droits.

Les futures mariées ramassèrent leurs gamelles et leurs petits sacs de vêtements. Elles relevèrent leur sari pour pouvoir grimper sur la passerelle et embarquer. Puis l'avion les engouffra ; le panneau d'accès fut verrouillé, le moteur lancé, laissant les volontaires sur le tarmac noir et bleu.

Le temps était venu de pardonner, leur avait-on dit. De pardonner et d'oublier. D'absoudre et d'altérer la mémoire. De tout effacer, de passer à autre chose. Il fallait que le pays devînt une nation. De même qu'il leur avait demandé un jour d'envoyer leurs frères au combat, de fondre leurs marmites et de lui céder leurs bijoux, il leur demandait à présent d'oublier.

Ils ne pouvaient pas faire moins.

Les prisonniers de guerre furent libérés, et, dans leur uniforme, qu'on leur rendit, renvoyés chez eux au Pakistan. Aucune excuse de part et d'autre. Bénis par l'onction du pardon, ils vieilliraient sans honte.

Maya savait très bien ce qui était arrivé à Piya. Aucune explication n'était nécessaire.

Piya, qui dormait toute la journée, paraissait ne pas avoir conscience de leur présence cependant qu'ils travaillaient autour d'elle, prenaient leurs repas, installaient et démontaient les moustiquaires, ou balayaient le sol à ses pieds. Maya se réveillait parfois au milieu de la nuit et ne la trouvait pas, mais elle était juste dans le jardin ou bien sur la véranda, assise sur ses talons, le regard perdu au loin. Elle ne fit aucune tentative pour se confier à Maya, mais Maya ne fit rien non plus pour lui plaire. Si Piya avait besoin de quelque chose, elle s'adressait à Rehana – Maya les avait vues chuchoter ensemble dans la cuisine à plusieurs reprises. Piya commença à aider *Ammoo* pour la cuisine, à moudre les épices avec la pierre rugueuse, rouler la pâte des *rooti* pour le petit-déjeuner. À part ça, elle était là sans l'être, pas vraiment présente. Il arrivait parfois à Maya d'oublier sa présence – occupée qu'elle était elle-même à trouver ses marques dans l'étrangeté de cette paix, du retour au bercail de son frère, des incitations à afficher son amour du pays, maintenant que tout était fini.

Deux semaines après l'arrivée de Piya, Maya l'aperçut dans le jardin en compagnie de Sohail. C'était en début de soirée, le volet de l'obscurité était en train de se refermer. Elle les observa depuis la véranda. S'ils avaient levé les yeux, ils l'auraient vue, mais tous deux baissaient la tête, fixant une même chose qui se trouvait devant eux. Piya se frotta les bras de ses mains pour se réchauffer et Sohail lui proposa son châle, qu'il posa délicatement autour de ses épaules. Leurs cheveux étaient presque de la même longueur, et, de loin, on les aurait crus frères, deux hommes partageant des secrets d'hommes. La lumière déclinait ; Piya leva les yeux, vit Maya qui les observait et poussa Sohail du coude. Ils lui firent un signe de la main.

Elle s'approcha doucement, sachant qu'elle avait interrompu quelque chose.

« Viens, lui dit Sohail, assieds-toi. »

Elle s'assit sur le tapis de jute par terre près d'eux. Ils se serrèrent pour lui faire de la place mais le tapis était trop petit et Piya se retrouva dans l'herbe. « Je vais en chercher un autre », dit Sohail, sautant sur ses pieds.

Elles se retrouvèrent seules. Piya arrachait quelques brins d'herbe cependant que Maya, gênée, promenait son regard sur le jardin, ne sachant trop si elles devaient parler de Sohail, ou de la guerre, ou des raisons de la présence de Piya. Finalement, Piya lança : « C'est très gentil à vous de m'accueillir. » Elle arracha un brin d'herbe, le tordit entre ses mains.

« Où étais-tu ? interrogea Maya. Avant ? »

Piya se concentra sur son long brin d'herbe, faisant des nœuds dans sa longueur. « Dans une base militaire, dit-elle. C'est là qu'il m'a trouvée, dans les baraquements.

– Où est ta famille ?

– Pas très loin. À Trishal. Tu penses que je devrais rentrer chez moi ? »

Elle n'avait pas voulu dire ça. » Non, bien sûr, tu peux rester ici. » Elle aurait voulu dire à Piya qu'elle était heureuse qu'elle fût là, car elle avait redonné un peu de vie à son frère. Elle fit une tentative maladroite pour se montrer amicale. « Reste aussi longtemps que tu le voudras. »

Sohail revint avec le tapis ; elles se levèrent, remirent de l'ordre dans leur tenue.

Piya ne se rassit pas. « Je reviens tout de suite », déclara-t-elle et elle courut à la cuisine.

« Elle va mieux, dit Sohail. Tu ne trouves pas qu'elle a déjà meilleure mine ?

– Si, tu as raison. » Maya lui aurait bien demandé si lui allait mieux, mais il n'y avait pas de raison de lui poser cette question. Pour une fois, il avait l'air détendu, sa *kurta* en coton blanc étincelant dans la lumière déclinante. Il avait l'air en parfaite santé, d'excellente humeur, et non comme un homme ayant encore à se débarrasser du poids de la guerre, un homme qui avait ramené chez lui une femme étrange. Un homme ordinaire en somme. Elle décida de le traiter comme tel.

« Quand je l'ai trouvée, elle avait l'air de quelqu'un qui pouvait déraper à tout moment. »

Avant que Maya puisse répondre, Piya revint au jardin portant une lampe à pétrole dans une main, un grand bol dans l'autre. *« Jhal muri »*, annonça-t-elle en plaçant le riz soufflé aux légumes épicé devant eux. Alors qu'elle s'en mettait une poignée dans la bouche, Maya remarqua une cicatrice en forme de bracelet sur le poignet de Piya. Elle regarda ses bras de plus près ; l'autre poignet portait une marque analogue. Piya posa la lampe à pétrole et, tout à coup Maya se demanda les raisons de sa présence ici, parmi eux, portant les cicatrices de sa captivité, à préparer des en-cas et à s'asseoir au jardin avec eux. Quelles autres blessures portait-elle encore ?

L'obscurité gagnait. C'était à peine s'ils arrivaient à se voir, à présent ; il n'y avait plus que l'ovale de la tache de lumière projetée par la lampe à pétrole.

Piya et Sohail nourrirent un projet. Piya n'était jamais allée au cinéma, et Sohail essaya de lui expliquer ce que c'était. Des gens plaqués sur une grande surface plane. Pas des vraies gens – enfin, vrais mais pas présents. Jouant la comédie – elle savait ce que cela signifiait, elle avait assisté à la représentation de la troupe de *jatra*[1] venue dans son village.

« Quand il rouvrira, dit Sohail, nous t'y emmènerons. N'est-ce pas, Maya ? »

Elle acquiesça. « Sais-tu que pendant la guerre, Joy a ramené un projecteur de films à la maison.

– D'où venait-il ?

– Je ne sais pas. D'une salle abandonnée, je suppose.

– C'est quoi, un projecteur ?

– C'est la machine qui permet de montrer un film.

---

1 Théâtre folklorique populaire bengali.

– Vous l'avez, cette machine ?

– Tu veux la voir ? » Joy avait apporté ce projecteur à *Ammoo*. Il devait se trouver quelque part dans l'abri de jardin. « Je crois qu'il est toujours là. »

Sohail hésita. Elle voyait bien qu'il se demandait s'il allait éprouver de la peine ou de la joie en voyant un objet rapporté à la maison par son ami.

« Oui, dit Piya, oh oui, je voudrais bien le voir. » Elle se leva, battit des mains.

« Très bien, dit Sohail, allons-y. »

L'abri de jardin était une petite construction rudimentaire qui se trouvait à côté du citronnier. Maya fut la première à y pénétrer, tenant haut la lampe. Ils enjambèrent quelques malles et cartons, des chutes de bois, la moitié d'un sac de ciment durci avec le temps.

Le projecteur se trouvait exactement là où elle l'avait laissé, posé dans un coin, recouvert de feuilles de bananier séchées. « Le voilà. »

Elle se revoyait, le transportant depuis la maison, le recouvrant de feuilles, avec délicatesse, comme si elle l'enterrait.

Sohail hissa la boîte sur son épaule et Maya l'aida à la porter jusqu'à la maison. Ils décidèrent de poser la boîte dans le couloir et de l'examiner sans allumer la lumière. Maya tint la lampe pendant que Sohail déverrouillait les loquets.

Toutes les pièces étaient bien là – les deux boîtes rondes, l'une au-dessus de l'autre, l'objectif protubérant, les plus petites pièces, les guides maintenant le film en place et les fermoirs bloquant les bobines.

Piya étendit son bras et passa délicatement la main sur les surfaces métalliques. Sohail sortit le projecteur de sa boîte et le planta sur son solide trépied en métal.

« Voilà où s'insère le film, je suppose, déclara-t-il, montrant l'endroit. Il remonte ici, passe par cette glissière, ensuite la lumière s'en empare et l'agrandit, très fortement. Le film lui-même ne fait que deux doigts de largeur. C'est la lumière qui le rend plus grand.

– Comment ça, plus grand ? demanda Piya.

– Plus grand que nature », répondit Sohail.

Piya fixa sur lui un regard perplexe.

« Parfois, lorsqu'ils ne montrent que le visage, on peut tout voir, on peut voir en eux, poursuivit-il.

– Voir en eux ? »

Maya crut que la fille allait se mettre à pleurer d'émerveillement.

« On regarde s'il fonctionne ? proposa Maya. Je pense qu'on a encore quelques films ici. »

Piya retira ses mains de l'appareil et se tourna vers elle. On ne voyait plus ses petits yeux soudain noyés de larmes. « Oh oui, oh oui !

– Non, objecta Sohail, d'une voix soudain lointaine. On ne peut pas faire ça.

– Pourquoi pas ? demanda Maya, surprise par le changement de ton.

– Il ne nous appartient pas, il faut le rendre.

– Mais pour l'instant il est ici. » Maya n'arrivait pas à comprendre. Il y a deux minutes, il s'émerveillait devant l'appareil, et le voilà qui réagissait comme si tout s'était fait dans son dos.

Sohail commença à ranger le projecteur. « Ne faisons rien qu'on puisse regretter.

– Je ne le regretterai pas, l'assura Maya. Et Piya non plus. Pas vrai, Piya ? »

Piya aussi avait senti le changement chez Sohail. Elle s'écarta du projecteur en traînant les pieds et s'appuya contre le mur de la véranda, en position accroupie comme une paysanne, les coudes sur les genoux. « Je ne sais pas. »

Maya s'accroupit à côté d'elle. « N'as-tu jamais fait quelque chose que tu aurais pu regretter plus tard ?

– Je t'en prie, Maya, ne fais pas l'enfant. »

Sohail était en train de ranger le projecteur, replaçant les éléments dans leur logement de feutre. « Regarde, voici le cachet. Cinéma *Modhumita*. Combien de fois avons-nous été à ce cinéma, toi et moi ? Et qui sait ce que Joy a fait pour apporter ça ici de toute façon.

– Qu'est-ce que tu racontes, que ton ami est un voleur ?

– Je dis que beaucoup de choses se sont produites pendant la guerre, mais nous ne sommes plus en temps de guerre et nous devons nous conduire comme des citoyens, pas comme des rebelles.

– Je ne pense pas que ce soit le problème de Piya, dit-elle. Je pense qu'on devrait la laisser voir un film. N'est-ce pas pour ça que nous avons fait cette guerre, après tout ; pour être libres ?

– C'est un argument bidon, et tu le sais bien. Il n'y a pas de liberté sans responsabilités, sans limites. » Il referma le couvercle d'un coup sec, comme pour marquer que le débat était clos.

« J'ai fait quelque chose », murmura Piya du fond de l'obscurité. La flamme de la lampe était faible et ne l'éclairait plus. Sohail souleva la boîte du projecteur dans ses bras et allait se lever. Il se figea.

« Quoi ? demanda-t-il.

– Quelque chose de très mal. »

Sohail s'accroupit devant Piya. Il était tout près d'elle mais faisait bien attention à ne pas la toucher. Devant lui, de toute façon, elle se ratatinait, le dos collé au mur. « Ça n'a pas d'importance, dit-il. Oublie. Essaie d'oublier ça. »

Elle resta silencieuse, mais ils pouvaient l'entendre respirer, comme si les mots avaient du mal à sortir cependant qu'elle-même avait du mal à les garder en elle. Maya ne voulait pas que Piya oublie ce qui lui était arrivé, elle voulait qu'elle s'en souvînt. Maya voulait qu'elle s'en souvînt et elle voulait savoir. Mais elle n'exerça aucune pression sur Piya. Tous les autres étaient résolus à oublier, à avancer et laisser derrière les vilaines choses qui avaient pu se produire dans le passé ; refuser à Piya cette chance de se reconstruire serait cruel.

« Ça n'a pas d'importance, dit Sohail. Quoi que tu aies fait, ce n'était pas ta faute.

– Il a raison, dit Maya. Tu n'as pas à t'en vouloir. »

Peut-être avaient-ils simplement voulu la réconforter, mais, après cette soirée, Piya ne fut plus la même. Quelque chose avait retenti en elle, avait voulu sortir, et ils l'avaient censuré.

Elle disparut quelques semaines plus tard.

1984

Avril

La file serpentait à partir de la tente, tournait au coin et formait une boucle en épingle à cheveux, se doublant elle-même. Par endroits, les gens avaient fini par s'accroupir, s'éventant pour se protéger de la chaleur accablante, essayant de calmer leurs bébés. Ils papotaient entre eux et se partageaient quelques bribes de nourriture en attendant. Maya entendit l'appel du muezzin et vit des foules de pèlerins se diriger vers l'espace de prière. Mais les gens qui formaient la queue ne bougèrent pas : ils étaient venus pour se faire soigner gratuitement.

Ils souffraient de tous les maux habituels – dysenterie, déshydratation, fractures des membres inférieurs mal remises, blessures qui auraient dû être suturées mais n'avaient jamais vu l'hôpital. Jaunisse, paludisme, fièvre typhoïde. L'essentiel de la matinée avait été consacré à l'organisation du service de consultations externes. Les autres médecins – des jeunes internes et des stagiaires qui n'avaient sans doute jamais quitté leur hôpital communal – étaient soulagés qu'on leur dise quoi faire. Elle aboyait des ordres, leur enjoignant d'aller dans la file d'attente trier les patients. Faire passer les jeunes enfants d'abord. Identifier les maladies infectieuses. Séparer les hommes et les femmes. Vers midi, elle voyait un patient toutes les sept minutes, et une jeune fille enceinte, atteinte du diabète de la grossesse, l'avait prise dans ses bras en pleurant. Elle en avait éprouvé un petit frisson d'aise. Elle avait bien fait de venir.

Son frère était là, quelque part au milieu des fidèles. C'est Zaid qui lui en avait donné l'idée. « *Abboo* sera au rassemblement de l'Ijtema », avait-il annoncé. L'étage était désert, plus de bruits de pas au plafond ni de groupes de missionnaires devant la porte d'entrée.

« Tu pourras peut-être le voir », avait dit Zaid. Quelqu'un lui avait rasé la tête ce matin-là ; il avait deux cicatrices cramoisies bien visibles sur la nuque. Ça méritait réflexion. L'heure était peut-être venue d'affronter Sohail.

L'Ijtema offrait à tous les pèlerins la gratuité

des soins médicaux. Il lui serait facile de proposer ses services, de délimiter un espace réservé aux femmes par un rideau. À présent elle y était. Des millions de gens. D'une certaine manière, il était plus facile de le rencontrer dans ce contexte, son étrangeté démultipliée mais rendue plus banale par la reproduction d'êtres comme lui, groupes d'hommes barbus en robe blanche. Depuis qu'elle était rentrée, il avait été par monts et par vaux, allant d'un *Jamaat* à un autre, et elle avait été plutôt soulagée de pouvoir s'habituer à la maison et à la ville sans avoir à le rencontrer. Mais maintenant elle était prête.

Bien qu'étant relativement nouveau venu au mouvement Tablighi[1], Sohail était déjà connu pour ses *bayaan*, ses sermons. Maya aurait pu parier que personne, parmi ceux qui l'écoutaient désormais, n'aurait été capable de dire d'où il tenait ce talent oratoire. S'ils le lui avaient demandé, elle aurait pu leur raconter la fois où, à seize ans, il avait battu le très séduisant Iftekar Khan, champion du concours d'éloquence de l'université : *Argumentez pour ou contre : la course aux armements réduit-elle le risque d'une autre guerre mondiale ?*

---

1 Mouvement de renouveau musulman dont la mission est de faire revivre l'obligation de prédication au sein de l'islam.

Sohail avait étudié Iftekar Khan et en était arrivé à la conclusion que, en réalité, c'était quelqu'un de très fragile. Deux fois premier du championnat du concours d'éloquence du Pakistan, il avait grimpé trop haut ; il était tout plein de la crainte de décevoir ses fans. Sohail attendit donc, plus longtemps que nécessaire, avant de démarrer son préambule, lequel devait durer deux minutes. Et il parla très lentement. À ce stade-là, Iftekar était déjà en train d'enfoncer son doigt à l'intérieur de son col de chemise, pour essayer de donner un peu d'air à sa gorge nouée, calmer cette envie de remplir le silence qui le démangeait. Et Sohail continua de tirer son intervention en longueur au point qu'après sa victoire, le journal de l'université le surnomma la Tortue qui a battu le Khan. Ce fut ce jour-là qu'il découvrit sa capacité à jouer avec le temps, à décider du rythme et du tempo d'une conversation et c'est ce qui l'amena à être élu président de sa résidence universitaire, à faire l'objet de toutes sortes de spéculations chez les filles, mais aussi à manifester dans la rue, à crier des slogans contre l'armée dans un mégaphone. Et c'est en fin de compte ce qui l'amena à partir à la guerre.

Mais aucun de ces pèlerins ne pouvait le savoir. Ils devaient croire que c'était un don de Dieu.

Zaid n'arrêtait pas d'entrer et de sortir de la tente médicale, interprétant la journée. « Il y a une tente américaine, s'émerveilla-t-il. Regarde ce qu'ils m'ont donné. » C'était un sucre d'orge rayé rouge et vert en forme de canne.

« Tu pourras le manger après le déjeuner. » Ce déjeuner-là serait tardif ; la prière de l'après-midi était déjà commencée. Le long des rives du fleuve Turag, des milliers et des milliers d'hommes courbaient la tête face à l'ouest. Ils se tournaient vers La Mecque, mais saluaient aussi le soleil de l'après-midi qui dardait ses rayons dans leurs yeux chaque fois qu'ils levaient les mains. Tous ensemble, ils tournaient la tête d'un côté puis de l'autre. Ils croisaient les mains, s'agenouillaient et se prosternaient selon la *sejda*, front à terre. C'est le moment, pensa Maya, se rappelant quelque chose que sa mère lui avait dit, où le cœur s'élève au-dessus de la tête.

Zaid la conduisit à une tente et leur trouva un peu de place sur le tapis. Une femme passa, svelte dans son tchador, et leur tendit un bol de pois chiches épicés. *« As-salaam alaikum »*, dit-elle, pinçant la joue de Zaid avant de s'éloigner.

Maya déballa leur déjeuner, une boîte de poulet au riz. « J'ai vu *Abboo* », dit Zaid.

Le poulet se dessécha dans sa bouche. « Où ça ?

– Là-bas. » Il pointa son doigt en direction des hommes qui priaient sur la berge du fleuve.

C'était l'occasion ou jamais. À l'idée de le revoir, elle s'accorda un peu d'espoir. Ils allaient se retrouver. Elle s'approcherait, lui parlerait de Zaid. Il fallait y aller tout doucement. Voir s'ils pouvaient se rejoindre quelque part, son frère et elle. Elle était venue jusqu'ici, le rencontrer dans son élément, il y serait peut-être sensible. Elle regarda le garçon, s'interrogeant l'espace d'un instant sur ce que ça donnerait de s'en occuper. D'abord l'école. Il irait à l'école. Elle lui apprendrait à aller au bout d'une phrase sans se perdre en route, à rester assis toute la journée derrière un bureau. Il allait devoir porter un uniforme et emporter sa gamelle dans la cour de récréation.

Ils finirent leur poulet au riz, se lavèrent les mains à côté de la tente. « Bien, dit-elle, allons retrouver ton père. »

Ils se frayèrent un chemin à travers le flot de pèlerins pour atteindre le fleuve, passant à travers des rangées et des rangées de tentes, chacune abritant des tribus d'hommes, leurs *lungi* suspendus sur des cordes pour matérialiser la répartition de l'espace qui les séparait. Ils allaient se nourrir, dormir et prier ici toute une semaine. Les tentes les plus grandes étaient équipées de haut-parleurs, de micros et d'estrades de fortune sur lesquelles de célèbres orateurs venus d'Inde, des imams de Jérusalem, de Shanghai ou du Mozambique viendraient répandre la bonne parole. Aux informations, Maya avait entendu qu'il s'agissait du plus grand rassemblement de musulmans après le pèlerinage de La Mecque. Le Dictateur lui-même allait assister à la prédication finale, pour recevoir les bénédictions des leaders spirituels du *Jamaat*.

La prière prit fin ; les hommes se dispersèrent, remettant leurs chaussures, effaçant le soleil de leurs yeux. Zaid lui tenait la main et l'entraînait à sa suite. Ils avançaient à contre-courant de la marée d'hommes qui quittaient le lieu de prières, progressant tout doucement vers la rive. De grands bateaux chargés d'une foule de pèlerins flottaient sur le fleuve, attendant de pouvoir mouiller. Les impatients se jetaient à l'eau et barbotaient, avec leurs têtes coiffées de calottes qui dansaient sur l'eau pendant qu'ils nageaient. Zaid se faufilait dans la foule, tirant Maya par le bras, et ils finirent par atteindre une étendue de sable.

« Là », fit Zaid en pointant du doigt. Quelques hommes discutaient entre eux. Le sourire aux lèvres, Sohail parlait avec ses mains. Il les étreignit chacun à son tour, puis le groupe se dispersa. Zaid hésita un instant, la regardant comme si elle allait lui dire ce qu'il fallait faire, puis il lâcha sa main et détala, disparaissant dans la foule.

Sohail était en contemplation devant le fleuve, mains croisées dans le dos. Elle l'observa un moment sans mot dire. Elle s'était préparée à cette rencontre un nombre incalculable de fois. Une carrure, des hanches. La pièce de tissu blanc dont son corps était drapé s'arrêtait au-dessus de ses chevilles qui étaient noires, les talons solides dans des sandales en caoutchouc bon marché.

Il se retourna. Ils se dévisagèrent un moment puis il lui tendit les bras et elle s'y précipita, se laissant envelopper par son accueillante poitrine qui fleurait bon l'eau de rose et l'*attar*.

Il l'embrassa sur le front. *« As-salaam alaikum »*, dit-il. Elle resta cramponnée à lui, puis lentement, avec douceur, il se dégagea.

« *Walaikum as-salaam*, s'entendit-elle répondre. Comment vas-tu ?

– Je vais bien, par la grâce d'Allah. »

Maya se balançait d'un pied sur l'autre. Ce qu'elle voulait exprimer, des mots forts, historiques, restait enfoui en elle. « Je suis vraiment désolée pour Silvi. »

Il y avait eu un temps où, au regard qu'il lui lançait, au dessin de ses lèvres lorsqu'il parlait, elle savait exactement ce qu'il pensait. Mais il avait appris à disparaître en lui-même et son visage ne lui disait rien. « C'était son heure. »

Elle aurait aimé le toucher. Il était fragile, distant. Elle observa sa pomme d'Adam qui faisait du yoyo dans sa gorge. Elle se maîtrisa. « Tu sais que je suis revenue, commença-t-elle.

– Oui, je sais. »

Il était au courant. Il n'était pas descendu la voir, elle n'était pas montée non plus. Frère et sœur, autrefois inséparables. Dis-moi, pensa-t-elle, dis-moi que je t'ai manqué, que tu souhaitais mon retour. Que tu veux qu'on se retrouve. Il s'avança plus près de l'eau, et elle le suivit. « Je… j'aimerais que tu m'autorises à inscrire Zaid à l'école. Il y en a une nouvelle dans la 4e Rue, je suis allée voir la directrice et elle est d'accord pour le prendre au début du prochain trimestre. » Elle était tellement tendue. Chaque mot lui coûtait.

Il s'arrêta. « Il se sent seul, je sais. »

Parce que tu l'as laissé seul, quelques jours seulement après la mort de sa mère. « C'est un gentil garçon. » Elle avait dit ce qu'il ne fallait pas dire, révélé qu'elle méconnaissait totalement cet enfant.

Sohail secoua la tête. « C'est sœur Khadija, désormais, qui s'occupe de son éducation. »

Maya ravala la boule de colère qui lui montait dans la gorge. « Te souviens-tu de ce que tu as ressenti lorsque *Abboo* est mort ? »

Il se retourna, sourit, les lèvres disparaissant dans la barbe. « Bien sûr que je m'en souviens.

– À quel point c'était dur.

– Oui. »

Elle devinait qu'il n'ignorait pas la souffrance, mais qu'il était résolu à ne plus en être l'esclave. À vivre avec. La mort de son père, de sa femme. Il existait un grand dessein qui ne laissait aucune place à l'apitoiement sur soi. Mais elle persévéra. « Il n'a que six ans. Sa mère vient de mourir, il a besoin de nous, de moi et d'*Ammoo*. Nous sommes sa famille. »

Il ne dit rien, détourna le visage, scruta l'eau. Peut-être était-il sur le point de lui parler des façons dont il avait reconstruit le concept de famille, lui dire qu'elle n'était qu'une fille qu'il avait connue autrefois.

Elle tourna son regard vers le camp où Zaid était sans doute en train d'attendre, d'arpenter les allées, bras ballants. Elle était sur le point d'en appeler à lui à nouveau, de lui redonner ses arguments, mais Sohail tendit le bras et prit le sien, l'attira de nouveau à lui. Il la dévisagea, réveillant toutes les facettes d'elle qu'il avait connues jadis.

Cette fois, ça y était. C'était à elle de jouer. Elle l'avait répété dans sa tête, c'était un rêve, usé d'avoir été continuellement rêvé. Il se verrait reflété dans ses yeux à elle – verrait l'absurdité de ce qu'il était devenu. Il verrait ce qu'il y avait d'odieux à se détourner de sa famille, de cruel à être le père qu'il était. Sa conviction commencerait à se lézarder, sa foi serait ébranlée – pas dans le Tout-Puissant, elle n'avait aucun désir de lui enlever ça (peut-être que si, mais elle n'était pas prête à l'admettre) – mais en tout ce qui pouvait l'éloigner d'elle et faire de lui un étranger.

En un mot, il allait se ressaisir, se réveiller et reprendre la vie qu'elle avait imaginée pour lui. Et il lui pardonnerait de l'avoir voulu différent.

Un homme ne naît pas qu'une seule fois, dirait-elle, il peut renaître dans ce monde.

Les années s'envolèrent.

Elle était prête à tout oublier.

Je serai de nouveau à toi, mon frère. Je me fiche des gens d'en haut, et peu importe que tu aies oublié notre guerre, notre jeunesse, peu importe que tu ne te soucies plus guère de cette vie-ci, que tu aies laissé tomber Ghâlib et ce cher, très cher Shakespeare, peu importe que j'aie souffert dans ma chair de ce que tu semblais m'avoir oubliée. Si tu veux mettre tout cela de côté, je dis oui, j'accepte, je te pardonne, je te demande la réciproque, prenons un nouveau départ.

« L'école, c'est hors de question », dit-il.

Hors de question. *Dehors*. Une sensation de brûlure née au creux de l'estomac lui monta à la gorge. Elle eut du mal à respirer. Comme elle avait été bête d'imaginer qu'elle pouvait venir ici et ramener son frère au bercail ; le rêve n'était rien de plus qu'un mirage. Elle eut une furieuse envie de jouer des jambes, de courir loin de lui. Mais elle lutta. Elle avait assez couru comme ça. Pense au garçon, se dit-elle. Oublie ta déception et pense au garçon.

Elle avala sa colère, prête à négocier. « Bon, très bien. Puis-je lui apprendre certaines choses, alors – le calcul, l'alphabet ? Quand il n'est pas occupé en haut, bien sûr. » Pour l'instant, elle s'en contenterait. Un accord à la fois, se dit-elle.

« Très bien, dit finalement Sohail. Je vais y réfléchir. » Il se pencha pour l'étreindre à nouveau, et elle sut que c'était la fin de l'entretien. Elle s'éloigna rapidement, se remettant quelques mèches de cheveux derrière l'oreille, s'accrochant à son petit morceau de victoire. Elle allait être la préceptrice de Zaid, était convaincue qu'en constatant la rapidité de ses progrès, son père allait reconsidérer l'idée de l'envoyer à l'école. Elle ferait le deuil de son petit rêve plus tard, la nuit, quand son visage, sérieux, fermé, lui réapparaîtrait. Mais pour l'heure elle décida que c'était déjà bien, et elle se fondit dans la foule, impatiente de partager la bonne nouvelle avec son petit protégé.

Zaid descendait tous les jours quelques heures, au moment du déjeuner. Il mangeait tranquillement pendant que Maya lui enseignait l'alphabet. Puis, comme récompense, elle lui apprenait quelques jeux de cartes. Il trichait, dissimulant des cartes sous la table ou dans les manches de sa *kurta*. Il arrivait que le porte-monnaie de Maya fût plus léger qu'il n'aurait dû l'être, mais elle n'en disait rien à *Ammoo*. Elle s'en moquait. Il ne s'agissait que de quelques pièces de monnaie, de gin-rummy et de 21. Sohail repartit, pour une mission au Népal, cette fois, et elle n'eut pas l'occasion de le revoir après leur rencontre près du fleuve. Elle essaya à nouveau d'appeler Rajshahi mais la ligne était constamment occupée. Elle écrivit une autre lettre à Nazia, la suppliant de lui répondre. Elle passa une autre journée dans la cabane du jardin à chercher des coupures de journaux sur la guerre et elle tomba sur une page dactylographiée, datant de septembre 1971. C'était un de ses anciens articles – personne n'avait accepté de le publier, se souvint-elle, mais là, un sourire lui vint aux lèvres à la lecture du titre : « Le monde regarde faire cependant que le Bangladesh saigne. Un appel au secours », par Mlle Sheherazade Maya Haque.

1984

Mai

Elle mit du temps à trouver l'immeuble miteux dans le vieux Dacca. Il se trouvait au fond d'une ruelle qui menait au fleuve, à côté d'une tannerie. Il s'en dégageait une odeur pestilentielle. Elle se boucha le nez et frappa à la porte. Aditi vint lui ouvrir.

« Ah, le docteur ! » dit-elle. Elle était habillée comme à la fête de Saima, d'un jean et d'une *kurta* courte, mais elle avait l'air différente. Elle avait le bout des doigts maculé et portait un bandana vert autour de la tête. « Je suis très contente que tu te sois décidée à venir. Je ne t'embrasse pas, je suis dégoûtante. » Elle fit signe à Maya d'entrer.

« Ça sent la mort. »

Aditi gloussa. « C'est horrible, n'est-ce pas ? On s'y est tous habitués, on n'y fait même plus attention. »

À l'intérieur, une pièce sans fenêtre, un stock de papiers empilés jusqu'au plafond. D'un côté, une grande table envahie de stylos, de livres et de tasses de thé vides. Un homme y était assis, qui leur tournait le dos, courbé sur sa machine à écrire, les genoux agités de soubresauts continuels.

« C'est toi, Aditi ? Apporte-moi un peu de thé, s'il te plaît, mes doigts de fée sont sur le point de produire une merveille. »

Aditi s'éclaircit la voix. « Nous avons une visite, Shafaat, un peu de tenue, s'il te plaît. »

L'homme pivota sur lui-même. « Je suis navré, très impoli de ma part. Bonjour, je m'appelle Shafaat. Shafaat Rahman.

– Shafaat est le rédacteur en chef.

– Rédacteur en chef, journaliste, directeur, préposé au thé.

– Hum, pas le préposé au thé, semble-t-il, corrigea Maya.

– Exact, vous avez mis le doigt sur mon point faible. C'est plus fort que moi, j'aime donner des ordres. Mais rassurez-vous, personne ne m'écoute. » Il alluma une cigarette et la laissa pendre au coin de sa bouche. « Le prochain numéro sort dans une semaine. En voici une maquette. » Il lui tendit un prospectus imprimé sur du papier bon marché. Elle le feuilleta pour voir ce qu'il contenait. Un article sur la fortune du Dictateur, un autre sur la corruption au sein de l'armée. Il finissait par une diatribe contre les modifications apportées à la constitution.

« Vous pouvez imprimer ça ? »

Il sourit de ses lèvres brunes tachées de nicotine. « Non, mais on le fait quand même.

– Vous n'allez pas vous faire arrêter ?

– Bah ! Qui a peur de passer quelque temps aux frais du contribuable ? »

En tournant les pages, elle s'était mis de l'encre sur les doigts. Elle jeta un regard autour d'elle, embrassant les machines à écrire, les verres de thé vides, le sol jonché de bouts de papier et, pour la première fois depuis son retour en ville, elle éprouva un vague sentiment d'appartenance.

« Aditi me dit que vous avez été absente.

– J'ai vécu à Rajshahi pendant quelques années.

– Vraiment ? Vous y avez de la famille ?

– Non, les miens sont ici. » Elle pouvait compter l'ensemble des membres de sa famille sur les doigts d'une seule main.

« Alors, vous êtes partie au fin fond du pays pour quelle raison au juste ? »

Elle regarda Aditi. « En tant que médecin, je voulais m'engager.

– Aditi me dit que vous voulez écrire. »

C'était ce qu'elle avait dit à Aditi quand elle l'avait appelée pour lui demander si elle pouvait venir au bureau du journal. Mais là, tout à coup, elle n'en était plus aussi sûre – des années qu'elle n'avait pas tenu un stylo. « Eh bien, je me disais que… J'ai un peu écrit pendant la guerre.

– Il y a quelque chose dont vous aimeriez parler en particulier ? » Shafaat alluma une autre cigarette, jeta l'allumette par terre. Un jeune garçon portant un maillot de corps et un *lungi* en loques entra muni d'un balai et d'une pelle à ordures, et commença à déplacer la poussière vers les coins de la pièce.

« Je pensais écrire sur la vie dans un village.

– Vous voulez dire toutes ces conneries bucoliques sur les merveilles de la vie à la campagne ?

– Non, pas du tout. Sur ce qui se passe réellement là-bas, des Mémoires, en somme. J'y ai passé huit ans, j'en ai vu des choses.

– Très bien, cinq cents mots pour la semaine

prochaine, on va voir ce que vous allez nous pondre. Mais de grâce, pas le genre d'imbécillité romantique sur les vertes vallées de Rajshahi, hein ? »

Elle sourit. « D'accord.

– Vous êtes certaine que votre mari n'y trouvera rien à redire ?

– Et le mari d'Aditi, il y trouve à redire ? »

Aditi leva les yeux depuis son bureau. « Il est bien trop occupé à jouer au golf. Je ne lui demande pas son avis.

– Et le vôtre ?

– Fiche-lui la paix, Shafaat, elle n'est pas mariée. »

Il haussa les sourcils. Elle savait ce qu'il pensait – pauvre fille, pas encore mariée. Mais il la surprit en levant le pouce en signe de félicitations. « J'ai une fille, et je lui dis, le mariage seulement si elle rencontre un prince. Sinon les hommes sont des salauds.

– Ouah ! dit-elle. Je vous enrôlerais bien sur-le-champ – le premier féministe mâle du Bangladesh.

– Allez-y ! dit-il, tapant du poing sur la table. Nous l'annoncerons officiellement dans le prochain numéro.

– Ça fera de toi une célébrité, dit Aditi d'un ton pince-sans-rire. Maintenant viens avec moi, Maya, je vais te faire visiter le reste de notre modeste établissement. »

Elles parcoururent un couloir menant à une autre pièce, plus petite. Au fond, un bureau avec, posée dessus, une grande boîte rectangulaire. « Méfie-toi de Shafaat, c'est un dragueur.

– Il me rappelle mon frère. » Elle avait très brièvement revu Sohail dans la façon qu'il avait eue de taper du poing sur ce bureau.

« Vraiment, je croyais que ton frère était à fond dans la religion.

– Il était très différent avant. » Personne ne semblait se rappeler le Sohail d'avant. Ils avaient entendu dire qu'il était devenu un mollah et oublié ce qu'il avait été avant. Maya était la seule à avoir archivé cette image de lui, mains enfoncées dans son jean, avec sa casquette à étoile rouge sur le devant.

Aditi lui montra la machine à composer les textes. Elle devait prendre chaque caractère typographique d'un mot, un par un, et le glisser bien en place dans une rainure. Les mots étaient ensuite trempés dans l'encre puis pressés contre le papier. « Essaie », dit Aditi.

Maya prit quelques caractères et les disposa sur un support. Elle plongea le tout dans l'encre noire. *JemappelleMayaHaque.*

« Il ne faut pas oublier les espaces entre les mots, docteur. »

*

Les touches de la machine à écrire étaient dures. Façon de lui manifester sa colère, sans doute, après toutes ces années passées sous le lit d'*Ammoo*. Il y eut un temps où personne n'aurait pu l'en séparer ; au dîner, elle l'apportait à table et tapait tout en mangeant. Et, lorsqu'elle ne tapait pas à tire-larigot sur les touches, elle se promenait avec un crayon derrière l'oreille et gribouillait sur tout ce qu'elle pouvait trouver, un vieux journal, un morceau de papier ayant servi à emballer les légumes. Maintenant, elle avait du mal à trouver les mots justes. *Chroniques d'un médecin engagé ?* Un peu trop pompeux. Rien d'aussi grandiose dans ce qu'elle avait fait. Elle commença avec quelque chose sur le Dictateur, le décrivant en train de lancer des fleurs sur le mémorial aux martyrs. Elle ôta brutalement la feuille de papier de la machine à écrire. Ce genre de choses n'intéressait personne. Cinq cents mots sur l'histoire vraie des gens de la campagne. La véritable histoire. Elle se rappela tous les enfants qu'elle avait mis au monde, toutes les mères qu'elle n'avait pas pu sauver. Elle repensa à Nazia – Nazia qui avait été punie parce que le jour le plus chaud de l'année elle avait voulu se rafraîchir les pieds. Elle commença par le commencement. *J'ai connu une fille qui s'appelait Nazia.* À quoi pensait-elle ? Il ne fallait surtout pas utiliser les vrais noms. Nazia. Zania. Inaaz. Aizan. *J'ai connu une fille qui s'appelait Aizan.*

1972

Avril

Les amis de Sohail ne pouvaient pas comprendre sa conversion parce qu'ils n'avaient pas connaissance des événements qui s'étaient produits avant. Ils pensaient que sa vie était pleine de bonheur, utilisaient des mots comme gai et enjoué pour le décrire. Un gai luron insouciant et chanceux en pantalon à pattes d'éléphant. Très rock-and-roll. Avant de rencontrer Dieu. Ils se rappelaient qu'il était très beau et qu'il avait un sourire éclatant.

S'ils l'avaient mieux connu, ils auraient su que le sourire, la gaieté, la chance, l'insouciance, tout ça lui avait été pris par la guerre. Par une fille dont les ravisseurs avaient rasé la tête pour qu'elle ne puisse pas se pendre. La *purdah*[1], la prédication avaient tout naturellement suivi.

---

1 Séparation physique entre les sexes.

Comme un palliatif, façon de remplir le vide laissé par ses vieilles révoltes.

Et les gens se trompent en ce qui concerne le Livre. Ils pensent que Silvi le lui a donné en lui demandant de le lire parce que, à la fin de la guerre, elle avait perdu son mari et déjà rencontré Dieu, défié tout le monde et été la première à se couvrir la tête, à tourner le dos au pays et à affronter la vie après la vie.

En réalité ce fut Rehana qui donna le Livre à Sohail, quelques mois après son retour de la guerre. Voici comment c'est arrivé.

Nous sommes mercredi, jour où Rehana fait ses courses, et elle passe au New Market, se demandant jusqu'où les prix ont augmenté depuis la semaine précédente, si elle va pouvoir s'offrir un poulet, la moitié d'un gigot de mouton, quand elle aperçoit une silhouette familière de l'autre côté de la rue. Son propre fils. Elle ne l'a entrevu qu'un bref instant, mais c'est bien lui, elle en est certaine. Il descend d'un rickshaw et elle lève la main, prête à le héler, mais il regarde au-delà d'elle, change de visage. Il traverse la rue, s'approche, mais ne la voit pas, et là, il est son fils et pas son fils, il continue son chemin sans s'arrêter ; elle se retourne pour voir ce qu'il voit : un homme dans un autre rickshaw. Il s'approche de l'homme, ne dit pas un mot, le tire hors du rickshaw et lui envoie son poing dans la figure. À trois reprises, trois coups de poing. Puis il tourne les talons et repart dans l'autre sens, et ses muscles tendus, noués dans son dos lui disent qu'il connaît cet homme, que cet homme a fait des choses terribles, que lui-même a vu ces choses terribles, que c'est à cause de ces visions qu'il arpente les couloirs la nuit, à cause d'elles que ses oreillers sont humides, qu'il ne lui vient qu'une expression figée, dure lorsqu'il s'efforce de sourire et de vivre comme si tout était redevenu normal.

Et, ne sachant que faire d'autre, car il lui a demandé de ne jamais en parler, elle lui donne le Livre saint. Ce livre l'a aidée à traverser des temps très difficiles, des temps auxquels elle ne croyait pas survivre. Mais il secoue la tête, car il en est venu à penser que le Livre faisait partie du problème, avant la guerre, avant le Bangladesh. Parce que les gens étaient attachés au Livre, ou à l'idée qu'ils s'en faisaient, plus qu'à leur prochain, ou à leurs voisins, ou au pays. Ils s'étaient autoproclamés révolutionnaires et croyaient que la foi était indigne d'eux, une consolation pour les âmes simples, pour les esprits inférieurs. Sohail se détourne du Livre et éconduit sa mère d'un signe de la main.

Elle en est blessée, car elle a ses souvenirs, elle aussi, d'un fils, d'un garçon qui ne rejetterait pas sa mère ni ne boxerait un étranger en pleine rue. Que son fils ait vu, et commis, des actes de violence ne l'étonne pas – mais elle ne se serait pas attendue à ce que sa rage persiste aussi longtemps après la fin des combats.

Sohail rejette le Livre. Il le laisse prendre la poussière sur son bureau, puis le relègue sur une étagère, assez haut pour que la reliure soit hors de son champ de vision.

Elle décide de lui faire la lecture. N'écoute pas si tu veux, lui dit-elle, reste juste près de moi pendant que je lis.

C'est ainsi que cela a commencé. S'en souvenir est douloureux pour elle, car l'origine de tout ce qui est arrivé depuis remonte à ces premiers pas de Sohail vers Dieu, à commencer par le Livre qu'elle lui a donné, qui ramassait la poussière sur son étagère, qu'avec Neruda et Ghâlib elle aimait entre tous, qu'elle lisait à haute voix pendant qu'il prenait son petit-déjeuner, auquel il n'a pas pu résister, qu'il a commencé à mémoriser, puis à comprendre, et à aimer, qu'il a fini par prendre entre ses mains pour le lire par lui-même, qui s'est introduit dans son cœur – qui l'a conduit à une révélation et à sa conversion, alchimie qu'aucun de ses proches ne pourrait faire remonter à un moment, ou à un événement particulier.

1984

Juin

Quelques mois après la réception de Chottu et Saima, Joy lui téléphona pour l'inviter à nouveau. « Cette soirée, ce n'était pas vraiment ta tasse de thé, n'est-ce pas ?

– Et toi, ça t'a plu ? » Elle était heureuse d'entendre sa voix. « Pourquoi ne m'as-tu pas rappelée ? »

Il rit. « J'attendais une bonne occasion, et elle est arrivée.

– Ah bon ? C'est quoi, cette fois ? Pas une autre soirée à boire du whisky et à danser ?

– Maya l'Abeille, ton cœur est aussi dur qu'un morceau de sucre. Non, cette fois, c'est totalement autre chose – je me suis dit que tu aimerais peut-être voir l'autre côté.

– L'autre côté de quoi ?

– Des gens qui ont les mêmes préoccupations que toi.

– Non, merci. C'est déjà fait. Tu te souviens d'Aditi – je l'ai rencontrée à la soirée ? Elle m'a fait venir au bureau de son journal. Le rédacteur en chef me confie une rubrique.

– Shafaat ?

– Tu le connais ?

– Tout le monde le connaît. »

Elle n'aima pas sa façon de dire *tout le monde*. Elle allait le lui dire quand il reprit : « Je parle de vrais révolutionnaires. Ecoute, tu ne le regretteras pas – je passe te prendre à trois heures. » Il raccrocha avant qu'elle puisse répondre. De vrais révolutionnaires. Il savait qu'elle ne pourrait pas résister à cela, même si ce n'était qu'une blague. Tout le monde savait qu'il n'y avait plus de véritables révolutionnaires, plus à Dacca, plus dans le monde. On était en 1984 après tout.

Ils se rendirent à Kolabagan. La femme qui leur ouvrit la porte leur dit s'appeler Mohona. « Suivez-moi », ajouta-t-elle, les guidant le long d'un couloir non éclairé qui sentait les vieux livres et l'humidité. Ce couloir débouchait sur un salon doté de larges fenêtres d'un côté. Des arums grimpaient le long des grilles et griffaient le plafond. Quelques personnes étaient déjà là, plus ou moins assises en cercle. Il y avait très longtemps que Maya n'avait pas assisté à une réunion, mais la scène lui était familière ; des femmes en saris de coton ordinaire, quelques fauteuils en toile, une odeur de papier et d'encens. Elle s'éloigna un peu de Joy et s'assit à côté d'un homme en uniforme.

« Bonjour, je m'appelle Sheherazade, dit-elle, utilisant son prénom officiel.

– Lieutenant Sarkar, répondit-il en la saluant d'un signe de tête. Vous êtes déjà venue ?

– Non, c'est la première fois.

– Jahanara Imam vient aujourd'hui. »

Maya écarquilla les yeux. « Vraiment ? » Jahanara Imam avait perdu un fils à la guerre et elle avait écrit un livre sur le sujet. Tout le monde l'avait lu ; on l'appelait Shaheed Janani, Mère des Martyrs. Joy avait eu raison de l'amener ici. Peut-être pourrait-elle même écrire quelque chose là-dessus pour le journal. Elle se cala sur son siège et sortit son bloc-notes. La pièce fut bientôt bondée ; quand il n'y eut plus de chaises disponibles, les gens s'appuyèrent contre le mur ou s'assirent par terre. « C'est elle », dit le militaire, désignant une femme âgée qui venait de s'asseoir.

C'est Mohona qui était chargée de l'organisation de la réunion. Elle souhaita la bienvenue à chacun, y compris par un signe de tête à l'adresse de Maya, à ceux qui venaient pour la première fois. Joy, qui avait trouvé un siège derrière elle, lui tapa sur l'épaule. « Qu'est-ce que je t'avais dit ! »

Jahanara Imam se leva. Toute petite, dans un sari de coton blanc, on aurait dit un être immatériel, une volute de fumée. Mais sa voix était ferme, son parler franc. « Treize ans ont passé, commença-t-elle, mais je sais que, comme moi, vous n'avez pas oublié. Treize ans ont passé et notre guerre n'est pas terminée. Peut-être avons-nous gagné notre liberté, peut-être pouvez-vous relever la tête et dire que vous avez un pays, votre pays. Mais quel est donc ce pays qui autorise les hommes qui l'ont trahi, les hommes qui ont commis des meurtres à circuler librement, à vivre dans le voisinage des femmes qu'ils ont rendues veuves et des jeunes filles qu'ils ont violées ? »

Elle raconta l'histoire de Ghulam Azam, dont les sbires avaient collaboré avec les militaires pakistanais, les avaient conduits aux cachettes de la guérilla et aidés à brûler des villages. Non seulement il avait été acquitté de tous méfaits mais encore envisageait-on de lui conférer la citoyenneté bangladaise.

Maya avait toujours éprouvé une certaine fierté à se rappeler très exactement qui elle était avant que la guerre n'éclate. Elle se rappelait ses engagements, les promesses qu'elle s'était faites à elle-même concernant ce pays. Elle se rappelait avoir vu ces hommes morts, les mains attachées dans le dos, le visage baignant dans le sang, et elle se rappelait chaque journée passée dans les camps à extraire des balles avec pour seuls instruments une cuillère et un couteau de chasse.

Elle se rappelait tout ce qu'elle avait fait, celle qu'elle était et celle qu'elle avait fait le serment de rester. Mais maintenant, à l'écoute de cette femme, elle se sentait projetée dans un autre corps, qui n'avait pas connu la solitude pendant ces mois et ces années, qui n'avait pas quitté la maison et ne s'était pas baladée partout avec insouciance au cours des dix dernières années, un corps capable d'apporter son concours à l'évocation des souvenirs de cette période et de se mettre en colère quand l'heure de la colère avait sonné.

Elle applaudit avec les autres entre les phrases prononcées par Jahanara Imam. Il commençait à faire chaud dans la pièce, un soleil radieux filtrant à travers le maquis des arums. Quelqu'un mit en marche le ventilateur du plafond et les femmes ajustèrent les plis de leurs saris qui tendaient à s'ouvrir. Maya n'avait pas encore ouvert son carnet de notes.

Lorsque Jahanara Imam eut fini, Mohona se leva à nouveau. « Combien parmi vous ont perdu un être cher pendant la guerre ? »

Des mains se levèrent. Parmi elles, celle de Maya.

« Madame, dit un homme en costume gris, j'ai perdu mon père et ma mère. Ils sont entrés dans l'université et ont tiré sur les professeurs. » Du fond de la pièce, une autre voix ajouta « J'avais de la famille dans le vieux Dacca. Ils ont tué mon oncle, et mon grand-père. »

D'autres se firent entendre, qui racontèrent quand et dans quelles circonstances ils avaient perdu un proche. Pris dans un échange de tirs. Abattu par l'armée à l'occasion d'un raid dans leur village. Torturé à mort dans le cantonnement.

À l'écoute de ces confidences, Maya s'agrippa à sa chaise. Allaient-ils tous devoir se lever, dire qui ils avaient perdu, raconter très exactement ce qu'ils avaient fait pendant la guerre ? Elle s'aperçut qu'elle grelottait sous le ronronnement du ventilateur. Une femme parla de consigner toutes les atrocités commises. « Il faudrait établir une liste identifiant tous ces criminels », déclara-t-elle.

Maya se surprit à lever la main. Mohona l'invita à s'exprimer d'un geste. « Je pense – je crois – que la première chose que nous devons faire, c'est admettre nos propres fautes, le mal que nous-mêmes avons fait. Tant de choses se sont produites au cours de cette guerre – nous n'avons pas été que des victimes. »

Un silence s'abattit sur la pièce.

Le lieutenant Sarkar se tourna vers elle et lui dit avec douceur, « Vous vous adressez à une assemblée de personnes blessées, ma chère ».

Elle entendit les gens respirer tranquillement, attendant que ce moment de gêne passe. Pour finir, Mohona se leva. « Nous avons tous nos chagrins personnels. Mais c'est pour parler des collaborateurs que nous sommes réunis ici. Concentrons-nous sur la tâche du moment. Si nous consignons systématiquement ces atrocités, Ghulam Azam se verra certainement retirer son permis de séjour au Bangladesh. »

Des voix se firent entendre à nouveau et Maya se retrouva avec une douleur intercostale aiguë. Elle pensa aux pertes qu'elle-même avait subies pendant cette guerre, à ce qui lui avait fait lever la main. Mais il y avait aussi ce qu'elle-même avait fait, qui lui revenait à présent, clair, net et précis. Elle se tourna vers Joy. « Il faut que j'y aille, chuchota-t-elle.

– Attends – c'est presque fini. Plus qu'une dizaine de minutes. »

Elle ne pouvait plus attendre. Elle se leva, enjamba les genoux du lieutenant Sarkar. Au bout de la rangée elle renversa la tasse à thé de quelqu'un et ce bruit fit de nouveau taire les gens. « Excusez-moi », marmonna-t-elle avant de se sauver. Elle se retrouva dehors en fin d'après-midi, dans une rue animée où une file de camions avançait péniblement. Au loin elle aperçut un amas de cabanes aux toits de tôle, et, s'approchant, elle se rendit compte que cela s'étendait bien au-delà de l'horizon, des rangées et des rangées de constructions sommaires, assemblées à partir de bouts de papier, d'affiches de cinéma, de calendriers, de journaux, de jute et de bouse de vache. Elle trouva une caisse retournée et s'assit dessus pour regarder l'ensemble.

« Il y a quelque chose que je ne comprends pas. » C'était Joy. Il s'assit à côté d'elle.

« Tu n'es pas obligé de me faire visiter, tu sais.

– Mais tu es restée si longtemps absente. Je ne voudrais pas que tu aies une fausse impression.

– Je pourrais te montrer une ou deux choses, moi aussi, tu sais.

– Comme quoi ?

– Regarde ça. Tu veux savoir ce qui est le plus douloureux quand on vit dans ces taudis ? Quand on est une femme ?

– Quoi ?

– Boire de l'eau.

– Pourquoi, parce que l'eau est sale ?

– Ça aussi, mais pas seulement. Tu vois, si tu es une femme et que tu vis dans ce taudis, tu te réveilles au milieu de la nuit et, à la faveur de l'obscurité, tu vas à la lisière du bidonville, tu relèves ton sari et tu t'accroupis au-dessus de l'égout à ciel ouvert. Puis tu reviens sur la pointe des pieds te recoucher avec ton mari et, le reste de la journée, tu attends, tu attends, jusqu'à ce qu'il fasse nuit à nouveau, tu as l'impression d'avoir des aiguilles plein le ventre, ça te brûle à l'intérieur, mais tu ne peux rien faire, non rien, tu dois attendre la nuit que tout le monde soit couché pour pouvoir aller pisser tranquille, pour la seule et unique fois de la journée. »

Il avait la tête baissée, mais elle le vit approcher sa main de la sienne. Elle la retira, car elle ne voulait pas qu'il pense qu'un geste comme le sien pouvait tout résoudre, la cruauté de ce pays, les collabos qui vont et viennent librement et ne sont jamais incarcérés pour meurtre ni pour viol, car il y a des choses qu'on ne peut pas effacer d'une pression de la main : les souvenirs, le mal, la condition humaine.

Elle se tourna vers lui. « Les réunions de ce genre, ce n'est pas pour moi.

– Tu ne devrais pas y aller. Tu discutes trop. »

Elle rit. « Ça, c'est vrai. » Elle se pencha vers lui. « Trouve-moi un rickshaw.

– Laisse-moi te raccompagner. Profite de mes talents de chauffeur de taxi. »

*

Elle venait d'apprendre à Zaid les chiffres en anglais, de un à dix, et il les répétait tout haut, d'une voix aiguë et fière, lorsque le téléphone sonna. Maya regarda l'heure à sa montre – quatre heures, ça devait être pour la fille d'en haut, bien qu'elle ne fût visible nulle part. Elle décrocha. « Allô ? »

La ligne était mauvaise. C'était une femme. « Maya ? »

Nazia. « Nazia ? » Son cœur ne fit qu'un bond.

« Maya *Apa*, dit-elle, y mettant un peu les formes. Tu vas bien ?

– Oui, je vais bien.

– Et ta mère ?

– Elle va bien aussi ? Et comment vont tes enfants ? »

Maya entendit Nazia qui s'éclaircissait la voix. « J'ai eu ta lettre – tes lettres. Les deux. »

Elle essaya de se rappeler ce qu'elle avait écrit. Les longues explications à n'en plus finir, les excuses. « Il y avait beaucoup à dire. »

Nazia souffla dans le récepteur. « Je suis désolée que tu aies dû partir de cette façon-là.

– C'est ma faute. Je n'aurais jamais dû te laisser nager dans l'étang. »

Une pause. « Les médecins disent que je rentre à la maison aujourd'hui. »

Ainsi elle était restée hospitalisée tout ce temps. « Les enfants seront heureux de te retrouver.

– Il faut que j'y aille, à présent.

– Très bien », dit Maya. Elle ne savait pourquoi elle aurait aimé ajouter, que Dieu te garde, mais avant qu'elle puisse dire quoi que ce soit, elles furent coupées. Elle appuya plusieurs fois sur le récepteur, mais il n'y avait que des parasites, pas même de tonalité.

*

« Zaid, qu'est-ce que tu sais de ton grand-père ?

– Il est mort.

– C'est vrai. Sais-tu qu'il avait ton menton ? »

Elle lui faisait le grand jeu. « C'est vrai ? »

Elle mit son pouce sur la fossette qu'il avait au menton. « Oui, exactement le même. »

Ils prirent un rickshaw pour aller au cimetière. Il avait mis ses sandales aujourd'hui, et une *kurta* propre qui sentait la lessive industrielle. Il était presque capable de prononcer les mots gravés sur la pierre tombale. *Muhammad Iqbal Haque.*

« Tu sais quoi ? dit Maya. J'avais ton âge quand mon père est mort ?

– Est-ce que tu as pleuré ?

– Non, je n'ai pas pleuré. Je ne savais pas que je serais aussi triste.

– Pareil pour moi. »

Elle le savait. Elle l'avait observé parlant de sa mère, mettant tout son optimisme dans les souvenirs qu'il avait gardés d'elle, le tablier de Ludo, les promesses de l'envoyer à l'école. « Elle était très belle ton *Ammoo*, dit Maya. Elle avait les yeux gris, comme toi. »

Il fit le tour de la tombe, tapotant de la main sur la pierre tombale au passage.

« Tu veux dire quelque chose à ta mère, Zaid ?

– C'est pas elle.

– C'est vrai, mais elle peut t'entendre. Qu'est-ce que tu veux lui dire ? »

Il s'arrêta, s'accroupit. « *Ammoo*, dit-il, je voudrais un vélo. » Puis il forma une coupe avec ses mains, comme on le lui avait appris, et récita le *Kalma*.

Cette nuit-là, en dormant elle étendit les jambes vers l'extrémité du lit et senti quelque chose de chaud contre ses pieds. Elle s'assit, tâtonna. Une forme endormie, une respiration régulière. Ce devait être un rêve. Elle alluma la lumière. Une main étalée sur son visage, le garçon ne bougea pas d'un iota.

Elle remonta la couverture sur lui et il changea de position, la tirant par-dessus sa tête. Dans le jardin, les arbres étaient léchés par le clair de lune.

Plus tard, alors que la chambre avait pris une teinte rougeâtre, elle le tira sous la moustiquaire et se pelotonna contre lui, sentant ses épaules se relâcher, ses pieds se laisser aller vers elle.

*

Le dernier jour de juin, alors que la chaleur d'un printemps torride était sur le point de céder la place aux déluges de la mousson, Rehana réussit à entraîner Maya hors de la maison et à l'emmener devant le plus imposant et le plus récent édifice de la ville.

« Je le déteste, dit-elle, se couvrant les yeux. C'est hideux.

– Allons *beta*, ne sois pas si sévère.

– Hideux. » Elle tourna la tête de tous les côtés, essayant d'avoir une vue d'ensemble du bâtiment pour être sûre de n'en rien manquer. « C'est de l'eau ?

– Oui, il est construit sur un plan d'eau, comme un lis d'eau flottant sur la rivière.

– Pourquoi l'ont-ils fait aussi grand ?

– Peu importe, c'est notre Parlement maintenant. C'est ce très charmant Américain qui l'a construit.

– Eh bien, je ne l'aime pas, dit-elle s'avançant tout de même pour gravir les grandes marches qui menaient au bâtiment. Où est l'entrée ?

– Je ne sais pas. On ne doit pas y pénétrer, juste l'admirer d'ici. »

Elles tournèrent le dos à l'édifice et apprécièrent la vue du parc. La pelouse s'étendait de chaque côté, jusqu'à Sher-e-Bangla Nagar à l'est, Mirpur Road à l'ouest. C'était impressionnant, on ne pouvait pas le nier. Les arbres entourant l'enceinte avaient déjà l'air très vieux. Ici et là dans les jardins, des couples en quête d'un peu d'ombre se tenaient par la main. Sur un carré de pelouse, près de l'entrée principale, un vendeur de *phuchka* avait installé sa voiture à bras. Il leur fit signe, pour les attirer. « Tu as faim, *Ma* ? »

Elles s'assirent sur des chaises de bois rudimentaires et commandèrent deux assiettes. Le soleil déclinait rapidement, projetant des rubans de lumière horizontaux sur l'immense tapis vert qui s'étendait jusqu'à l'édifice. Elle eut soudain envie d'être ailleurs ; ses yeux brûlaient de revoir les bosquets de Rajshahi et sa petite maison de briques. Elle se demanda si Nazia allait la rappeler, imaginait la difficulté que ce serait pour elle de payer le facteur et de lui demander de composer le numéro. « Je me sentais chez moi dans ce petit village », dit-elle soudain, les yeux s'attardant sur le bâtiment, résistant à ses courbes grises, à sa façon de flotter, à la fois solide et délicat, sur son lac *made in America*.

« Tu auras du mal à laisser ça derrière toi », dit sa mère. Je peux toujours y retourner, pensa Maya. Je peux refaire ma valise, passer la porte et redevenir médecin de campagne.

Les *phuchka* arrivèrent, une douzaine de boulettes sucrées, toutes farcies d'un mélange de pois chiches et de pommes de terre. Maya versa de l'eau de tamarin dessus et s'en mit une dans la bouche. Elle en eut aussitôt les yeux qui pleuraient. « Mmm », dit-elle, souriant d'aise.

« Ouah ! s'écria Rehana. Il a mis trop de piment. » Elle fit un signe de la main au vendeur de *phuchka*.

« Non, *Ammoo*, laisse, elles sont parfaites, dit Maya, s'essuyant les yeux. Vraiment. Parfaites. » Sa mère lui tendit un mouchoir. « J'avais oublié que c'était si bon. » Un cortège ininterrompu de voitures défilait dans la grande avenue qui longeait l'enceinte du Parlement. Entre deux bouchées de *phuchka*, Maya entendait les klaxons des voitures, le tintement des clochettes de rickshaws prenant un virage ou changeant de file et, de loin en loin, le bus Dhanmondi-Gazipur, qui penchait d'un côté à cause des passagers suspendus comme Tarzan à la galerie.

Et là, soudain, avec ces boulettes, le sucre qui fondait dans la bouche et les rayons du soleil rose orangé sur la joue de sa mère, tous les moments où elle avait été aimée lui revinrent en mémoire. C'était comme ça, avec sa mère – elle s'autorisa à se les rappeler maintenant –, une superposition de souvenirs, comme les plumes d'un oiseau sauvage, qui sont là pour lui tenir chaud ou pour voler si besoin est. Sa mère, c'étaient ses ailes, ses propres ailes.

« La rue est tellement animée », dit Maya, prenant une gorgée du thé que venait de leur servir l'homme des *phuchka*.

Sa mère acquiesça. « Tout s'accélère. Treize ans seulement ont passé depuis l'indépendance et on ne reconnaît plus rien. »

Treize. Ce bréchet brisé qu'était son pays avait treize ans. Pas très vieux, à première vue, mais au cours de cette période, on avait vu et revu les blindés défiler. On avait élu et nommé des dirigeants. Assassiné deux présidents. À ses débuts, le pays avait commencé à se cannibaliser lui-même, tuant les paysans du Sud, noyant des villages pour installer des barrages, rasant les vieux arbres de la forêt de Modhupur. Un pays en action : prompt à se mettre en colère, prompt à s'autodétruire.

Elles avaient terminé les *phuchka*, le thé refroidissait dans leurs tasses. Maya avait envie de prolonger cette journée. « Je sais ce qu'on va faire, dit-elle, allons au New Market. Je vais t'offrir un sari.

– Pourquoi ?

– Parce que j'ai manqué sept de tes anniversaires et sept fêtes de l'Aïd – quatorze célébrations en tout. » À peine l'avait-elle dit qu'elle réalisa qu'un sari ne pourrait jamais rattraper toutes ces journées manquées. Mais elle aimait l'idée de retourner dans leurs boutiques préférées du New Market, de marchander avec les vendeurs de saris qui allaient leur offrir des rafraîchissements et présenter leur marchandise sur les hanches de leurs fils.

« D'accord, dit Rehana, allons-y. »

Le conducteur de rickshaw prit Mirpur Road, la parcourut dans toute sa longueur, au-delà de Gawsia et de Chandni Chawk. Juste au moment où il se préparait à tourner vers le

Market, une foule émergea de Fuller Road, un mur de gens qui marchaient vers eux, brandissant une large banderole peinte.

« C'est la Ligue Chattro[1] », dit Maya reconnaissant le logo qui était le leur quand elle était à l'université. Les manifestants avançaient lentement, occupant tout l'espace devant l'entrée du New Market. On entendait crier dans les porte-voix. Elle se vit démultipliée. « Que veulent-ils ? »

Leurs voix furent noyées sous les slogans. Il était question du président de l'université qui avait été viré. Et de la corruption du Dictateur.

Un camion bâché apparut, lequel se mit à cracher des hommes en uniforme avant même de s'arrêter. Les manifestants reculèrent tout en continuant de porter leur banderole en une ligne irrégulière. Derrière son porte-voix, un homme clama « Nos intentions sont pacifiques. Nous voulons être entendus. »

Les hommes en uniforme brandissaient leurs *lathi* et leurs boucliers.

« La Ligue Chattro exige… »

1 Aile étudiante de la Ligue Awami du Bangladesh, parti politique d'obédience socialiste qui dirige le pays en alternance avec le parti nationaliste.

Pareils à des mégères en furie, les policiers chargèrent, abattant leurs rouleaux à pâtisserie sur le dos de la première ligne. La banderole se désintégra, tombant à terre, entravant la marche des protestataires. Les manifestants se dispersèrent mais la police les poursuivit, les frappant dans le dos jusqu'à ce qu'ils s'effondrent l'un après l'autre et soient traînés par les aisselles à l'intérieur du camion qui les attendait.

Elle vit un garçon qui se protégeait la tête des mains, du sang coulant entre ses doigts. Le conducteur de rickshaw essaya de rebrousser chemin mais il y avait trop de voitures derrière eux, et, devant, les fourgons de la police bloquaient encore la rue. « Pardonnez-moi, mais vous allez devoir finir à pied, s'excusa-t-il, refusant que sa course lui soit payée. Dépêchez-vous, si vous n'y allez pas tout de suite, vous allez être bloquées ici pendant des heures. »

Elles suivirent le trottoir et se dirigèrent vers l'ouest, dans la direction opposée au New Market. Derrière elles s'élevaient des volutes de gaz lacrymogènes. Maya prit sa mère par le coude. « Dépêche-toi *Ammoo.* » Elles se mirent à courir, quittèrent Mirpur Road pour traverser le pont. Elles tournèrent au coin, et, dans les petites rues adjacentes, ce fut soudain le silence, nulle trace de la police. Maya se retourna et, à bout de souffle, la gorge nouée, elle prit *Ammoo* dans ses bras.

« Tu avais exactement cet air-là autrefois », dit Rehana, lisant dans ses pensées.

Elle rit, s'essuyant les yeux. « L'air comment ? Jeune et insouciante ?

– L'air de n'être vraiment vivante que dans la rue. »

Elles rentrèrent au bungalow. À six heures, Maya mit les nouvelles. La présentatrice, son sari épinglé serré sur l'épaule, entreprit le récit des événements de la journée. Le Dictateur avait déclaré qu'il allait construire un Bangladesh fort. Le ministre des Finances annonçait qu'il n'y aurait pas de négociations avec l'Inde en l'absence de conditions favorables. Aucune mention des manifestations, des arrestations, ni des passages à tabac.

« C'est vraiment n'importe quoi, cette présentatrice. Tout ce rouge à lèvres et elle n'est même pas capable de dire la vérité. Je me demande pourquoi tu gardes cette télé imbécile ? » La main de Maya s'abattit sur la télécommande.

« Laisse allumé », dit Rehana. Elle repassait un sari et appuyait lourdement sur son bord froissé.

« Je n'arrive pas à croire que tu gobes toute cette propagande. »

Rehana posa le fer en position verticale et se redressa. « À ton avis, qui donc me parlait toute la sainte journée avant ton retour ? Personne. Je demandais parfois à Sufia de me chanter un air de son village pendant qu'elle faisait le ménage, juste pour sentir la présence de quelqu'un. J'ai acheté la télé parce que le silence était tel que j'entendais les rats gratter pour entrer dans la maison. Alors ne me demande surtout pas de l'éteindre. Je la regarderai si j'en ai envie. » Et sa main s'abattit à son tour sur la télécommande, faisant réapparaître une image qui disparut aussitôt. Elle tripota l'antenne. « Bon sang », s'exclama-t-elle alors que les images vacillaient par intermittence. Elle finit par trouver le signal et, le fer toujours branché, elle s'appuya sur le canapé et écouta le bulletin météo.

« Je n'y retournerai pas », dit Maya. Voilà, c'était dit. Une simple phrase avait suffi. Maya se sentit mieux, soulagée. Elle n'allait pas cesser d'écrire des lettres à Rajshahi et peut-être qu'après la mauvaise saison, et le souvenir de ce jour estompé, elle irait leur rendre visite. Voir comment se portait la fille du facteur, leur apporter quelques boîtes d'antibiotiques. Mais elle allait cesser de s'imaginer qu'un retour était possible ; elle allait rester ici, redémarrer une vie avec ce qui restait. Elle n'oublierait pas Nazia : l'histoire de Nazia, qui avait osé nager dans l'étang et les coups de fouet qui avaient sanctionné ce courage, serait rapportée. Mise noir sur blanc ; les gens la liraient et sauraient que leur liberté est aussi vulnérable que la peau des chevilles de Nazia. Mais elle allait demeurer ici, avec sa mère, avec le Dictateur à sa porte, le petit garçon sous son aile.

Ammoo avait des larmes aux yeux. « Ici tu es chez toi, dit-elle. Tu peux rester aussi longtemps que tu le voudras. » Elles s'embrassèrent à nouveau, puis les nouvelles prirent fin, laissant la place à *Dallas*. Maya promit de regarder si *Ammoo* la mettait au courant de l'intrigue. « D'accord, dit-elle, mais ça va prendre du temps, c'est très compliqué. »

Alors qu'*Ammoo* posait les pieds sur la table basse, Maya remarqua qu'elle avait une légère grosseur au ventre. « Qu'est-ce que c'est que ça ? dit-elle en tapotant le ventre de sa mère.

– Ce n'est rien, dit Rehana, chassant la main de Maya.

– Fais-moi voir.

– Laisse, *beta*. Je grossis, c'est tout. » Et elle se pencha de nouveau vers la télévision pour en augmenter le volume.

Cette nuit-là, Maya resta longtemps éveillée à penser à Sohail. Alors qu'elle avait six ans et Sohail huit, on les avait envoyés vivre chez leurs tante et oncle à Lahore. Leur père venait de mourir et tout le monde croyait préférable qu'ils y aillent le temps que leur mère s'en remette et reconstruise sa vie. On parla de remariage, d'autres enfants. Ils ne pourraient que la gêner.

Ammoo n'était pas d'accord. Un juge fut saisi et, au tribunal, elle perdit.

Ils vécurent à Lahore pendant deux ans chez Faiz, le frère de leur père, et sa femme, Parveen. Une maison énorme. Elle et Sohail avaient une *ayah* qui dormait sur la véranda, devant leur chambre. S'ils avaient besoin de quelque chose, on leur avait dit d'appuyer sur la sonnette qui se trouvait à côté de l'interrupteur électrique.

Certaines nuits, Parveen se glissait dans le lit de Maya et mettait doucement la main sur son front, la croyant endormie. Maya entendait ses soupirs profonds, sa respiration apaisante et légère, et elle se laissait gagner par le sommeil, bercée par le doux ronflement de Parveen.

Les souvenirs qu'elle gardait de ces deux années étaient pleins de Sohail. Sohail lui tenant la main dans l'avion. Sohail se baissant pour renouer ses lacets. Le mouchoir de Sohail sur ses cils. Sohail lui recommandant de rester silencieuse à l'école jusqu'à ce qu'elle ait appris suffisamment d'ourdou. Sohail rompant ses *rooti* en petits morceaux et les empilant comme elle l'aimait.

Il était à la fois un père, une mère et un grand frère pour elle. L'être le plus proche. Son seul ami.

Lorsqu'ils rentrèrent à Dacca, ils trouvèrent la moitié du jardin occupée par une grande maison de deux étages. *Ammoo* leur en fit faire le tour, leurs chaussures résonnant sur les sols de ciment brut. Depuis la véranda du haut, qui s'enroulait autour de la maison comme une vigne vierge, on pouvait voir le toit plat de leur piètre petit bungalow, avec l'eau de pluie qui y stagnait en flaques moussues, et la chaux devenue grise avec le temps.

Ils n'allaient pas pouvoir y vivre. *Ammoo* allait la louer et, avec l'argent, elle leur achèterait des choses. Cette maison, c'était un peu son assurance à deux étages. Elle murmurait une prière chaque fois qu'elle y mettait les pieds ; elle dépoussiérait encore et encore les rampes d'escalier, levait la main pour toucher le chambranle de la porte d'entrée. Et elle leur demanda de l'appeler Shona, comme si elle était bâtie en or massif.

LIVRE DEUX

Tout homme goûtera la mort[1]

1 Le Coran, XXIX, 57.

1984

Juillet

« C'est une bonne chose que tu restes, dit *Ammoo* : comme ça, tu seras là pour l'opération. »

Maya n'écoutait qu'à moitié, les mains recroquevillées dans un monticule de pâte chaude. *Ammoo* lui apprenait à faire des *paratha*, tout le secret étant, disait-elle, qu'il fallait absolument mélanger la farine avec de l'eau brûlante. Elle pensa que sa mère lui disait qu'elle serait là pour le mariage d'un tel, ou la cérémonie d'attribution du prénom d'une fille. Puis le mot a fait tilt. « Opération ?

– Tu avais raison. Je suis allée voir le médecin. J'ai une tumeur. » Elle se tapota le ventre. « À l'utérus. Ils doivent l'enlever. »

Maya la voit clairement, à présent, une petite protubérance au niveau du bas-ventre. Et ce n'était pas elle qui avait posé le diagnostic. Elle remua les mains dans la pâte mais *Ammoo* secoua la tête. « D'abord les *paratha*, ensuite tu pourras m'examiner.

– Tu le sais depuis combien de temps ?

– Peu de temps. »

Maya se mit à pétrir, de toutes ses forces, avec rage, la boule chaude et caoutchouteuse de farine et d'eau. « Ça suffit, Maya, dit *Ammoo* ; maintenant divise-la. Mets-toi un peu de farine sur les mains, comme ça. » Elle en retira une partie, la roula entre ses paumes, doigts tendus comme ceux d'une danseuse, et lui tendit une sphère parfaite.

« Rajoute de la farine, dit-elle et elle tendit à Maya le rouleau à pâtisserie.

– Tu ne m'as rien dit. » Elle roula la pâte, l'écrasa, la retourna et la roula à nouveau.

Rehana essuya la farine de ses mains. « J'allais te le dire, mais je ne voulais pas t'inquiéter inutilement.

– Mais qu'est-ce qui t'a pris de me cacher ça ? »

Elle vint se placer derrière Maya pour guider ses mains sur le rouleau à pâtisserie. « Tu le fais trop carré, lui dit-elle. Je te l'ai dit, je ne voulais pas te le cacher. Et ils m'ont dit que ce n'était pas grave. »

Les rêves que Maya avait faits à Rajshahi, le couperet du pressentiment lorsque le facteur avait apporté le télégramme, tout cela prenait corps. Elle chassa le sentiment qu'il y avait là quelque chose de l'ordre du destin, qu'*Ammoo* allait bientôt mourir, exactement comme elle l'avait rêvé, qu'elle serait enveloppée dans un linceul blanc et inhumée avec des prières et quelques poignées de terre. L'air s'épaissit dans ses poumons. Stop, se dit-elle. Tu es médecin, concentre-toi sur ce que tu peux faire. Les tumeurs de l'utérus sont les moins graves ; elles se logent dans la matrice et y poussent, comme une graine, mais l'utérus, on peut s'en passer. *Ammoo* n'en avait plus besoin. C'est ce qu'ils allaient faire. Ils allaient pratiquer une hystérectomie et voilà, il n'en serait plus question.

Elle appela immédiatement son ancien professeur, le Dr Sattar, grattant un morceau de plâtre écaillé sur le mur pendant qu'elle attendait que le standard de la faculté de médecine la mette en relation avec lui. C'était le meilleur chirurgien de l'hôpital ; les gens attendaient des mois pour que ses mains si sûres taillent dans leur chair. Il prit l'appel, irrité. Elle se présenta dans les formes, lui rappelant les années qu'elle avait passées à la faculté (« Monsieur, c'était juste après la guerre, monsieur… »). Pas plus d'amabilité pour autant, aucune marque de reconnaissance, mais il lui demanda des détails sur la tumeur d'*Ammoo*, sa localisation et sa taille. Maya lui lut ce qui se trouvait dans le rapport qu'*Ammoo* lui avait communiqué. Et là, il accepta de la recevoir en consultation, de lui faire faire une radio avant de décider de la suite des événements. Oui, dit-il, il fallait sans doute envisager une hystérectomie. Il ne dit pas un mot des risques encourus, ni des complications éventuelles, ni de ses chances ; il traitait cela comme un acte banal, à inscrire dans son agenda. Appelez ma secrétaire, dit-il, prenez rendez-vous. C'est ce qu'elle aimait chez les chirurgiens, ils allaient droit au but.

*

La veille de l'opération, Mme Rahman, l'amie de Rehana, arriva avec une assiette de *shemai*[1], traînant derrière elle son petit-fils de cinq ans.

1 Sucreries au vermicelle.

« J'ai Surjo pour la semaine, dit-elle, resserrant sa main autour du poignet de l'enfant qui se trémoussait. Neleema et son mari sont allés à Shillong. » Elle adressa un grand sourire à Maya. Le petit garçon, qui était de mauvaise humeur, voulut immédiatement couper la tête des lis.

« Touche pas à ça », le gronda Maya, se demandant ce que dirait sa mère si elle retrouvait un parterre décapité en arrivant sur la véranda.

Rehana apparut quelques instants plus tard arborant un sari que Maya avait toujours aimé, en coton vert mousse avec une bordure rose à motif cachemire. Elle avait plaisanté un jour en demandant à sa mère de lui léguer ce sari et, tout en l'installant dans un fauteuil de jardin, avec un coussin dans le dos, elle s'en souvint.

« Ce n'est rien, tu sais », dit Rehana à son amie. Le petit courut vers elles en se plaignant d'avoir été piqué par une fourmi rouge. « Mon pauvre chéri », dit Mme Rahman, déposant un baiser sur son bras à l'endroit où était apparue une minuscule marque rouge. Il repartit en brandissant un bâton contre les insectes, et Rehana poursuivit, « Il n'y a aucune raison de s'inquiéter, ni d'en faire tout un plat. »

Mme Rahman acquiesça. « C'est Lui qui

décide. Ce qui est inscrit sur votre front est déjà écrit. »

Maya détestait, plus que tout, qu'on explique la vie par cette histoire d'inscription sur le front. Elle était sur le point de dire quelque chose mais elle se rappela que, le matin même, quand une voisine avait envoyé un morceau de papier censé faire réduire la tumeur, car le saint des Huit Cordes avait soufflé dessus, sa mère lui avait demandé de garder ses commentaires pour elle.

« Comment vont Neleema et son mari ? demanda Rehana.

– Ils vont bien. Elle attend un enfant.

– Oh, *Alhamdulillah !* »

Mme Rahman s'interrompit, honteuse d'avoir laissé échapper cette bonne nouvelle.

Maya avait laissé Zaid en train de ronger une cuisse de poulet dans la cuisine. À son retour, il mangeait encore, de la sauce jaune plein les mains et aux coins de la bouche. « Toujours affamé, pauvre gosse, murmura Sufia.

– Trrrès, trrrès bon, dit-il, inclinant la tête d'un côté puis de l'autre tout en rongeant un os.

– Viens avec moi », dit Maya en l'attirant vers le robinet extérieur. Elle lui nettoya les mains avec du savon pendant qu'il la regardait faire. « À quand remonte ton dernier repas ? » demanda-t-elle. Elle l'avait un peu négligé. Entre les visites chez le médecin et cet affreux sentiment que la maladie d'*Ammoo* était sa faute, elle l'avait à peine vu. Elle le frotta jusqu'aux poignets avec un petit gant de toilette, délogeant la crasse nichée dans les plis de ses mains. Elle lui remonta les manches et s'arrêta, regardant les petites cicatrices rondes qui disparaissaient dans sa *kurta*. Elle en avait déjà vu de semblables quelque part. Des vers ? Elle lui tapota le ventre, tendu d'avoir tout juste fini de manger, et l'attira contre elle. Quand il l'entoura de ses bras, elle sentit une odeur de vomi.

« Tu as vomi aujourd'hui ?

– Non. »

Elle n'était pas certaine qu'il disait la vérité. « Descends tes vêtements, dit-elle. Sufia les lavera. »

Il fit oui de la tête.

« Et ton ABC, est-ce que tu te le rappelles ? A comme ? »

Il piqua un fard. « Arbre, dit-il, baissant ses manches, prêt à s'élancer. Faut que j'y aille.

– Tu ne veux pas dire au revoir à ta *Dadu ?* Elle va à l'hôpital. »

Il écarquilla les yeux. « Est-ce qu'elle va être morte ?

– Non, pas du tout. Mais elle sera absente quelques jours, alors viens lui dire au revoir. »

Dans le jardin, Sufia servait le thé à Mme Rahman. Surjo sortit comme une flèche de derrière le manguier et, joignant les mains, fit semblant de tirer sur sa grand-mère. « Bang bang ! »

Mme Rahman feignit d'être mortellement blessée.

La main de Zaid devint moite dans celle de Maya. « Qui c'est ?

– Le petit-fils de Mme Rahman. Tu veux jouer avec lui ?

– Non.

– Tu n'as rien à craindre, il est beaucoup plus petit que toi.

– J'en ai pas envie. » Il s'apprêtait à faire demi-tour mais Mme Rahman l'avait repéré. « Est-ce le fils de Sohail ?

– Oui », répondit Rehana, inspectant rapidement Zaid. Pour une fois, heureusement, ses habits n'étaient pas déchirés.

« Viens par ici », lui cria Mme Rahman et, le voyant qui hésitait et portait la main de Maya devant son visage, elle lui dit « Je vais te donner un Mimi… Viens. »

Zaid s'arrêta un instant puis s'avança un peu plus près, lâchant la main de Maya.

« Allez, viens. » Rehana avait très brièvement exposé la situation de Sohail à son amie, mais Mme Rahman ne put dissimuler la stupéfaction qui se lut brièvement sur son visage. Zaid tendait la main à présent, et Mme Rahman caressait sa tête couverte d'une calotte. Elle fouilla dans son sac à la recherche du chocolat Mimi promis.

« C'est à moi ! » Le petit-fils rampa vers eux, tel un soldat au combat.

« Du calme, mon cœur, je pense qu'il y en a assez pour deux. » Elle brandit la petite barre chocolatée avec une orange photographiée sur le papier d'emballage, la cassa en deux et en offrit une moitié à chacun.

« C'est à moi. » Surjo se releva et s'empara des deux moitiés, fourrant l'une d'elles dans sa bouche de manière agressive.

« Sois un bon petit garçon, dit-elle. Tu ne veux pas partager ? Non ? Je t'en achèterai une autre en rentrant à la maison. Deux, même. Alors donne ce chocolat au petit garçon. Voilà un *jaanoo*, tu es un vrai petit ange. »

Surjo donna la moitié de la barre chocolatée à Zaid en s'en mettant plein les doigts. Zaid l'examina un instant, la regarda ramollir dans sa main. Puis il fit demi-tour, tenant le chocolat aussi loin que possible de son corps, et s'éloigna lentement, un pied devant l'autre.

« *Khoda hafez*, lui lança Rehana. On se reverra bientôt. » Zaid tourna la tête dans sa direction et opina, puis il continua sa lente progression jusqu'au bord de la pelouse où il s'arrêta, porta la main à sa bouche et lappa délicatement le trésor qui était en train de fondre dessus.

*

L'exemplaire du *Rise Bangladesh !* entra par le portail et atterrit sur la véranda. Shafaat avait publié l'article de Maya en page 3, à côté d'un long éditorial sur le complexe militaro-industriel et en face d'une annonce commémorant l'anniversaire de la révolution socialiste en Bulgarie. « Confessions d'un médecin de campagne », par S. M. Haque. Elle avait envisagé de se choisir un nom de plume plus glamour mais rien ne lui était venu à l'esprit. La période qui avait précédé la maladie d'*Ammoo* lui paraissait bien loin. Elle avait commencé avec l'histoire de Nazia ; elle se demandait à quoi elle allait s'attaquer. Etre ici à Dacca, vivre dans ce bungalow avait ouvert une brèche dans les digues qu'elle s'était construites pour bien se protéger de ce qu'elle se rappelait du passé, de son frère et de la guerre. Elle se rappelait la réunion avec Jahanara Imam, de quelle façon elle en avait claqué la porte. Et pour quelles raisons. Et le projecteur dans la cabane du jardin. *J'ai connu une fille qui s'appelait Piya.*

*

Zaid lui avait passé des poux. À l'hôpital, Rehana sépara les cheveux de Maya en plusieurs sections, traitant chacune avec du pétrole, recherchant les lentes sur le cuir chevelu.

« Arrête maintenant, *Ammoo*, je demanderai à Sufia de le faire plus tard. Il faut que tu te prépares pour l'opération. »

Sufia sanglotait bruyamment dans un coin. « Qu'est-ce que je vais devenir si vous mourez ? gémissait-elle à l'intention de Rehana. Qui s'occupera de moi ? »

Derrière son dos Maya sentit sa mère soupirer, « Je ne vais pas mourir de sitôt. Tu vas mourir avant moi, tu vas voir. » Ayant huilé et bien examiné les cheveux de Maya, elle y passa un peigne aux dents serrées.

« En plus, celle-là ne m'aime pas, dit Sufia en désignant Maya. Elle me jettera aussitôt à la rue.

– Elle a l'air méchante comme ça, dit Rehana, en peignant la chevelure de Maya dans une serviette. Mais au fond, elle est aussi tendre qu'un pudding au riz. Maya, tu en es infestée. Regarde. »

Maya se retourna et vit quelques petits insectes noirs nichés au creux de la serviette. *Ammoo* les prit, l'un après l'autre, et les écrasa entre ses ongles de pouces.

« Une horreur, dit Maya. Je n'arrive pas à croire qu'ils se sont multipliés aussi vite.

– C'est parce que tu as trop tardé à t'en occuper.

– Ce gosse. Je vais lui donner une bonne correction. »

Rehana se pencha en avant et prit le visage de Maya entre ses mains. « Ne dis jamais ça, dit-elle. Jamais, tu m'entends. Jamais.

– Je suis désolée, *Ma*, c'est juste que... Il y a des jours où je ne sais pas quoi faire avec lui. » Ce matin-là, elle lui avait fait promettre d'apprendre ses leçons, mais il avait insisté pour qu'elle l'emmène au cimetière et qu'il puisse à nouveau demander un vélo à sa mère. Sur le chemin du retour, il l'avait agacée, exigeant d'aller à l'école, une vraie école. « Et l'école, Zaïd, tu ne l'aimes pas ? » le taquina-t-elle, et il hocha la tête en signe de dénégation. « Elle est pas bien, dit-il. Pas bien du tout. »

« Elle ne m'a pas dit un mot depuis qu'elle est arrivée », dit Sufia en se mouchant.

Rehana avait fini de peigner et de tresser la chevelure de Maya. « C'est une opération de routine, dit Maya en se levant et en ajustant son *kameez.* Tout ira bien.

– Maya, je ne pense pas qu'elle sache ce que c'est une opération de routine.

– Oh, c'est pas vrai ! » s'exclama Maya. Elle sortit de la chambre et arpenta le couloir jusqu'à ce qu'elle trouve ce qu'elle cherchait : un étudiant en médecine. « Excusez-moi, dit-elle, puis-je vous emprunter ça ? » Et elle lui prit le stéthoscope qu'il avait autour du cou avant qu'il puisse protester. « Je vous le rends tout de suite, dit-elle, revenant au chevet d'*Ammoo*. Sufia, viens par ici. »

Sufia s'approcha timidement. Maya appliqua le pavillon du stéthoscope sur *Ammoo* et fit écouter Sufia. « Tu entends ? C'est son cœur. »

Sufia écarquilla les yeux. « Il bat fort.

– Fort comme un bœuf, dit Rehana. Ils ne peuvent pas me tuer.

– L'opération prendra deux heures, trois tout au plus, dit Maya, répétant ce qu'elle n'arrêtait pas de se dire à elle-même. Le Dr Sattar est l'un des meilleurs chirurgiens du pays. »

Rehana posa sa main perfusée en intraveineuse sur la sienne. « Récite l'*Aytul Kursi* avec moi. »

Maya se détourna, faisant face à la porte du box ; les minces rideaux s'écartèrent, révélant ce qui se passait dans le couloir, les infirmières qui s'affairaient, tenant des haricots de métal, des poches de sang et de solution saline. Elle eut soudain peur pour sa mère, et fut à nouveau submergée par le sentiment qu'elle avait eu sous le jaquier à Rajshahi, que cela pouvait mal tourner, et celui, obsédant, que tout était sa faute, que c'était la solitude de sa mère qui avait engendré cette tumeur. Elle avait envie de demander à sa mère d'annuler l'opération, de la reporter à plus tard, à l'hiver peut-être, quand il fait plus frais et que les coupures d'électricité sont plus rares ; ou peut-être d'attendre qu'il y ait un meilleur médecin, un plus jeune revenu de l'étranger avec de nouvelles techniques et des méthodes d'anesthésie avancées. Sufia avait raison : si sa mère mourait, elle ne pourrait jamais la remplacer – les bougainvillées mourraient, les goyaves tomberaient de l'arbre, trop mûres. Et *Ammoo* était la seule personne au monde qui l'aimait encore.

Tout ce qu'*Ammoo* voulait, c'était une prière. Elle pouvait bien lui donner ça. Elle essaya de déverrouiller les paroles mais elles étaient profondément enfouies, liées à bien d'autres choses. Les déceptions, le chagrin, l'état du pays et le Dictateur qui disait Allah à tout bout de champ – complètement possédé par ces mots, par ce Livre. Ne t'en fais pas, avait-elle envie de dire à sa mère, nous n'avons pas besoin de l'*Aytul Kursi*. Nous avons la science. Mais il lui revenait malgré elle que chaque mort à laquelle elle avait assisté – sur le champ de bataille, dans l'hôpital de campagne, dans les salles de l'hôpital – avait été accompagnée du son de la prière, de ces mots qui magnifiaient la séparation du corps et de l'esprit.

Le Dr Sattar tira le rideau et entra, talonné par un petit groupe d'étudiants qui se serrèrent pour que tous puissent tenir dans le box. « Ma patiente est-elle prête ? » Il prit la feuille de tempé-rature située au pied du lit.

Rehana lui fit un signe de la main, comme s'il avait été loin. « *Dakhtar*, vous n'étiez pas obligé de venir en personne. »

Le Dr Sattar surprit Maya par un sourire. « Absurde. Nous prenons bien soin des nôtres, n'est-ce pas docteur Haque ?

– Oui, monsieur », répondit-elle.

Il demanda aux étudiants de contrôler la pression sanguine de Rehana et de surveiller sa perfusion. Ils s'affairèrent autour de lui. « Votre frère attend dehors, dit l'un d'eux.

– Frère ? » dirent de concert Maya et Rehana. Pendant un instant, Maya pensa qu'il pouvait s'agir d'un cousin éloigné de sa mère, venu de Karachi après avoir reçu le télégramme qu'elle avait adressé à toute la famille au sujet de l'opération. Puis elle sut que cela ne pouvait être que Sohail.

« *Ma*, dit-elle, je reviens tout de suite. L'infirmière est là si tu as besoin de quelque chose. »

Sohail était penché sur le garde-corps du balcon, les yeux fixés sur les carreaux de mosaïque du dessous. Le ciel s'assombrissait, pourpre et gris, tout était calme, dans cette atmosphère d'attente qui précédait les pluies de l'après-midi.

« Comment va *Ammoo* ? demanda-t-il.

– Elle va bien. Tu devrais entrer la voir. » Notre mère pourrait mourir, nous serions orphelins et je serais ta seule famille restante. Pensait-il la même chose ?

« Le chirurgien…

– Il a beaucoup d'expérience, ne t'inquiète pas. Tout va bien se passer. » Ou pas. Etait-il convaincu par la tonalité qu'elle essayait de donner à sa voix, par les certitudes du médecin ?

Il opina. « *Inch'Allah.*

– Et toi, tu vas bien ? » Elle l'examina de haut en bas, s'attardant sur l'hématome qui ornait son front, d'un bleu sombre nacré, produit par ses prosternations quotidiennes sur le tapis de prière.

« Je vais bien, par la grâce d'Allah. » Il se mit à pleuvoir, cette pluie de côté, oblique, qui rappelait à Maya son enfance, l'odeur du ciment mouillé, quand tous deux se précipitaient pour fermer les fenêtres avant que les matelas ne soient trempés. Sohail resta penché sur le garde-corps, sans chercher à s'abriter. Maya resta elle aussi à côté de lui, si bien que la pluie leur tomba dessus à tous les deux. Sa barbe en devint toute brillante. Il se redressa et planta son regard dans le sien. Etait-ce de la tendresse qu'elle y voyait ? Elle fit un effort pour garder les yeux ouverts face à ce torrent. *Ce serait trop dur*, aurait-elle voulu l'entendre dire, *trop dur de perdre notre mère maintenant.* Mais au lieu de ça il lui dit « Zaid m'a raconté que tu lui apprends l'alphabet anglais.

– Oui. Il pourra bientôt lire *Middlemarch.* »

Il rit. Elle aussi. La pluie s'arrêta aussi brutalement qu'elle s'était mise à tomber. Elle eut envie de le prendre dans ses bras, ce qu'elle fit, et il lui rendit son étreinte, la serrant fort contre lui. Pluie et larmes mêlées, chaudes et salées.

« Il n'y a aucune raison que ça se passe mal, *Bhaiya*, dit-elle.

– Sœur Khadija m'a dit que tu avais appris à Zaid à jouer aux cartes.

– Oui, dit-elle, c'est un requin.

– Sœur Khadija est consternée. Jouer n'est pas permis. »

Maya recula, heurtée au plus profond d'elle-même par ses paroles. « Mais ce n'est qu'un jeu. *Ammoo* aussi joue.

– Tu connais la différence entre *halal* et *haram*. Si tu l'ignores, il vaudrait peut-être mieux que sœur Khadija se charge de l'éducation de Zaid. »

Ce n'était pas ce qu'elle avait voulu dire. Elle sentit le désespoir l'envahir. « Je t'en prie, non. »

Il lui mit la main sur l'épaule, comme si, sans cela, elle aurait été bien en peine de comprendre. « Sa mère lui manque, je le sais. Je devrais lui consacrer plus de temps, mais… »

Elle essaya de chasser le sarcasme de sa voix. « Tes obligations ? »

Il parut blessé, son regard se perdit au loin, vers les taches de lumière que jetait le soleil à présent visible à travers les nuages. « Un garçon doit trouver son chemin dans ce bas monde. »

Elle n'était pas sûre d'avoir bien compris le sens de ses paroles, mais elle aurait voulu lui dire qu'elle était d'accord avec lui, que tout allait bien, qu'il faisait de son mieux. Il ne devait pas être facile d'élever un fils. Il imposait sa loi, elle le voyait bien, mais il semblait dire qu'il n'avait pas le choix, comme si les règles qu'il fixait ressortissaient à un phénomène naturel. Elle se maîtrisa sachant que si elle le poussait dans ses retranchements, il pourrait l'abandonner tout à fait, que, peut-être, il ne lui donnait cette chance que parce que sa femme n'était plus là pour le réprimander, morte avant d'avoir pu lui verser dans l'oreille l'ultime goutte de venin qui l'aurait rendu à jamais sourd à ses appels. Maya s'efforça d'en être reconnaissante.

« Va voir *Ammoo*… elle t'attend. » Elle tourna les talons et se dirigea vers l'escalier pour descendre au bloc opératoire, s'essuyant les cheveux avec l'extrémité de son sari, les joues encore mouillées de pluie.

1972

Mai

Au printemps suivant son retour de la guerre, Sohail découvre que ses mains ne veulent pas s'arrêter de trembler. Il tient ses mains sur sa poitrine. Il les place autour de la théière. Il est sur le seuil de la chambre de sa mère. *Ma*, aimerait-il lui dire, mes mains ne veulent pas s'arrêter de trembler. Tu veux bien dire une prière et souffler dessus ? Tu veux bien que nous enlacions nos doigts, qu'ils restent soudés ? Mais il s'arrête. Ce n'est plus un enfant ; c'est un homme, un soldat de retour de la guerre. Il se demande s'il est encore capable d'être juste, capable d'être bon. Après Piya, après la tuerie.

C'est ainsi que la guerre s'introduisit dans leur maison. Sohail qui renverse l'eau de son verre, fait tomber des lentilles à côté de son assiette. Une femme qui disparaît. Une main qui tremble. Le silence entre un frère et une sœur.

Il avait tué un innocent. Ce n'était pas un ennemi, même pas un soldat. Juste quelqu'un qui avait laissé échapper un mot de trop. Il n'y a plus qu'une seule façon d'être bon désormais. Le Livre lui a dit qu'il était bon, que c'est dans sa nature d'être bon. Les paroles ont été reconquises et il se gonfle d'amour pour le Livre. Plusieurs semaines après que Piya a disparu – ne laissant derrière elle que la trace à peine perceptible de son parfum, qu'il tente de retrouver dans la cuisine où elle s'asseyait, ou bien au sol sur le rectangle où elle déroulait sa natte pour dormir – le voilà qui grimpe à l'échelle sur le toit, s'y assied jambes croisées sous le soleil. On est en mai, mois sans vent, sans pluies, il fait une chaleur à enflammer le ciel. Il reste là à lire les paroles. Sa mère lui a donné le Livre et il en lit les paroles, refusant de voir ses amis ou de célébrer la victoire. C'est tout juste s'il les entend : l'heure est venue de retourner à l'université ; cesse d'inquiéter ta mère, et sois heureux, *yaar*, la guerre est finie. L'heure est à la fête.

Surtout, il a peur de parler. Maya le regarde toujours avec avidité, impatiente d'apprendre quelques détails. Hier, il lui a parlé de la nourriture au camp de la guérilla, comment il l'avait savourée, bien qu'il n'y eût que quelques cuillerées de riz et de *dal* à manger. Les aliments de la liberté. Elle l'a religieusement écouté, en a redemandé. Qu'elle est impatiente ! Il voudrait qu'elle se taise pour qu'elle puisse entendre la clameur qu'il a dans la tête, se disant que si elle pouvait entendre cette clameur, cette clameur de doute et de mort, elle serait capable de comprendre. Mais elle refuse de se taire suffisamment longtemps. Elle cherche à capter son attention, puis se lance dans une histoire, la dernière, lui raconte qui est rentré de la guerre, qui a perdu un fils ou un frère. Des choses pires sont arrivées à d'autres.

J'ai commis un meurtre. S'il avait pu parler de la guerre à sa sœur, c'est ce qu'il aurait fallu dire. Elle demande des récits héroïques. Elle veut entendre qu'il a placé des explosifs sous les ponts du pays et s'est sauvé juste avant que la flamme n'atteigne la poudre, que la démolition du pont a stoppé l'armée, et que ça a sauvé les gens du nord de Tangail, de Kushtia ou de Bogra.

Mais il n'a rien de tel à raconter. Et son

silence la met de plus en plus en colère, et même après que sa mère a cédé pour les matinées sur le toit, Maya continue de le suivre du regard, lui opposant un silence glacial, plein de reproches. Silence pour silence. Quand il lui pose des questions sur son travail au Centre de réadaptation des femmes, elle lui rétorque : « Quoi, tu ne penses pas que les femmes aussi sont des victimes de la guerre ? »

Il pense à tous ceux qui sont morts – aux combattants ennemis, aux gens qu'il n'a pas pu sauver, à son ami Aref, et à tous les gars qui sont partis pour la guerre et ont été tués. Tous les jours, il pense à eux. C'est vraiment très égoïste à elle d'en vouloir sa part.

Ammoo n'est pas avide, mais elle se fait du souci pour lui, monte à la moitié de l'échelle et l'appelle, il fait très chaud, Sohail, tu ne veux pas descendre te désaltérer ?

Sur le toit, il a rassemblé un certain nombre de choses. Un peigne qui appartenait à Piya, une chemise de son ami Aref, tué l'été dernier par l'armée. Et une photo de son père, prise devant la Vauxhall. Pas beau – son père n'était pas vraiment beau – mais regardant l'avenir avec confiance, menant la vie qui lui était destinée. Et le Livre d'*Ammoo*.

Une lumière et un Livre clair vous sont venus de Dieu.
Dieu dirige ainsi dans les chemins du Salut
Ceux qui cherchent à Lui plaire.
Il les fait sortir des ténèbres vers la lumière,
– avec Sa permission –
Et Il les dirige sur un chemin droit[1].

Le Livre croit à sa bonté. Il commence sa lecture.

Il vient vers Maya un jour, et tente de le lui dire. Il lui confie que c'est la chose la plus importante qui lui soit arrivée. Il a découvert quelque chose, quelque chose qui explique tout. Ne veut-elle pas savoir ce que c'est ? N'est-elle pas curieuse ? Il est pâle, la peau de son visage est tendue. Elle voit que la mort rôde en lui, cette mort dont il a été si proche pendant la guerre, lui et la mort dans un étroit couloir. Maintenant c'est comme une ecchymose qui ne veut pas guérir. Il presse son visage près du sien et elle se rend compte que, cette chose dont il parle, c'est

1 Le Coran, V, 15-16.

ce qui empêche l'ecchymose de s'étendre de sa joue à ses os et de ses os à son sang. C'est un barrage, comme celui qu'ils construisent à Rangamati, qui retiendra l'eau comme une main géante formant une coupe, et fournira de l'énergie aux campagnes ; c'est ce qui lui permet de tenir debout, ce qui l'éclaire.

À ce stade, Maya prend une décision, qu'elle viendra à regretter maintes fois au cours des années à venir. Elle voit dans ses yeux brillants ourlés d'eau qu'il dit la vérité. Elle voit qu'il a sombré dans l'abîme et que c'est ce Livre qui l'a fait remonter à la surface et lui a permis de respirer. Elle voit aussi, en elle-même, le besoin d'un tel secours, d'une telle bouée, d'une telle vérité. Mais comme il lui est soudain devenu évident que la religion, son parfum d'absolu et ses perspectives d'infini sans nuages, pourrait bien être ce qu'il en disait, un besoin essentiel pour l'homme, aussi bien pour elle que pour lui, et, parce qu'elle est mue par la même aspiration, qui tourbillonne comme une feuille dans son cœur, elle décide, à cet instant précis, que cela ne peut être. Elle ne sera pas une de ces personnes qu'un événement important vient influencer au point de perdre la notion de qui elles sont vraiment.

Et Sohail non plus. Elle ne le permettra pas. Elle est persuadée – oh, quelle folie, quelle arrogance de sa part – d'avoir son mot à dire. Elle est persuadée de pouvoir faire quelque chose pour empêcher cela. Elle est persuadée que sa volonté sera plus forte que la feuille qu'elle a dans son cœur et que celle qui se trouve dans le cœur de son frère.

Il s'approche d'elle. « J'ai prié.

– Pour quoi ? » Elle lit l'*Observer.*

« Pour rien. J'ai prié, c'est tout.

– Ah non ! *Bhaiya*, dit-elle, tu ne vas pas recommencer avec tout ce prêchi-prêcha, on ne va plus te reconnaître. » Elle détourne son attention, passant à la page des petites annonces de son journal.

« Mais la prière, c'est ça, justement. C'est abandonner toute autre pensée, tout autre but. »

Alors elle le regarde, et il voit qu'elle cherche la plaisanterie.

« Mais je suis sérieux », dit-il, répondant à la question qu'elle ne pose pas tellement elle est abasourdie. Il s'interrompt, soupesant ses arguments avant de répondre. Dehors, dans la rue, un homme crie en tapant sur ce qui, d'après le son, semble être une casserole. « Allah, Allah, Allah. Donnez aux pauvres, donnez aux pauvres. »

« Peu importe ce qui nous amène à Dieu ; seul compte le fait d'y parvenir.

– Est-ce que tu cites les paroles d'un quelconque mollah ?

– Non, Maya, je dis la vérité.

– Alors ça n'a rien à voir avec Piya ni avec la guerre. Est-ce que quelque chose d'autre est arrivé ? As-tu fait quelque chose ? »

Elle est près, trop près. « Je t'ai dit que ça n'a pas d'importance.

– Bien sûr que si, ça a de l'importance. Comment peux-tu accepter un traitement sans tenir compte de la maladie ?

– Alors pour toi, je suis malade ? »

La voix du mendiant retentit plus fort. « Dieu est miséricordieux, crie-t-il. Dieu est miséricordieux. »

La fenêtre qui se trouve derrière Maya est éclairée par les tons dorés du matin. La lumière se répand sur son dos, déborde, tombe dans les yeux de Sohail. Il ne voit pas grand-chose du visage de sa sœur, seulement l'orbe de sa chevelure.

« J'ai lu quelque chose là-dessus, dit-elle ; ça s'appelle la psychose traumatique du soldat. »

Il lui répond d'une voix où perce la colère. « Tu ne m'écoutes pas. Je ne suis pas malade. Peut-être, oui, après la guerre, c'est toujours difficile.

– Eh bien c'est de là que ça vient, c'est ce que j'essaie de te dire.

– Mais, même si une chose en a entraîné une autre, je ne peux qu'en être reconnaissant. »

C'est au tour de Maya, à présent, d'être en colère. » Tu ne te rappelles donc pas ce qu'ils nous ont fait au nom de Dieu ?

– Ce n'est pas parce que cela a été usurpé dans le but de faire du mal que c'est mauvais en soi. C'est l'erreur que j'ai commise.

– Une erreur ? Tu penses que tout cela n'a été qu'une erreur ? »

Il détourne les yeux, ne sait trop quoi répondre. Ce n'est pas qu'il souhaite que la guerre n'ait pas eu lieu, ou qu'il n'y soit pas allé combattre. Mais il n'était pas fait pour, il était fait pour autre chose. Comment lui expliquer cela ? Qu'il y a une raison au fait qu'il soit encore vivant alors que tant d'autres sont morts. Il a très envie qu'elle sache, qu'elle sache ce qu'il a vécu, envie qu'elle ait le cœur aussi lourd que le sien, un cœur qui a besoin de se lover autour d'une certitude, d'un chemin.

Maya est en train d'avaler son thé, elle s'apprête à quitter la table. « Je ne peux pas le croire, dit-elle, que tu tombes là-dedans, après tout ce que tu as vécu. »

Rehana les rejoint à ce moment précis, avec un bol de gâteau de semoule qu'elle vient de réchauffer sur le fourneau. Elle voit Sohail qui pointe du doigt vers la fenêtre derrière Maya.

« Il y a quelqu'un là », dit-il.

Ils regardent. L'homme est torse nu et sans ornement si ce n'est sa longue chevelure soigneusement attachée qui lui retombe plus bas que les épaules. Il tape à la fenêtre. « Dieu vous pardonne, dit-il. Dieu est miséricordieux. »

Ils se regardent tous pendant un moment puis Maya dit, « Qu'est-ce que ton livre te dit de faire pour cet homme, *Bhaiya* ? »

Sohail fouille dans ses poches et en sort un billet froissé. L'homme met ses mains en coupe à l'ouverture de la fenêtre et reçoit le billet.

« C'est tout ? C'est tout ce que tu fais ? Tu ne veux pas savoir ce qui a conduit cet homme à en arriver là ?

– Pourquoi ne le lui demandes-tu pas toi-même ?

– Je ne prétends pas à la sainteté, moi. »

Sohail tape du poing sur la table. « Il n'y a rien de saint en moi… rien. Au moins ai-je l'humilité de le reconnaître. Il y a quelque chose de plus grand.

– Mais regarde donc ce que cette existence supérieure nous a apporté. La guerre et un mendiant qui tape à ta fenêtre.

– Maya, dit Rehana, haussant le ton, ça suffit. »

L'homme porte sa main à son front puis s'éloigne en se glissant par l'ouverture de la grille. Sohail se rue hors de la pièce. Elles entendent sa porte claquer.

Maya se tourne vers sa mère. « Il va transformer ta maison en mosquée, tu ne l'as pas entendu ?

– Pourquoi chérie, pourquoi faut-il que tu sois aussi intolérante ? » Elle approche son visage de celui de sa fille et lui murmure tendrement, » Il va prier, il va à la mosquée le vendredi. De quoi as-tu donc peur ? Ce n'est que de la religion. »

Rehana avait raison… au début. Sohail s'était presque retrouvé, il souriait aux repas, sifflait tout bas. Il se remit à assister aux cours à l'université, mais sans traîner sur le campus, cette fois, ni aller aux réunions des syndicats d'étudiants. De temps à autre on le voyait même jouer au cricket avec ses amis au terrain d'Abahani, et au cours de ce deuxième été après la guerre, cependant qu'on rédigeait la constitution et que le cyclone refluait, Rehana dit à Maya que Sohail n'avait que très peu changé, que la mère avait bien jugé son fils. Il ne s'était même pas laissé pousser la barbe.

Il y eut quelques funestes petites vagues. Ils apprirent que le fils Hussain, plus jeune que Sohail de quelques années, s'était suicidé, noyé. Que Shahabuddin, le fils des voisins, avait battu sa femme enceinte parce qu'il était convaincu qu'elle portait un enfant démoniaque.

Mais la plupart des garçons et des filles étaient plus sérieux et disciplinés que jamais. Ils suivaient leurs cours, se mariaient, avaient des enfants et préparaient chaque soir du lait chaud pour leurs parents. Ils faisaient ce qu'ils pouvaient pour remiser leurs souvenirs et effacer les traces de sang de leurs mains ou de l'ourlet de leurs saris. Et Rehana dormait sur ses deux oreilles, certaine qu'elle était que son fils n'irait pas trop loin dans son intérêt pour la religion. C'était elle après tout qui lui avait donné le Livre.

1984

Août

Le cancer. Chaque fois que le Dr Sattar prononçait le mot sa voix baissait d'un ton, jusqu'à ce qu'il se mette à l'appeler « la maladie » puis, de temps en temps, « le C ». L'intervention chirurgicale n'était qu'un début. Rehana allait avoir besoin de chimiothérapie, des poisons puissants qui tueraient le cancer. Mais qui pourraient aussi la tuer. C'était une science inexacte où le remède était souvent pire que le mal. Maya écoutait et les mots lui glaçaient le sang. Elle n'avait jamais sérieusement envisagé l'idée qu'elle puisse avoir à vivre sans sa mère. La mort l'avait déjà touchée ; son père était mort avant même qu'elle sache que la mort durait plus longtemps que le sommeil ; plus tard, la mort avait touché ses patients ; elle s'était employée à lui barrer la route au quotidien, à la mort, mais aussi à la dysenterie, au paludisme et aux morsures de serpents. La mort était même passée tout à côté de Nazia, lui laissant des cicatrices sur les jambes mais épargnant sa vie. Elle n'aurait jamais imaginé, jamais sérieusement en tout cas, que la mort puisse à nouveau s'en prendre à elle.

Cette année-là, la pluie fut omniprésente. Les caniveaux débordèrent à Dacca, et les fleuves rompirent leurs digues, le Padma, le Jamuna, avalant maisons et bétail, noyant le riz nouveau. Maya ramena *Ammoo* de l'hôpital et arpenta la véranda. La nuit, elle pleurait au creux de son bras. Un jour, elle trouva Sufia dans sa chambre, tenant la lampe à pétrole et dodelinant de la tête à n'en plus finir.

La fille du téléphone apporta un message à Maya. Sœur Khadija allait organiser un *Milaad* tout spécialement pour *Ammoo*. Les femmes d'en haut allaient réciter l'intégralité du Coran à elles toutes et consacrer leurs prières au rétablissement d'*Ammoo*. Voudrait-elle se joindre à elles ? L'image qu'elle s'en faisait était sereine, l'odeur des corps se mêlant au parfum des cendres de bâtons d'encens. Elle se surprit à dire oui.

Il y avait des femmes un peu partout, en groupes de trois ou quatre. Elles avaient la tête couverte mais les mains et les pieds normalement gantées et chaussés étaient visibles et très actifs : elles apportaient des assiettes de nourriture dans la pièce, distribuaient des coussins et s'affairaient les unes autour des autres. Khadija l'embrassa chaleureusement.

« Assieds-toi, ma sœur, dit-elle. Je t'en prie, assieds-toi ici. » Le sol fut dégagé, un linge propre placé sous ses pieds. Maya regarda autour d'elle et vit beaucoup de visages tournés vers elle. « Voici la sœur du *Huzoor*, Maya. »

Un chœur de *salaam* parcourut la pièce. « Nous savons toutes qui tu es. Le *Huzoor* nous a parlé de toi. »

Une jeune femme aux cheveux de jais s'approcha de Maya et lui adressa un sourire éblouissant. La fille du téléphone. « Maya, je te présente Rokeya. » Rokeya la salua en bonne et due forme. » Tu es médecin, non ? dit-elle.

– Oui, j'ai étudié la chirurgie.

– Avec M. Sattar ?

– Oui, c'était mon directeur de thèse. Tu le connais ?

– J'ai étudié à la faculté de médecine de Dacca.

– Vraiment – quelle promo ?

– 83. »

Elle n'avait donc terminé ses études que l'année dernière. Quel gâchis, pensa Maya ; maintenant, toutes les après-midi elle attendait les visites de son mari, probablement une vieille chose ratatinée, et elle était là, à étaler une couverture pour moi et à donner du *Huzoor* à mon frère.

« Je vais te faire une tasse de thé, lui proposa Rokeya, ajustant son foulard. Comment le prends-tu ? »

Elle sortit en coup de vent et Khadija invita de nouveau Maya à se rasseoir. Puis elle se tourna vers les autres femmes et dit « *Bismillah ir-Rahman ir-Raheem*, au nom de Dieu, le Clément le Miséricordieux, c'est l'heure. »

Chacune d'entre elles sortit un *tasbi* et commença à réciter le *Kalma* à voix basse. Les grains de pierre et de bois filaient sous leurs paumes, cependant que, du pouce, elles faisaient avancer le *tasbi*. On distribua des bols vides et des petits tas de légumes secs furent placés aux quatre coins de la pièce. Dès que l'une d'elles avait fini un cycle sur son chapelet, elle plaçait un pois chiche dans le bol posé en face d'elle.

Khadija s'installa lourdement et ouvrit son Coran. Elle commença à réciter.

*

Le lendemain Rokeya lui dit que Sohail allait faire une de ses rares apparitions au *Taleem*. Pour une prédication en personne. Aimerait-elle venir ?

Lorsqu'elle arriva, le silence régnait déjà, et les femmes étaient en train de se préparer autour d'elle, tournées vers le fond de la pièce. Elles s'activaient sans mot dire, débarrassant des assiettes, soulevant les draps qui étaient sur le sol pour les secouer, faisant signe à l'une de s'asseoir là, à l'autre d'apporter un coussin à sœur Zayna.

C'était comme pour les obsèques. Un rideau avait été tiré pour séparer la pièce en deux. Les femmes se tenaient dans ce qui était devenu l'arrière de la pièce. De l'autre côté, des chuchotements, des bruits de pas et celui des hommes entrant les uns après les autres. Des hommes, s'éclaircissant la voix. Du côté des femmes, on ajustait les foulards plus serrés, comme si, à lui seul, le bruit de la présence des frères de l'autre côté imposait une vigilance accrue.

Au-delà de la séparation, son propre frère prit la parole.

« Mes frères et sœurs, *Bismillah ir-Rahman ir-Raheem*, au nom de Dieu, le Clément, le Miséricordieux. Je parle du prophète Abraham, qu'il soit béni, que la paix soit sur lui. C'est une histoire ancienne et sacrée que celle d'Abraham. Notre prophète et frère Abraham, que la paix soit sur lui, était un lettré. Il a traduit les anciens textes en hébreu ; il parlait couramment la langue des Grecs et des Assyriens. Dans sa grande érudition, il aspirait aussi à connaître les secrets des sentiments humains, des joies et des plaisirs – non pas ceux de la chair, mais bien ceux du cœur et de l'esprit. C'est ainsi que, lorsqu'il choisit son fils Isaac, il sentit son cœur se gonfler d'amour, comme une marée qui enfle sous l'attraction de la lune. Il en prit acte en lui-même ; il s'agissait d'apprendre. Et quand les mythes des anciens amenèrent Abraham à pleurer, plein de pitié ou de furie pour leur sottise, il en prit acte également comme faisant partie de la connaissance sacrée, car la capacité d'empathie est un trait purement humain, à nous donné par le Tout-Puissant.

« Abraham a toujours été en quête de savoir. Mais ce savoir était intimement lié à la volonté de Dieu. Quand ses disciples se mirent à adorer des statues d'argile, il le dit à Dieu et Dieu les frappa en retour. Sa quête de savoir passait après sa soumission à la volonté divine. Si bien que quand Dieu demanda à Abraham de sacrifier son fils, Abraham ne put le Lui refuser. Abraham était le serviteur de Dieu et ce n'était pas dans sa nature de dire non, ce n'était pas non plus sa volonté ; mais il était agi par quelque chose qui dépassait le sens du devoir. Il lui fallait savoir, au fond de lui-même, la véritable nature de sa foi, et si cette foi, qui lui était devenue si chère, pouvait résister à la force de son attachement pour son fils. Il se pencha vers son fils, le couteau menaçant dans sa main. Et c'est alors que Dieu lui donna un bélier à la place d'Isaac.

« C'est en remettant notre volonté à Dieu que nous parvenons à Le connaître. En acceptant le fait qu'Il est Celui qui sait, et que la soumission est la seule voie vers la vraie foi. Le meilleur de notre humanité réside dans notre capacité de reconnaître la vérité du Tout-Puissant, cette vérité qui nous dépasse. »

Elle remarqua le ton de sa voix, lourde de sous-entendus. Il lui disait quelque chose. Il lui disait qu'elle n'avait pas appris à être humble ;

qu'elle faisait passer sa volonté avant celle de Dieu. Etait-ce qu'elle s'en trouvait punie ?

Maya se rappela une histoire qu'elle avait entendue pendant la guerre. Un homme avait été blessé de trois balles de mitrailleuse dans le dos. Les médecins de campagne l'avaient opéré (sans anesthésie, juste un chiffon entre les dents) et avaient extrait deux projectiles, manquant le troisième orifice d'entrée. Un fragment de cette balle s'était introduit dans son système circulatoire et s'était déplacé dans les artères, en touriste, jusqu'à aller se loger dans le cœur provoquant une mort instantanée.

Elle savait que l'histoire ne pouvait pas être vraie médicalement. Mais elle se laissa aller à imaginer qu'il en était de même entre elle et Sohail. Ils avaient été blessés, par la mort de leur père, peut-être, ou par cette vague rumeur de pauvreté les concernant qu'ils portaient comme un fardeau et qui les avait poursuivis tout au long de leur enfance. Chez Maya, les noirs sous-entendus voyagèrent librement, lui touchant le foie, puis les membres, puis le ventre. Elle en prendrait conscience et déchaînerait une partie du venin contre le premier qui passerait. *Ammoo* en avait reçu l'essentiel ; Sohail aussi.

Mais l'éclat d'obus de Sohail s'était logé dans sa chair, se propageant très lentement à travers lui, jusqu'à ce que, comme les autres, il meure debout, juste un peu plus rapidement, et la conscience de cette rapidité, cette odeur d'humus provenant de la tombe, était ce qui avait fait de lui, dès son jeune âge, une créature mi-esprit, mi-homme. Voilà pourquoi il captivait son auditoire chaque fois qu'il parlait, en marche comme en chaire, pourquoi ceux qui gravitaient autour de lui se bousculaient pour le voir de plus près, le toucher. Il était né pour la prédication, déjà à cet âge-là, très tôt maître de lui-même. Mais ce qu'il lui disait maintenant c'était que la source de son pouvoir n'était pas dans la maîtrise mais dans le lâcher-prise. Elle aussi, maintenant, ferait bien d'accepter ses faiblesses, ses très humaines limites. Sinon, elle pourrait en subir les conséquences.

Après cela, les hommes évacuèrent la pièce, on ouvrit le rideau et les femmes entreprirent de préparer le repas du soir. Maya était encore sous le coup du sermon de Sohail. Elle quitta la salle de réunion et rejoignit Khadija qui s'affairait sur un petit réchaud à gaz, dans la cuisine.

« Le *bayaan* t'a-t-il plu ? » demanda-t-elle. Khadija parlait d'une manière cérémonieuse, même en dehors de la scansion de la prière.

Maya ne sut trop que répondre. Plaire n'était pas le mot qu'elle aurait employé.

« Le garçon, commença-t-elle, mon neveu.

– Tu veux parler du fils du *Huzoor* ?

– Oui, Zaid. Je lui ai enseigné quelques petites choses, des leçons, mais avec la maladie d'*Ammoo*, je n'ai plus autant de temps. Je voudrais l'inscrire à l'école. »

Khadija fit mine d'y réfléchir un moment. Elle jeta une poignée de piments dans la marmite de *dal*.

« Il est perturbé, poursuivit Maya.

– Tu as raison, dit-elle, la prenant au dépourvu. Je ne dirai pas le contraire. Ton frère est d'accord.

– Alors tu es au courant.

– On en parlait hier avec Haji Mudasser. »

Maya savait qui était Haji Mudasser. Les gens d'en haut le consultaient sur tous les sujets, même les plus insignifiants. Ils baissaient la tête en sa présence et recevaient ses bénédictions. Ils lui obéissaient au doigt et à l'œil.

« Haji Mudasser nous a dit que notre devoir

est de lui assurer une bonne éducation. Nous sommes conscients d'avoir échoué sur ce plan. »

Khadija tendit sa main, épaisse et forte, et enserra de ses doigts le poignet de Maya. « Nous sommes résolus à mieux nous y prendre. *Amra neyot korechi.* » Ils avaient fait une promesse sous le regard attentif du Tout-Puissant.

Khadija ne semblait pas disposée à en dire plus. Maya s'autorisa un mince filet d'espoir.

« Veux-tu te joindre à nous ? Le *Maghreb Azaan* va commencer dans quelques minutes.

– Je dois rentrer. *Ammoo* a besoin de moi.

– Nous prions pour elle tous les jours. Le *Huzoor* est un fils aimant.

– Merci, dit Maya, soudain émue par cette déclaration.

– Garde la foi, sœur Maya, dit Khadija. Nous allons bien nous occuper du garçon et ta mère va bientôt se rétablir. » Khadija continuait de lui tenir la main. Maya eut un éclair, un pressentiment que Khadija serait sa sœur, cette compagne par l'esprit qu'elle avait toujours cherchée. Khadija lui posa la main sur le front, ce que Maya interpréta comme le signe que l'heure était venue pour elle de partir.

Elle redescendit, le front encore brûlant de

l'empreinte de la main de Khadija. Etonnée de ne l'avoir quittée qu'à regret.

Le troisième jour, Maya monta sans y avoir été invitée. Elle venait de donner à sa mère quelques cuillerées de bouillon, de jeter un œil à ses points de suture et l'avait regardée se rendormir. Les femmes étaient assises en longues rangées parallèles au mur, la tête penchée sur leur assiette. Rokeya circulait entre les rangées, servant le riz à la louche. « Maya *Apa*, dit-elle, viens partager notre repas. » Le sourire aux lèvres, Khadija la salua d'un signe de tête. Maya était ravie qu'elles ne manifestent aucune surprise en la voyant. Un nouveau *Jamaat* était arrivée, en provenance d'Afrique du Sud. Des femmes noires et blanches dévidaient leur chapelet, se joignaient aux prières. Lorsque la récitation commença, leurs yeux se remplirent de larmes.

Elle se retrouva dans les bras de Khadija. « *Ammoo*, est-ce qu'elle va s'en sortir ? »

Khadija lui caressa le sommet du crâne d'un petit geste tendre. « Bien sûr, si Dieu le veut, elle demeurera parmi nous. » Elle rassembla tout son courage, craignant que Khadija ne l'entreprenne sur l'importance d'accepter la mort en tant que manifestation de la volonté de Dieu. Mais Khadija resta silencieuse, déplaçant sa main vers le front de Maya, où elle la laissa tel un cataplasme, jusqu'à ce que Maya ferme les yeux et en vienne à la croire.

1973

Mars

Après la disparition de Piya, à l'époque où Sohail passait de plus en plus de temps sur le toit avec son livre, il fut invité à rencontrer Cheikh Mujib. Le Père de la Nation était à présent Premier ministre et il souhaitait voir le visage des jeunes qui avaient libéré le pays. Maya en fut ravie. Elle pensait que la vue du grand homme, paternel et plein d'attentes, allait donner à Sohail une raison de revenir à sa vie d'avant. L'invitation qui leur parvint les incluait tous les trois – Sohail, Rehana et Maya.

Le matin du rendez-vous, Sohail arriva au petit-déjeuner portant un *kurta*-pyjama et un long gilet Mujib[1] sans manches avec un col très haut. Il faisait chaud, ce jour-là, bien trop chaud pour

1 Gilet noir que portait Cheikh Mujib Rahman, père de la république du Bangladesh et que ses partisans portèrent aussi pour se reconnaître entre eux.

porter un gilet, mais il n'y eut pas moyen de le lui faire enlever, pas même pendant qu'il mangeait. Il s'éventait avec un numéro du *Bangladesh Observer*. Puis il but trois verres de lait. Maya avait passé la matinée à faire des essais pour choisir ce qu'elle allait porter. Elle s'entraîna à saluer Bangabandhu[1] devant le miroir de la salle de bains, avec, aux lèvres, son sourire le plus généreux et le plus reconnaissant.

Rehana était nerveuse, elle aussi. Elle avait l'air radieuse, bien qu'un peu sévère, dans un sari de coton blanc agrémenté d'une paire de fins bracelets d'argent. Elle leur servit des toasts trop grillés que Sohail dévora sans prendre la peine de racler les parties carbonisées. Puis elle disparut dans sa chambre dont elle verrouilla la porte. Maya frappa plusieurs fois – ils allaient être en retard – puis elle fit le tour par-derrière, par la cuisine. Elle trouva *Ammoo* se servant de sa coiffeuse comme d'un plan pour écrire, griffonnant quelque chose, la tête tellement penchée sur le papier qu'on aurait dit qu'elle courait après les mots avec ses yeux.

---

1 Nom donné à Cheikh Mujib Rahman, qui signifie ami du Bangladesh.

Maya lui annonça qu'il était l'heure ; en vain, elle l'ignora. Maya se pencha en avant, en lut quelques mots.

Très estimé Monsieur
Très distingué Monsieur
Cher Père
Bangabandhu, je sais que vous êtes un homme plein de compassion

« Je suis prête, dit *Ammoo*, mettant ses affaires dans un petit sac en cuir.

– C'est quoi, ce que tu es en train d'écrire ?

– C'est un grand homme, dit-elle, ouvrant un tiroir pour en sortir un tube de rouge à lèvres.

– Et alors ?

– Rien. » Elle ouvrit le tube et se mit un petit peu de rouge sur le doigt. « Je suis très honorée de le rencontrer. »

Maya n'arrivait pas à se rappeler à quand remontait la dernière fois qu'elle avait vu sa mère avec du rouge à lèvres. *Ammoo* n'avait pas l'air de très bien savoir qu'en faire, comment appliquer ce dont elle s'était enduit le doigt. Sa main hésita un moment au-dessus de son visage puis atterrit sur sa lèvre supérieure. Elle la tapota à plusieurs reprises, puis s'observa dans le miroir.

« Tu ne te sens pas bien ? » demanda Maya, se demandant si, en fin de compte, elle n'était pas un peu pâle.

Ammoo se tourna pour l'examiner, comme si elle découvrait sa présence. « Il faudrait que tu te coiffes, dit-elle.

– Très bien, dit Maya, empoignant la brosse qui était sur la coiffeuse. C'est toi qui n'as pas arrêté de dire à Sohail qu'il devrait rencontrer Bangabandhu. »

Faisant de nouveau face au miroir, *Ammoo* effaçait les traces de rouge à lèvres avec un mouchoir. « Tu ne m'as jamais raconté ce que tu faisais au Centre de réadaptation des femmes, commença-t-elle.

– Qu'est-ce que tu veux savoir ? » Maya savait où elle voulait en venir ; elle allait lui poser des questions sur les interventions chirurgicales. Et elle ne voulait pas aborder le sujet ; elle ne voulait même pas y penser. Comment *Ammoo* était-elle au courant ? La clinique ne se trouvait pas dans le centre même et, bien qu'on ne leur ait pas explicitement demandé de garder le secret sur leurs activités, aucun des praticiens ni des infirmières n'en parlait jamais.

« Tu te souviens de Piya ? »

Maya acquiesça. Bien sûr qu'elle se la rappelait.

« Elle était enceinte.

– Oui, je le savais.

– Tu le savais ? » *Ammoo* s'interrompit, resta un instant songeuse. « Elle voulait – elle voulait s'en débarrasser. Elle avait peur de l'intervention, elle ne savait plus très bien. Elle me tenait le bras comme ça… »

Ammoo se tourna vers Maya et lui agrippa le coude, les doigts brûlants, les lèvres barbouillées de rouge. « Et elle disait, s'il te plaît, je ne veux pas. Et tu sais, quelques jours plus tard, elle est partie. Elle a disparu. Pourquoi penses-tu qu'elle est partie ?

– Elle a peut-être changé d'avis. »

Ammoo resserra son étreinte sur le bras de Maya et elles se regardèrent. Maya choisit de ne rien dire sur ce qui était arrivé la nuit qui avait précédé le départ de Piya. « Cela valait peut-être mieux, dit-elle, pour tout le monde.

– Tu ne comprends donc pas ? » La voix d'*Ammoo* était brisée, ses yeux baignés de larmes.

« Ils l'ont obligée. Et elle n'est pas la seule. Certaines filles n'en veulent pas. Mais elles ont honte, on leur dit qu'elles portent la semence de ces soldats. »

Bangabandhu avait promis de s'occuper de ces femmes ; il leur avait même donné un nom – *birangona*, héroïnes – et avait demandé à leurs maris et à leurs pères de les accueillir comme ils le feraient pour leurs fils. Mais les enfants, il avait dit qu'il ne voulait pas des enfants de la guerre. Maya se le répétait chaque jour, chaque fois qu'elle leur mettait un masque sur le visage en leur disant de compter à rebours à partir de cent. « Tu ne crois pas que c'est mieux, *Ma*, d'effacer toutes les traces de ce qui leur est arrivé ? Comme ça, elles peuvent commencer à oublier.

– Mais leurs enfants, Maya, leurs enfants. » Rehana passa le dos de sa main sur ses yeux et se détourna d'elle. La gorge serrée, elle lui dit « Tu n'as pas d'enfants, tu ne peux pas comprendre. » Elle froissa la lettre et la jeta de côté. « Allons-y, on va être en retard. »

Maya craignait qu'*Ammoo* ne dise un mot à Bangabandhu au sujet des bébés de la guerre mais elle n'aurait pas dû s'en faire ; *Ammoo* se montra discrète et polie, répétant qu'elle était très honorée de le rencontrer. Mais elle vit qu'*Ammoo* essayait de se convaincre elle-même que quelque chose n'allait pas ; elle vit que, tout en laissant Bangabandhu lui prendre les mains dans les siennes, elle lui résistait, doutait de sa sincérité.

Aucune résistance, en revanche, de la part de Maya. Bangabandhu était de tout ce qu'elle avait connu ce qui s'approchait le plus d'une divinité à ses yeux, et qu'il fût là, devant elle, à lui toucher la tête alors qu'elle se penchait pour ôter la poussière de ses pieds, ce fut presque trop. Elle crut qu'elle allait se trouver mal et elle vida la bouteille de Fanta apportée par le serviteur sur une table roulante.

Il était entouré de sa famille – elle aperçut sa fille, Hasina, et son neveu, Cheikh Moni. Mme Mujib était là, elle aussi et, bien que vide à leur arrivée, la pièce se trouva vite pleine de gens qui touchaient les pieds de Bangabandhu et en pleuraient de joie.

Il alluma sa pipe, en tira quelques toutes petites bouffées.

Sohail était assis, tétanisé, reflet de ce que Maya imaginait être sa propre fascination.

« C'est toi l'auteur de l'explosion de la centrale électrique ?

– *Ji*, monsieur, dit Sohail avec un signe de tête affirmatif.

– Très audacieux de ta part, mon fils.

– Nous avons pris beaucoup de risques, monsieur, mais nous étions déterminés. » Il avait la tête baissée, mais elle vit le dessin de la bouche de Sohail. Il souriait. Elle ne l'avait pas vu sourire ainsi depuis des mois.

« *Shahbash*, dit Bangabandhu. Viens, nous allons prendre une photo. Allez, viens. »

Sohail avait amené son Leica mais un photographe était déjà en position et ils se placèrent de chaque côté de Bangabandhu. Maya prit l'expression qui lui sembla la plus appropriée pour cette photo : celle d'une jeune citoyenne sérieuse, déterminée, reconnaissante d'être en présence de cet homme.

Alors qu'ils se rassemblaient auprès de lui pour la photo, Bangabandhu se tourna vers elle et lui dit : « Et toi, mon enfant, qu'as-tu fait pendant ces neuf mois ? »

Maya lança un regard à *Ammoo* et fit un signe de la tête. « J'ai travaillé. J'étais à Theatre Road, monsieur. J'ai eu l'honneur de servir le gouvernement en exil.

– Theatre Road ! Ta mère t'a laissée aller à Calcutta ? Eh bien, tu es une fille courageuse.

– C'était merveilleux, monsieur, d'être si nombreuses à travailler toutes ensemble. »

Il la regarda tranquillement, en mâchouillant sa pipe. « J'aurais bien voulu voir ça. J'aurais vraiment beaucoup aimé voir ça. »

Maya se demanda si Bangabandhu avait éprouvé la même chose qu'elle – le sentiment d'être exclue, coincée à l'abri quelque part – au moment où le conflit avait éclaté, alors qu'elle ne pouvait s'engager dans l'armée. Il avait été emprisonné pendant toute cette période. Il n'avait même pas vu un seul jour de combats ni entendu une seule émission de radio. Elle espérait qu'il avait conscience d'avoir été là même sans y être, parce qu'ils se couchaient chaque soir avec son nom sur les lèvres et se réveillaient chaque matin devant son portrait découpé dans les journaux et placardé au mur, au son de sa voix à la radio. Qu'il ait été incarcéré et non à combattre sur le front ne comptait pas, pour personne. Mais pour lui, peut-être que si.

Elle était sur le point de lui en parler, mais un groupe de nouveaux visiteurs se présenta à la porte, détournant l'attention de Bangabandhu.

Elle avait envie d'aller aux toilettes, mais elle se dit qu'elle devait rester concentrée sur cet instant, parce qu'elle s'en souviendrait toujours, et elle essaya de graver les traits de Bangabandhu dans sa mémoire afin de pouvoir se rappeler ce qu'il portait, ainsi que le poids de sa main sur sa tête.

Elle regarda de l'autre côté de la pièce et vit Sohail, assis très droit, les genoux dans ses mains. Il fit mine de se lever mais Bangabandhu parlait à *Ammoo* des autres femmes qui avaient aussi accueilli chez elles des combattants de la liberté et lui demandait si elle en avait connu certaines. Maya l'entendit lui demander ce qui était arrivé à son mari et quand *Ammoo* lui raconta, elle vit Bangabandhu lui prendre à nouveau les mains entre les siennes et lui dire combien il en était désolé, et qu'elle avait été très courageuse d'élever ses enfants sans leur père.

Puis ce fut l'heure de prendre congé.

« Il y a encore beaucoup de travail à faire, mes enfants, dit Bangabandhu, j'espère pouvoir compter sur vous.

– *Ji*, monsieur. » Sohail se courba, prêt à lui toucher les pieds à nouveau, mais Bangabandhu le retint par les épaules, l'obligeant à se redresser jusqu'à ce qu'ils fussent les yeux dans les yeux, puis il l'embrassa à trois reprises, comme un père son fils. Il les raccompagna en personne jusqu'à la porte. Ensuite, il ne fut question que de la chaleur de son accueil, de la cordialité de cet homme, unique à leurs yeux.

Même *Ammoo* ne put s'empêcher de le louer, insistant sur la façon dont il vous regardait dans les yeux, quel que fût le nombre des personnes présentes, comme s'il vous confiait un secret, comme si une connivence profonde et durable vous liait à lui.

1984

Septembre

Maya fut étonnée par le nombre de personnes qui passèrent voir *Ammoo*. Mme Rahman arriva la première, tapota les oreillers de Rehana et remplit le réfrigérateur de ragoût de poulet. Elle fut suivie par quelques membres du Club des femmes, promettant de remettre le tournoi annuel de gin-rummy jusqu'au retour de Rehana. Le marchand de poisson vint, ainsi que le boucher, qu'elle connaissait depuis plus de vingt ans, porteur d'un énorme os de mouton et promettant que la soupe allait venir à bout de la maladie dont elle souffrait, quelle qu'elle fût. Des fleurs furent livrées de la part du directeur de l'école primaire de Maya et de la Dhanmondi Society. La sœur de Sufia et son mari vinrent, endimanchés, avec une prière écrite sur un petit bout de papier par leur guide spirituel. Le locataire allemand lui-même fit un saut, une gerbe de roses dans les bras. Il ne resta qu'une minute mais qui suffit à Maya pour le jauger et le trouver cruellement décevant. Chauve, tellement grand qu'il fut obligé de courber l'échine pour franchir la porte, une fine couche de cheveux orange sur le crâne, un sourire perpétuel aux lèvres, il remit à Rehana une enveloppe marquée LOYER SEPTEMBRE 1984.

Après une autre matinée avec Khadija et les femmes d'en haut, Maya trouva Joy au chevet d'*Ammoo*, lui parlant de sa nouvelle entreprise avec Chottu. Elle riait, se tenant le ventre à deux mains.

« Fais attention, *Ma*, tes points de suture sont à peine cicatrisés. » Elle lança à Joy un regard noir.

Joy continua de distraire Rehana. Avec ses pieds bien chaussés dans ses sandales et ses cheveux coupés ras, il avait l'air tout guilleret, comme s'il sortait de son bain. Il termina tranquillement son histoire, se penchant tout près de l'oreille d'*Ammoo*. Puis il prit congé, lui assurant qu'elle serait très vite sur pied, prête à faire frire ses fameux *paratha*.

« Merci d'être venu », dit poliment Maya en le conduisant au salon. Elle voulait lui dire un mot de leur dernière rencontre, de leur malaise au moment de se dire au revoir.

« Ta mère m'a dit que tu es montée les voir.

– Sohail est venu à l'hôpital. Il a passé un moment avec elle et je pense qu'elle a vraiment apprécié. Alors j'ai voulu l'en remercier.

– Qu'est-ce que tu en as pensé ?

– C'est un autre monde.

– Tu dis ça comme si ce n'était pas si grave.

– C'est différent. Ça ne ressemble à rien. » Elle essaya de traduire en mots ce qu'elle avait ressenti au milieu de ces femmes. Sous le sofa, le pied de Joy ayant heurté quelque chose, il y allait à tâtons, dérangeant la poussière.

« Je crois savoir ce que c'est », dit-il.

Maya aussi le savait. Et il l'en sortit, un morceau d'épave. Une relique.

« Elle a encore toutes ses cordes », remarqua-t-il. Maya trouva un chiffon humide à la cuisine et ils s'employèrent ensemble à la frotter, regardant la couleur du bois émerger dans des tons miel sous leurs yeux.

« On peut en jouer ? demanda-t-elle.

– Elle a sans doute besoin d'être accordée. Je peux essayer mais je ne suis pas très bon. C'était surtout mon frère qui en jouait.

– Le mien aussi », dit-elle.

C'est injuste, devait-il penser. Elle au moins, son frère est encore vivant. Que ne donnerait-il pas pour que son frère fût encore là. Elle l'imaginait, souhaitant l'avoir encore, ce frère, quelles que fussent les circonstances, du moment qu'il fût là, même s'il fuyait sa vie d'avant et se comportait comme un étranger. Un monde de différences, devait-il se dire, entre les vivants et les morts ; pas si différent dans le fond, répliqua-t-elle en son for intérieur. Il y a une raison pour que l'on dise des phrases telles que *pour moi tu es mort*, qu'elle avait prononcée plus d'une fois à l'adresse de Sohail.

Joy se mit à gratter les cordes et tourner les clefs placées sur le long manche de l'instrument. « Je crois que j'y suis, dit-il. Essaie, maintenant. »

Elle passa son pouce sur toutes les cordes. « Elle a un joli son, dit-elle.

– Comme au bon vieux temps.

– C'était quoi, cette chanson que tu chantais toujours, une chanson espagnole ?

– On n'a jamais chanté en espagnol.

– Mais si, une avec un titre interminable.

– Ah oui ! dit-il en se tapant sur le genou. Tu veux dire *Guantanamera.*

– J'ai toujours adoré cette chanson.

– Sohail la chantait aussi. Il disait que c'était un chant révolutionnaire, mais quand j'étais à New York, un ami mexicain m'a traduit les paroles. C'est une chanson qui n'a rien de spécial.

– Ah bon ?

– Ça parle d'un garçon pauvre qui voudrait tomber amoureux.

– Tu as quelque chose contre l'amour ? »

Il se pencha en arrière et croisa les jambes. « Pas spécialement. Pas autant que toi, en tout cas. »

Elle pinça les cordes. « Tu n'as rien compris, mon cher. Je suis comme toutes les filles. » Elle en était elle-même convaincue à cet instant. Qu'elle était aussi tendre que les autres, tout aussi pleine d'espoir.

« Laisse-moi te montrer les accords », dit Joy. Il lui prit les doigts, les plaça sur les cordes. « Il faut appuyer plus fort que ça. »

Zaid entra dans la pièce. « Voilà mon petit baragouineur, dit Maya. Approche Zaid, dis bonjour à l'oncle Joy. »

Joy lui tendit la main et lorsque Zaid s'avança pour la serrer, il la retira prestement pour la porter à son front. « *As-salaam alaikum*. Je t'ai bien eu ! »

Et Zaid de s'écrouler de rire.

« En voilà un qui connaît toutes les langues de la planète, n'est-ce pas Zaid ? Dis quelque chose en espagnol à l'oncle Joy. »

Zaid roula des yeux vers le plafond. « O-kay, dit-il, articulant très lentement. *Akee yeygo la paz*[1].

– C'est très bien, dit Joy. Même moi, je sais ce que ça veut dire.

– Est-ce qu'il a vraiment dit quelque chose ? chuchota Maya. J'ai toujours l'impression qu'il se moque de moi. »

Joy prit le paquet de cartes qui se trouvait sur la table et commença à les battre. « Je vais vous montrer quelque chose, dit-il.

– On ne peut pas jouer aux cartes, dit Maya, il n'y est pas autorisé. »

Joy lui lança un regard de côté. « Ce n'est pas un jeu, dit-il. C'est de la magie. » Un peu tendue, elle le laissa faire son tour. Puis Zaid grimpa sur les genoux de Joy, lui murmura quelque chose à l'oreille et sortit de la pièce en dansant, ta-ta, ta-ta, ta-ta, ta-ta.

*

---

1 *Aquí llegó la paz* : La paix soit sur ce lieu.

Rehana tenait ses cheveux dans ses mains.

« Oh *Ma* ! » Maya les lui prit des mains, une touffe comme un petit animal à fourrure. L'endroit d'où elle était tombée luisait comme un morceau de métal au fond de la mer.

Elle était dans son bain quand c'était arrivé. Il y en avait d'autres, lui dit-elle, dans la serviette.

« *Ma*, dit Maya, rasons-les.

– Non, pas encore. » Elle parlait d'une voix faible et lasse. « Non, je t'en prie. » Elle laissa aller sa tête en arrière sur l'oreiller et se tourna pour que Maya ne la voie plus pleurer. « Ça va aller, dit-elle en se mouchant, on en a parlé avec le médecin. »

Maya tenait toujours la touffe de cheveux dans ses mains. « Jette ça, dit-elle, Brûle-les. »

Elle les jeta sur le sol. Sufia les ramassa et disparut dans la cuisine.

Rokeya était assise sur un coin de ciment, le visage en plein soleil. « Ne reste pas là, lui dit Maya, tu vas avoir une insolation. » C'était une des journées les plus chaudes de l'année. Rokeya la salua d'une voix fluette. Maya vit qu'elle avait les lèvres sèches, des mèches de cheveux s'échappaient de son foulard.

« Comment va ta mère ? demanda-t-elle.

– Elle tient le coup », dit Maya.

Rokeya lui fit un signe de tête, des larmes apparaissant au coin de ses yeux. Elle plaça ses deux mains sur son ventre en un geste que Maya reconnut aussitôt.

« Es-tu enceinte ? » demanda Maya en se penchant pour mieux voir.

Rokeya sourit faiblement. « Comment as-tu deviné ? »

Khadija écarta le rideau et sortit. Elle jeta un bref regard à Rokeya et lui tendit un verre d'eau. « Rentre, maintenant », dit-elle. Rokeya prit l'eau et l'avala d'un trait, péniblement, en tenant le verre à deux mains.

« On doit faire un autre *Taleem* pour ta mère », dit Khadija. Elle se tourna à nouveau vers Rokeya. « Dis aux sœurs de commencer les préparatifs. »

Il n'y avait pas un souffle d'air à l'intérieur. Avec les rideaux tirés et les fenêtres fermées, la chaleur était insupportable. Seule Khadija semblait à l'aise, son front luisant de sueur lui donnant un vernis satiné, pendant qu'elle prenait sa place à l'avant de la pièce. Elle ouvrit le Livre et en commença tranquillement la lecture pour elle-même. Les autres femmes, qui jusque-là chuchotaient et s'éventaient, se redressèrent, s'imposant mutuellement le silence. Rokeya fit signe à Maya de s'asseoir à côté d'elle.

Le soleil cognait ; Maya regarda ses mains, qui n'arrêtaient pas de transpirer. Cette pièce était le seul endroit où elle pouvait croire, croire vraiment, que sa mère allait vivre. Partout ailleurs, la possibilité qu'elle pût ne plus être là l'emportait : à chaque repas qu'elle prenait et que sa mère n'avait pas préparé, dans les pièces où elle lisait, prenait son bain et s'habillait, dans le jardin qu'elle avait arrosé avec soin mais qu'elle n'avait pas pu sauver d'un début de jaunissement.

Voilà pourquoi, jour après jour, elle se retrouvait assise aux pieds de Khadija. Elle ne lisait pas le Coran, ne participait pas aux prières. Elle se contentait de rester assise, jambes croisées, les mains posées sur les genoux, jusqu'à ne plus sentir ses jambes, jusqu'à ce que la peur disparaisse.

Quand la plupart de ses cheveux furent tombés, Rehana se résolut à demander à Maya de tondre le reste. Elle s'assit sur son lit, calée contre les oreillers, omoplates saillant sous sa chemise de nuit, la peau du cou grise et fatiguée. Sufia était là qui pleurait en silence pendant que Maya posait une serviette sur les épaules de sa mère.

Elle savait que ce jour allait venir ; elle s'y était préparée. Elle allait rester calme, tenir l'instrument d'une main ferme. Elle commença avec les ciseaux. *Ammoo* avait perdu ses cheveux par plaques : à certains endroits ils étaient complètement tombés ; à d'autres, ils étaient épais et tenaient solidement au cuir chevelu. Ceux-là, elle les coupa ras, soupesant ces longues mèches un moment avant de les laisser tomber sur le sol. Sufia suivait ses mouvements avec un balai. Rehana elle-même avait les yeux secs, un journal ouvert devant elle, comme si elle attendait ses œufs un matin comme les autres. Manifestement, elle aussi s'y était préparée.

Maya remplaça les ciseaux par une lame qu'elle trempa dans un bol d'eau savonneuse bien chaude puis passa délicatement sur la tête de sa mère. *Ammoo* émergeait maintenant de ses mains, le crâne luisant, parfaitement rond. Une planète à elle seule.

« J'observais mon père quand il se faisait raser par son barbier, dit Rehana, tenant son journal en l'air. Il avait toujours l'air tellement détendu.

– Quel effet ça fait ?

– Pas désagréable. Ça chatouille un peu. »

Il ne resta bientôt pratiquement plus de savon. Maya frotta la tête de sa mère avec une serviette légère. « J'ai quelque chose pour toi », lui dit-elle. Elle alla dans sa chambre et en revint avec un bandana qu'elle avait acheté quelques jours auparavant sur un étal de rue. Il était rouge et blanc, et s'ajustait impeccablement au front de sa mère.

« Tu as l'air d'une bohémienne, dit-elle, ou d'un pirate.

– Donne-moi donc un bandeau pour l'œil, et je vais te ratiboiser. » Elles rirent.

Dans la soirée, Mme Rahman et Mme Akram vinrent jouer aux cartes avec Rehana. Maya accepta de faire la quatrième pour qu'elles puissent jouer au poker. Personne ne fit allusion aux cheveux de Rehana si ce n'est pour observer que le rouge était peut-être sa couleur fétiche car elle gagna à deux reprises, avec une paire d'as et une quinte flush.

*

Quand débuta Ramadan, le mois du jeûne, Rehana insista pour que Maya fît toutes les courses en prévision de l'Aïd. « C'est la première année que je ne peux pas observer le jeûne, fit remarquer Rehana, la tête légère sur l'oreiller. Alors le moins qu'on puisse faire, c'est de porter quelque chose de joli pour l'Aïd. »

Ammoo avait donné des instructions précises. Combien de mètres d'étoffe acheter pour son propre *salwaar kameez*. Un corsage, un jupon et un sari pour Sufia. Des cadeaux pour Mme Rahman et Mme Akram. Quelque chose pour Sohail. Maya se trouvait donc avec Zaid devant un comptoir à la recherche d'un tissu pour le corsage de Sufia.

Les commerçants, des hommes jeunes à fines moustaches, faisaient des allers et retours entre les comptoirs et les tissus placés derrière eux. Les rouleaux d'étoffe, rangés le long du mur comme des livres sur une étagère, étaient de toutes les nuances de couleurs imaginables. Pour le corsage, ils commencèrent par rechercher le tissu le mieux assorti à la palette de couleurs du sari que Maya avait acheté. Puis ils se déplacèrent dans cette nuance, du clair au foncé, jusqu'au moment où elle fit un signe de tête au vendeur. Maya choisit un bleu marine pour Sufia.

Direction le marché des tailleurs, à présent. Zaid tirait fort sur son poignet, sautant par-dessus les crevasses qui parcouraient le ciment.

« Tu te rappelles ce que nous avons appris hier, l'interrogea-t-elle, les nombres ? Voyons si tu peux compter les pas d'ici à la boutique du tailleur. »

Il avait les yeux partout, ne perdant rien des panneaux publicitaires peints de couleurs vives, des femmes dans leurs tenues de shopping, des chiens se cherchant des puces, des affiches de cinéma, de l'odeur piquante des condiments de tamarin. C'était une journée agréable, qui avait un petit avant-goût d'hiver, une brise leur chatouillant les genoux et le bout des doigts. Maya ne pouvait pas s'empêcher de repenser à toutes les fêtes de l'Aïd qui avaient eu lieu au bungalow. Le bruissement des vêtements neufs, repassés et empesés par *Ammoo* jusqu'à ce qu'ils sentent le riz humide. L'attente du retour de Sohail de la mosquée, le petit-déjeuner, puis la tournée en rickshaw de tous les gens qu'ils connaissaient, leurs vies soudain bien occupées et, pour finir, en fin d'après-midi, l'arrêt au cimetière qui marquait une année de plus dans leur vie à trois, et la prière sur la tombe d'*Abboo* pour lui dire encore combien il leur manquait.

« *Ek*, commença Zaid, hésitant, *dui.* » Sa calotte tressautait sur sa tête. *« Teen. »* « Un. Deux. Trois. »

« Tiens, dit Maya prise d'une tendresse soudaine pour le petit, prends-moi ça. » Elle lui donna les sacs des courses et le souleva dans ses bras. Il était très léger, un murmure d'enfant.

« De quoi as-tu envie ? dit-elle. Choisis quelque chose.

– Pour moi ?

– Ce que tu veux. Choisis parmi tout ce qu'on peut trouver au New Market. »

Il lui lança un sourire éclatant, ses dents de travers d'un blanc éblouissant, nettoyées, elle le savait, avec du charbon de bois et une branche de cyprès. En haut, les brosses à dents étaient proscrites. Il chercha ce dont il avait envie, se regarda de haut en bas, son *kurta*-pyjama crasseux, la saleté qui formait un croissant sous ses ongles. Elle pensait qu'il allait peut-être demander le vélo dont il avait parlé au cimetière, mais il la surprit en se penchant tout près et en lui murmurant à l'oreille : « Des sandales.

– Que des sandales, vraiment ? Je t'ai dit que tu pouvais choisir n'importe quoi parmi tout ce qu'on trouve au New Market et tu veux une paire de sandales ? »

Il hocha solennellement la tête.

« Très bien, alors nous devons faire demi-tour. » Elle le déposa par terre et ils retournèrent au marché pour entrer chez Bata. Un vendeur mince en chemise bleue héla Maya avant même qu'elle pénètre dans le magasin.

« Talons pour vous, madame ? Des escarpins ?

– Nous venons pour ce jeune homme », dit Maya en faisant entrer Zaid. Elle lui murmura à l'oreille, « Quelle couleur veux-tu ?

– Bleu, murmura-t-il à son tour.

– Nous voudrions une paire de sandales bleues. »

Le vendeur sortit une paire de spartiates bleues assez semblables à celles que Zaid avait aux pieds, qui étaient usées jusqu'à la corde et déjà un peu trop petites.

Maya lui enfila les nouvelles sandales. « Marche donc un peu qu'on voie si elles te vont. »

Il fit quelques petits pas en posant les pieds délicatement sur le sol du magasin. Il revint vers elle en traînant les pieds. Il avait les lèvres rouges, les yeux noyés de larmes. Elle lui mit les mains sur les épaules. « C'est bien. Continue, voyons si elles te vont. » Puis elle le fit tourner et l'incita gentiment à repartir.

« Vous n'auriez rien de mieux, de vraies sandales, peut-être ? »

Zaid se précipita au bout de la boutique puis revint vers elle à cloche-pied en sifflant.

« Ne cours pas », dit le vendeur, mettant un doigt sur ses lèvres. Se tournant vers Maya il lui demanda : « Combien voulez-vous mettre ?

– Ça n'a pas d'importance, dit-elle, montrez-moi un autre modèle.

– C'est très gentil à vous d'emmener votre jeune serviteur au marché.

– Ce n'est pas… »

Zaid tenait les chaussures à la main, enfilées sur ses doigts, et les faisait claquer l'une contre l'autre à la manière d'un phoque. Elle le regarda puis regarda le vendeur. Celui-ci tenait une autre paire de sandales en caoutchouc grossières.

« Allons-nous-en, dit Maya, prenant les chaussures des mains de Zaid pour les rendre au vendeur. Rapportez-nous ses vieilles sandales.

– Je les ai jetées.

– Eh bien, allez les récupérer. »

Zaid se mit à pleurer. « Chut », fit-elle sur un ton un peu vif, lui en voulant, tout à coup, d'être si pauvrement vêtu. Elle observa sa façon de respirer par la bouche, les mucosités séchées au coin des yeux. Il avait bel et bien l'air d'un serviteur avec son col grisâtre et toutes ces croûtes sur ses avant-bras.

Le vendeur réapparut, tenant les vieilles chaussures du bout des doigts. Elle les prit et entraîna Zaid hors du magasin. L'enfant à présent muré dans un lourd silence refusait de lui donner la main et marchait quelques pas derrière elle. Elle essaya de lui dire que *ce salopard de vendeur l'avait pris pour un jeune serviteur* mais il refusa d'écouter, lui tournant le dos, chassant sa main d'une tape chaque fois qu'elle essayait de le toucher. Chez le tailleur où elle acheva ses emplettes, elle marchanda sans raison le prix de la couture et exigea que le travail soit effectué en trois jours alors que nous étions encore à des semaines de l'Aïd, puis ils s'en allèrent, s'ignorant l'un et l'autre dans le rickshaw. Quand ils arrivèrent au bungalow, Maya essaya encore de lui parler mais Zaid grimpa l'escalier quatre à quatre sans même se retourner lorsqu'elle lui dit au revoir.

« Tu as tout trouvé ? » demanda *Ammoo*. Sa voix n'était qu'un murmure, de la poussière de craie.

« Oui, tout.

– Il faut que j'aille aux toilettes. Appelle Sufia.

– Elle nettoie les casseroles. Je vais t'y conduire. »

Ammoo n'eut pas la force de protester. Maya glissa son bras sous ses épaules et, avec un petit grognement, *Ammoo* se redressa en position assise. Elle leva la main. « Attends un instant », dit-elle. Elle reprit son souffle. Elle fit passer ses jambes au bord du lit. Puis elle fit signe à Maya pour qu'elle l'aide à se mettre debout en lui tenant le bras. Elles se traînèrent ensemble jusqu'au couloir.

« Ne ferme pas la porte à clef », lui recommanda Maya. Elle entendit l'eau couler puis une tape contre le mur et un bruit de vomissement. « Est-ce que ça va, *Ma* ? Laisse-moi entrer. »

Elle n'entendit plus rien. « Maman ? Laisse-moi entrer, *Ma*, s'il te plaît. » Toujours rien. Elle ouvrit la porte et découvrit *Ammoo* étendue à côté de la cuvette, un bras sur le visage. Maya essaya de la relever. Sa joue, son menton étaient couverts de vomi. Maya l'aspergea d'un gobelet d'eau puis d'un autre. *Ammoo* resta étendue parfaitement immobile, mais ouvrit les yeux sous l'effet de l'eau fraîche. Les bruits du jardin entraient par la petite fenêtre de la salle de bains.

Maya déshabilla *Ammoo* puis mit son sari dans un seau. *Ammoo* releva la tête. Elles regagnèrent le lit à petits pas. *Ammoo* ouvrit la bouche pour parler et Maya s'approcha, voulant bien comprendre.

« Vraiment, dit-elle d'une voix faible, tu as tout trouvé ?

– Ne t'inquiète pas, *Ma*, répondit Maya. On fêtera l'Aïd comme on l'a toujours fêté. »

Shafaat téléphona, tout excité. « On reçoit du courrier au sujet de ta chronique, dit-il. Elle plaît beaucoup aux gens. »

Elle se fichait que ça leur plaise. Est-ce qu'ils la comprenaient ? « Oui, dit-il, le message est passé, ça ne fait aucun doute. Nous avons reçu une lettre du *khatib* de la mosquée de Rajshahi. Un homme remarquable, semble-t-il.

– Est-elle menaçante ? » Elle ne se faisait pas de souci pour elle-même, seulement pour les gens du village, pour Nazia.

Il lui dit de ne pas s'en faire. Des parasites sur la ligne, lui qui soufflait de la fumée du coin des lèvres. Très bien, alors. Elle allait continuer d'écrire.

En me déplaçant à travers la rude partie sud du pays, je me suis retrouvée parmi les tribus des montagnes, les Garo et les Chakma. Interrogez-vous, cher citadin, avez-vous jamais rencontré un membre d'une de ces tribus ? Eu l'un d'eux comme condisciple à l'école ? Connu quelqu'un qui connaissait quelqu'un qui avait un ami appartenant à l'une de ces tribus ? Non, c'est bien ce que je pensais.

Ils connaissent les remèdes de la forêt. Ces plantes que vous laissez tremper puis appliquez sur une blessure. Ils mâchent une feuille puis en enduisent votre plaie. Ils disent que chaque pouce de cette terre recèle un trésor.

En échange, nous rasons leurs villages et laissons les militaires violer leurs femmes. Nous leur prenons leurs forêts et les chassons de leurs villages en les enfumant. On est bien loin de la liberté.

*

Ammoo s'affaiblissait de jour en jour. Les changements étaient à peine perceptibles mais Maya remarquait de temps à autre quelque chose, les pommettes saillantes, le profil émacié qui lui était venu. Elle essayait de surveiller d'autres choses – son alimentation, ses selles, les vomissements provoqués par la chimiothérapie. Mais *Ammoo* demeurait très secrète, refusait de parler ouvertement de sa maladie, préférant toujours recourir à l'aide de Sufia plutôt qu'à la sienne. Elle veillait tellement à cacher ce qui avait trait à son cancer que Maya en arriva à se demander ce qu'elle-même faisait là.

Mais ne pas être là était inimaginable à ses yeux. Le temps qu'elle avait passé au loin s'était dissous, comme le sucre dans l'eau, sans laisser de trace. Elle ne pensait que rarement à Nazia ou à l'éventualité de l'appeler à nouveau. La saison des mangues était venue puis s'en était allée à Rajshahi et elle aurait bien passé quelques instants à se remémorer les exhalaisons odorantes qui traversaient le village et mettaient l'eau à la bouche de chacun, mais elle n'en fit rien. Elle ne pensa qu'à *Ammoo*, qu'à chasser la prémonition. Elle leur rendait régulièrement visite, là-haut, s'asseyant en marge de leur monde étrange, hypnotisée par ses rituels, par cette atmosphère de calme et de certitude dans laquelle ils baignaient. Elle demanda un jour à Rokeya ce qu'elle pensait de la mort du président Zia et celle-ci la regarda d'un air ébahi, comme si elle ne savait pas de quel Zia il s'agissait. Elle la vit se demander s'il y avait un Zia dans le Coran. Ou un Zia dans leur famille étendue. Mais au lieu de se laisser envahir par la bouffée de colère habituelle, au lieu de répéter toujours le même refrain – sur les citoyens qui ne méritent pas la liberté pour laquelle ils se sont si chèrement battus, sur le fait qu'ils méritent des politiciens corrompus et que c'était à cause de gens comme elle que le pays en était arrivé là –, Maya éprouva un certain soulagement. Elle en avait assez d'avoir le cœur brisé par tant de choses : les politiciens, les escrocs, les femmes dont les enfants mouraient faute d'arriver à temps à l'hôpital. C'était un monde dans lequel peu importait désormais que deux présidents aient été assassinés, et qu'ils fussent aux prises avec l'ironie de l'histoire, qu'ils aient eux aussi leur Dictateur, leurs injustices et leur sale petite guerre dans le Sud. Il n'y avait plus que cette pièce, cette pièce étouffante avec cette forte odeur d'hommes et cette forte odeur de femmes, et ce sentiment qu'elle avait d'être en train de tirer de tout son poids sur le bout d'une corde, pour retenir sa mère qui donnait dangereusement de la bande vers la mort.

Zaid pardonna à Maya l'incident du marché et reprit ses allées et venues habituelles. Comme avant, elle le nourrissait et tentait de lui apprendre des choses. Des choses *halal*. Pas de jeux de cartes, pas de télévision. Elle travaillait sur l'addition et la soustraction. La formidable énergie du garçon était la seule chose qui éclairait le bungalow. Il entrait sur la pointe des pieds dans la chambre de Rehana et s'asseyait à son chevet, rayonnant d'un optimisme vigoureux, même si elle s'enfonçait dans le matelas, aussi fragile qu'un oiseau dans son nid, rouge-gorge tremblant à la poitrine meurtrie.

1973

Juillet

Après que Sohail a déclaré son amour pour le Livre saint, et même après qu'il a commencé à aller à la mosquée et à se coiffer d'une calotte, Maya crut encore pouvoir persuader son frère de changer d'avis. Elle le connaissait depuis toujours ; il avait toujours été à l'opposé de quelqu'un de religieux. Il tournait ces choses-là en dérision, se hérissait contre cette religion qui pouvait si facilement devenir cruelle. Il l'avait vu de ses propres yeux, des jeunes gens égorgés parce qu'ils étaient hindous, des professeurs d'université abattus et entassés dans des tombes car jugés insuffisamment islamistes. Pour toutes ces raisons, Maya pensait que la conversion de Sohail était fragile, comme la rosée qui se dépose tôt le matin sur l'herbe et dont il ne reste rien à l'heure où le soleil se couche.

Elle décida de lui préparer une fête pour son anniversaire. Tous les vieux copains viendraient

– Chottu, Saima, Iqbal, ses camarades de régiment, leurs amis de l'université. Ceux qui avaient entendu les discours de Sohail au syndicat étudiant, ceux qui l'avaient élu président de sa résidence universitaire et qui s'entendirent clamer son nom en s'engageant à ses côtés.

Le jour venu, elle ignora le conseil d'*Ammoo* et, sans dire grand-chose de la fête à Sohail, se contenta de le prévenir qu'elle aurait lieu l'après-midi et qu'on comptait sur lui. C'était son anniversaire, après tout. Elle se donna beaucoup de mal, installant le tablier de bois du *carrom*[1] sur la véranda, pressant des douzaines de citrons et faisant frire des lentilles pour préparer une grande marmite de *khichuri*.

C'était une belle et chaude journée, pas la moindre mousson pour la gâcher. Chottu et Saima arrivèrent les premiers avec leur bébé nouveau-né dans un *katha* cousu aux couleurs du drapeau du Bangladesh. « Vous lui avez choisi un nom ? » demanda-t-elle, sachant que la mère de Chottu était superstitieuse et leur avait défendu de lui donner un nom avant la cérémonie officielle à trois mois.

« Non, répondit Saima, le dragon ne nous l'a pas encore permis. »

---

1 Petit jeu de billard indien.

Chottu dit « Je n'arrête pas de répéter à cette gamine qu'elle a de la chance d'être née dans un pays libre mais tout ce qu'elle fait c'est péter et manger, manger et péter. »

Des camarades de régiment de Sohail arrivèrent, la démarche nonchalante, vêtus de leur uniforme de l'armée. Kona, celui dont les épaules remplissaient le plus élégamment sa vareuse, la salua au passage. « Bonjour petite sœur, dit-il. Plus si petite que ça, à ce que je vois. »

Le jardin commença à se remplir. Elle fit passer la citronnade cependant que les gens se dispersaient dans les parties ombragées, s'appuyant contre le goyavier, s'attardant sur la véranda. Un certain nombre de camarades de Maya étudiants en médecine arrivèrent. Puis ce fut un trio de femmes qui avaient toujours eu un faible pour Sohail. À la fac, elles avaient une réputation de filles un peu trop modernes, avec leurs corsages sans manches et leur sourire d'hôtesses de l'air, moue boudeuse et dents invisibles. Tout y était : les rires, la citronnade et les jolies filles ; il ne manquait plus que Sohail. Elle jeta un coup d'œil à sa montre : trois heures et il n'était toujours pas là. Elle sentit la panique la gagner ; peut-être n'allait-il pas se montrer. Il était probablement à la mosquée, dégoûté par tout ça, et qu'allait-elle faire, qu'allait-elle dire à tous ces gens qui grignotaient des cacahouètes et échangeaient des anecdotes au sujet de son frère ?

Elle accueillit les étudiants en médecine, déplaçant quelques chaises pour qu'ils puissent s'asseoir en cercle. Et là, elle aperçut *Ammoo* dans un sari blanc bien amidonné, qui faisait passer des petits bols de riz soufflé, souriant et saluant chacun par son nom. Les jeunes gens se levaient et portaient les mains à leur front ou se penchaient pour lui toucher les pieds. Autour d'elle, la conversation s'anima dans une atmosphère plus détendue et, même si on entendait parfois scander « Mais où donc est le héros de la fête ? », personne ne semblait se soucier de l'absence de Sohail.

Maya décida de ne pas attendre et de servir le repas. Elle trancha les concombres pour la salade et fit réchauffer le *khichuri*, le disposant sur de grands plats, réunissant tout le monde au salon. Et là, juste au moment où elle s'apprêtait à servir les œufs au curry, elle le vit arriver à l'autre bout du jardin. Il hésita un instant, puis quelqu'un attira son attention et il le salua de la main. Il portait une *kurta* blanche et une calotte ; elle ne s'était pas trompée, il venait de la mosquée. Elle remua un peu trop vivement les œufs au curry puis souleva la marmite et la transporta de la cuisine à la salle à manger. Les filles modernes s'agglutinèrent autour de Sohail. L'une d'elles, la plus grande, lui toucha légèrement le bras et gloussa en faisant le bruit d'une cuillère contre un verre.

Maya fit le tour du jardin, invitant chacun à passer à table. Dans la chambre d'*Ammoo*, elle trouva Saima étendue sur le lit, volets fermés, allaitant le bébé. Elle lui proposa de s'occuper de sa fille pour qu'elle puisse déjeuner.

« Tu es un ange, soupira-t-elle. Je meurs de faim ! Et ce salaud a été se rechercher un verre. Attends, je vais changer la couche.

– Un verre ? Où ça ? » Maya n'avait pas vu Chottu dans la cuisine.

« Dans la voiture de Mourad. » Elle gloussa. « Il a apporté une demi-bouteille de whisky.

– Oh ! fit-elle, imaginant la colère froide d'*Ammoo* si elle l'apprenait.

– Ça ne te dérange pas, j'espère ? » dit Saima, soulevant sa fille par les jambes et glissant la couche sous elle tout en essayant de calmer ses hurlements de protestation.

Tant que personne n'était au courant. « Non,

non. Mais dis-leur de faire attention. *Ammoo* n'apprécierait pas. Sohail non plus.

– Ne t'en fais pas, *Ammoo* n'en saura rien. Mais j'ai déjà vu Sohail avec un verre – qui sait, il est peut-être dans la voiture de Mourad, lui aussi. » Elle replia la couche, tenant entre ses dents une grande épingle de sûreté.

Maya n'en croyait pas ses yeux. « Vraiment, Saima, je ne sais pas comment tu y arrives, t'occuper du bébé et tout. On dirait que tu as fait ça toute ta vie. » Maya était soulagée de ne pas être à sa place, tout en éprouvant une pointe de jalousie à la pensée que son amie était déjà bonne à quelque chose, alors qu'elle-même pataugeait, ne sachant trop comment elle allait s'habituer à vivre sans la guerre.

« Oh, ce n'est rien. Certainement pas aussi difficile que la faculté de médecine. »

Elle allait demander à Saima si elle envisageait de retourner à l'université elle aussi, mais elle se retrouva avec le bébé dans les bras, emmailloté dans sa couverture aux couleurs du drapeau. « Il a changé, tu sais, dit finalement Maya, orientant à nouveau la conversation sur Sohail, sentant sa main devenir toute chaude sous la tête du bébé.

– Ils ont tous changé, répondit Saima. Pas un seul qui soit resté le même. »

Maya voulut expliquer. « Il va régulièrement à la mosquée. Il dit qu'il a découvert quelque chose.

– Ne t'en fais pas, ça lui passera.

– C'est ce que m'a dit *Ammoo*. Mais tu sais comment il est, il ne fait jamais les choses à moitié. »

Saima se leva, agita la main comme si elle chassait un moustique. « On ne le laissera pas aller trop loin. Bon, je vais manger un morceau – tu crois que tu vas t'en sortir avec le monstre ? »

Le bébé s'était rendormi, les yeux bouffis, les poings crispés contre un ennemi imaginaire. Maya l'emmena au salon où *Ammoo* passait les plats. « Pas trop, tatie[1], entendit-elle, on doit garder la ligne ! »

Sohail était debout à côté de Chottu, une assiette vide entre les mains. Maya le vit, l'air sévère dans sa *kurta* blanche, grand, mince, immaculé. Elle prit soudain conscience de toute la colère qu'il devait avoir en lui. Serrant les bras autour du bébé, elle rassembla son courage et s'approcha de lui. Lorsqu'il la vit, Chottu tapa

1 *Auntie*, en anglais, est un terme de politesse employé pour s'adresser à une femme plus âgée.

dans le dos de Sohail. « Ce type est la bonté même. Il m'a raconté des histoires inouïes. Inouïes. »

« Viens, dit-elle, mange quelque chose. » Sohail la regarda avec une expression qu'elle ne parvint pas à déchiffrer. Ses yeux, très noirs, la dévisageaient. « *Bhaiya*, je t'en prie. » Mais il fit non de la tête, posa son assiette vide et se dirigea vers un groupe d'invités qui lui faisaient signe depuis la porte d'entrée. Elle entendit l'un d'entre eux s'excuser de partir sitôt la dernière bouchée avalée. « *Khoda hafez*, répondit Sohail. Nous reprendrons la conversation quand vous serez installés. » Elle avait l'impression qu'il avait parlé à tout le monde au cours de cette fête, que chacun s'en allait avec les bourgeons d'idées que Sohail leur avait plantés dans la tête, et que, tout au long de la journée, ces idées allaient les tracasser, les démanger jusqu'à ce qu'ils s'en trouvent changés, que tout soit devenu légèrement différent. C'est l'effet que produiraient les propos de Sohail, qu'ils produisaient toujours.

« Voilà ma petite reine, dit Chottu fourrant son doigt dans la bouche du bébé.

– Tu t'es lavé les mains ? demanda Maya, sentant l'odeur caramélisée du whisky dans son haleine.

– Donne-la-moi. » Il lui prit le petit paquet des mains. « Comment va ma petite boule puante ? » Maya parcourut la pièce du regard en quête de Sohail, mais il était sorti pour ouvrir la porte à des invités sur le départ. Alors que les gens débarrassaient leurs assiettes, il se mit à pleuvoir. Les filles modernes se sauvèrent en s'abritant avec les extrémités vaporeuses de leurs saris. Les étudiants en médecine et les militaires s'entassèrent dans le salon, s'appuyant contre les murs ou se serrant sur le sofa.

« Et si on chantait ? lança Kona. Tu prends la guitare, Sohail ? »

Sohail secoua la tête. L'air perturbé, à présent, il ôta sa calotte et la plia pour la mettre dans sa proche.

Kona commença à chanter.

Bangladesh, mon premier, mon dernier
Bangladesh, ma vie, ma mort
Bangladesh, Bangladesh, Bangladesh !

Tout le monde se joignit à lui, à l'exception de Sohail dont le regard allait des pieds de Kona marquant la mesure aux trombes d'eau éclaboussant les fenêtres. Maya ne fut pas la seule à le remarquer ; après le chant, il y eut un grand, un long silence. Le bébé se mit à pleurer.

« Sohail, dit Saima en mettant le bébé sur son épaule. J'ai entendu dire que tu devenais un *mowlana*.

– Saima, intervint Maya, pas maintenant.

– Ça va, nous ne sommes pas aveugles. Il n'y a pas de quoi avoir honte. Pourquoi est-ce que tu ne nous en parlerais pas ? »

Maya ne voulait pas que Sohail en parle, à quiconque. Elle voulait juste qu'il en finisse. Les étudiants se levèrent pour prendre congé. « Oh, non, ne partez pas si vite », protesta-t-elle sans conviction. Mais ils la saluèrent, lui promettant de la revoir en salle de dissection. « On doit enlever un rein à Hitler », plaisantèrent-ils, se référant à leur cadavre. L'un des garçons, l'air plutôt mal nourri, des cheveux par-dessus les oreilles, lui prêta plus particulièrement attention en partant, soutenant un peu trop longtemps son regard tout en se mordant la lèvre inférieure. Elle l'ignora, mais après que la porte se fut refermée derrière eux, elle entendit les autres ricaner, et quelques bruits sourds attestant qu'ils se bousculaient les uns les autres.

Il ne restait maintenant que Chottu, Saima,

Kona et les camarades de régiment de Sohail. La question de Saima faisait le tour de la pièce.

Soudain Sohail se leva, lissa sa *kurta* et remit sa calotte. « C'est vrai, dit-il, une nuance de gravité parfaitement maîtrisée dans la voix. Je vais régulièrement à la mosquée.

– Fais attention, dit Chottu, on vole les chaussures à la mosquée.

– Et reste au fond, mon vieux, sinon tu vas exciter les autres avec ton postérieur. Tous ces gens qui s'accroupissent et se penchent en avant. » Ils rirent. Chottu se mit par terre pour montrer les dangers liés à une prosternation trop poussée. « Le pantalon peut craquer à tout moment ! »

Ce fut une explosion de rires dans la pièce. Exactement ce qu'elle avait souhaité, mais elle comprit, trop tard, ce qui était en train de se produire. Il était exclu que Sohail puisse s'y associer, qu'il se laisse aller à rire de lui-même.

Kona continua de gratter la guitare en fredonnant tout doucement. Sohail resta debout. Regardant droit devant lui, il déclara « Il n'y a aucun mal à trouver son Dieu. »

« Alhamdulillah ! » dit Chottu en levant le poing.

Kona posa sa guitare et parla franchement. « Tu te rappelles Sohail, tu nous disais que la religion allait nous aveugler – à l'entraînement, tu nous disais à tous de ne pas réciter le *Kalma* avant une opération militaire.

– C'est exact, dit Sohail, ta mémoire est bonne. Mais est-ce que vous m'écoutiez ?

– Non.

– Parce que vous saviez que j'avais tort.

– D'accord, dit Kona en souriant, mais c'est juste qu'on n'avait pas envie de se faire éclater le citron, hein les gars ? »

Ammoo entra avec le gâteau. Il était blanc, carré, et décoré de fleurs bleues. « Bon anniversaire, *Bhaiya*. »

« On ne savait pas qu'on fêtait un anniversaire », dit Chottu.

Ammoo alluma les bougies. « Allez viens, *beta*, dit-elle, une main sur la joue de son fils, coupe le gâteau. »

Ils chantèrent. Sohail découpa le gâteau en tranches et en donna un petit morceau à *Ammoo*. Normalement, il aurait fait la même chose pour Maya, mais elle se pencha hors de son champ de vision, le dos contre le mur. Elle le vit se mettre un morceau de gâteau dans la bouche, et elle sut à cet instant que ce serait la dernière fois qu'elle le verrait ainsi, affectant d'être encore un peu celui qu'elle se rappelait et qui permettait à des femmes ayant du rouge à lèvres de laisser leurs doigts courir sur son bras, qui sentait l'haleine chargée de whisky de ses amis et les observait, mal à l'aise, tandis qu'il leur parlait de la mosquée ; peut-être allait-il changer sa façon de s'habiller, se laisser pousser la barbe, peut-être ferait-il le pèlerinage de La Mecque et se retirerait-il du monde. L'avenir se dessinait clairement, tout à coup : il allait quelque part, bien loin, hors d'atteinte, quelque part où elle n'aurait pas sa place et où il l'oublierait, même s'il ne disparaissait pas complètement.

Plus tard, après avoir essuyé les assiettes et gratté le fond de la marmite de *khichuri*, Maya se tourna vers *Ammoo*. « Je n'aurais pas dû. »

Ammoo acquiesça, et sans mot dire continua à répartir les restes dans des petits récipients, travaillant des coudes pour ramasser et transvaser.

« Tu l'as vu ? Sa façon de regarder les gens, comme s'il appartenait à un autre monde. »

Elle s'attendait à ce qu'*Ammoo* lui dise qu'il ne fallait pas s'en faire une montagne, que ce n'était qu'une phase, que ça passerait. Mais, au lieu de ça, elle dit « C'est plus sérieux que nous ne le pensions.

– Il t'en a parlé ?

– Il veut utiliser le toit. Pour des causeries.

– Des causeries ?

– Oui, sur la religion. Il dit qu'il n'est pas un *mowlana*. Qu'il ne faut pas l'appeler comme ça. Il dit qu'il veut juste s'installer là-haut pour parler de Dieu.

– À qui ?

– À qui voudra l'écouter. Son ami Kona est déjà partant. »

Ammoo porta sa main à ses cheveux et rattacha son chignon d'une torsion ferme du poignet. Dehors, la pluie avait cessé, laissant sa lourde empreinte dans l'air, avec, par intermittence, le bruit des dernières gouttes tombant des feuilles.

« On n'y peut pas grand-chose, à mon avis. »

Ammoo se pencha pour ramasser la marmite vide et l'apporter au robinet de l'extérieur. « Non, tu as raison », reconnut-elle d'une voix très fatiguée.

« Bon, dit Maya, mangeons ce qui reste du gâteau alors. »

Elle s'assit sur un *piri*[1] à côté de sa mère et lui passa une assiette où trônait le dernier morceau du

---

1 Petit tabouret très bas.

gâteau d'anniversaire, dont les fioritures avaient disparu des bords, le glaçage n'ayant pas tenu.

Il récitait des paroles de la Torah, du *Bhagavad-gita*, de la Bible. Il chantait les louanges des anciens prophètes, Rama et Ulysse, Jésus et Arjuna, le Bouddha et Guru Nanak. Ils étaient tous des messagers de Dieu, à leur façon. Chacun son époque, chacun son enseignement, mais leur désir de rendre l'homme meilleur était le même. Il parlait à ceux qui, comme Kona, ne s'étaient jamais vraiment interrogés au sujet de leur foi ; il leur lisait des extraits du Coran, leur racontait des histoires touchant les lieux qui avaient vu naître leur religion, dans le désert d'Arabie, où les tribus guerrières de Qoraych se rassemblèrent à l'ombre de la pierre de la Kaaba.

D'autres religions avaient leurs saints, leurs icônes. Elles avaient leurs Eglises, leurs évangiles, leurs commandements, leurs dissensions, leurs exils et leurs miracles. Nous, disait-il, avons notre Prophète et notre Livre. Le miracle, c'était le Livre. Il était tellement simple. C'était là que résidait la force de son message. Il en faisait des frères et des gardiens les uns pour les autres. Il promettait l'égalité. Il promettait la liberté. Il était la perfection.

Le Livre parlait de tous ses chagrins, de toutes les meurtrissures de sa vie. Il parlait du couteau qui égorge un innocent ; il parlait du jour où son père était mort, la main sur son cœur qui avait cessé de battre ; et il parlait du bruit de la mitrailleuse qui résonnait dans sa poitrine de nuit en nuit, et de l'abîme où Piya avait été précipitée. Et chaque idée qu'il avait pu avoir au sujet du monde, il en parlait également. Que tous les hommes étaient égaux devant Dieu – comme il avait été stupide de sa part de croire que Marx avait inventé le concept, alors qu'il était très ancien, et même plus profond qu'ancien, gravé dans les gènes de chaque être ; telle était l'intention de Dieu, ce qu'Il avait créé. Il en pleurait tellement c'était beau.

1984

Octobre

Elle avait oublié l'expédition au New Market quand Sohail passa le seuil de sa porte quelques semaines plus tard. Il avait le visage rouge, le souffle court. Il tenait un petit sac en papier à la main.

« Comment va *Ammoo* ? demanda-t-il en s'asseyant lourdement.

– Elle a un cancer, comment veux-tu qu'elle aille ? » Elle n'avait pas voulu répondre aussi sèchement, mais il n'était pas retourné voir sa mère depuis ce jour à l'hôpital. *Ammoo* demandait constamment après lui et Maya était obligée de lui dire qu'il était en déplacement quelque part pour une mission importante, qu'il lui envoyait son amour et sa bénédiction. Des messages arrivaient d'en haut les informant qu'on avait procédé à trois lectures intégrales du Coran pour Rehana. Khadija avait envoyé de la nourriture, parfois en excès, qu'il avait fallu jeter car il n'y avait personne pour en profiter.

« J'ai prié, se défendit Sohail.

– Je sais. On me l'a dit. » Elle se rappelait son prêche, sa façon de la mettre en garde.

Il se frotta le visage des deux mains. Puis il lui tendit le sac en papier. À l'intérieur se trouvaient les sandales Bata bleues, toutes neuves. Un flot de panique la submergea. Sohail joignit les mains et dit « J'aimerais savoir comment mon fils s'est trouvé en possession de ces sandales. » Maya remarqua la présence d'une bague à son pouce gauche, un anneau d'argent orné d'une pierre verte bon marché. Elle le fixa tout en se demandant comment elle allait lui expliquer tout ça – le marché, le vendeur, l'insulte.

« Je lui en ai fait cadeau. Ses vieilles sandales étaient déchirées.

– Elles n'étaient pas déchirées. Je les ai vues.

– Tu as raison, elles n'étaient pas déchirées. Mais elles étaient trop petites.

– Tu sais que je place l'humilité et la vérité au-dessus de tout.

– Il voulait…

– Bien sûr qu'il voulait. C'est un enfant.

– Exactement. C'est un enfant – et tu ne le traites pas comme un enfant. »

Sohail la regarda droit dans les yeux, comme s'il la transperçait. Bon sang, il arrivait toujours à savoir quand elle mentait. « Lui as-tu offert ces sandales ?

– Non.

– Alors d'où les tient-il ?

– Je ne sais pas.

– Je ne te crois pas.

– Ecoute, nous sommes allés au New Market et je voulais lui acheter des sandales mais le vendeur l'a pris pour un serviteur. » Sohail ne dit rien, continua de la regarder fixement. « Tu m'as entendue ? Un serviteur.

– Pourquoi y attaches-tu autant d'importance ? »

Il avait l'air vraiment perplexe. Pourquoi y avait-elle attaché autant d'importance ? « Parce qu'il a été humilié, voilà pourquoi. Ton fils a été humilié. C'est ce qui arrive aussi quand il se promène avec des vêtements en lambeaux ou qu'il regarde les enfants sortir de la cour de récréation à l'heure où la cloche de l'école sonne.

– Si ce n'est pas toi, alors qui lui a acheté ces sandales ?

– Je ne sais pas. Il les a peut-être achetées avec son argent de poche.

– Tu sais très bien que nous ne lui donnons pas d'argent de poche. »

Pas de jouets. Pas d'argent de poche. Pas de sandales. Un râle dans la poitrine. De vilaines croûtes sur les bras.

« Il va falloir que je m'en occupe », dit-il en se levant lourdement du canapé.

C'était peut-être une bonne chose. Sohail allait peut-être se rendre compte de ce qu'il faisait à son fils. « Oui, occupe-t'en. Je t'en prie. »

Sohail hésita. Puis il respira profondément et dit « Je vais l'envoyer dans une madrasa.

– *Quoi ?*

– À Chandpur. »

Elle sentit sa voix faiblir, trembler : « C'est où, ça, Chandpur ?

– De l'autre côté du Jamuna. Je croyais que tu connaissais le moindre recoin de ce pays. » Il n'avait pas pu résister au sarcasme.

« Mais c'est à des jours d'ici.

– J'ai entendu dire que le *Huzoor* est un homme de bien.

– Tu as entendu dire ? Tu ne le connais pas ?

– Il m'a été chaudement recommandé. Je vais être obligé de passer plus de temps à la mosquée ; je ne peux pas surveiller Zaid. Il... il a besoin d'autorité. Tu l'as dit toi-même.

– Confie-le-nous, à *Ammoo* et à moi. Il a perdu sa mère.

– Je te suis reconnaissant des efforts que tu as faits, Maya, mais je pense que nous savons toi et moi que la situation nous échappe. Peux-tu me promettre qu'il ne volera plus ? En plus, il n'arrête pas d'inventer des histoires ; ce gamin vit dans un monde à lui, qui n'a rien à voir avec la réalité. Ce n'est pas bien. »

Elle ne pouvait pas lui promettre qu'il ne volerait plus. Elle ne pouvait rien lui promettre – elle ne savait même pas où il était la moitié du temps, ni pourquoi il rentrait avec des bleus sur les bras ou sentait le vomi.

« *Ammoo* a besoin de toi, poursuivit Sohail ; c'est à elle que tu te dois.

– Zaid aussi a besoin de nous. S'il te plaît, *Bhaiya*. » Elle avait la gorge serrée. « Je suis désolée pour les sandales, j'aurais dû t'en parler d'abord. Mais la *madrasa*, c'est trop, *Bhaiya*, même pour toi. »

Sa voix se durcit, comme s'il s'y était adjoint une corde métallique. « C'est mon fils. Ma décision est prise. Il part mercredi après *Zohr*. »

Il n'y avait plus rien à dire ; sa voix ne laissait pas de place à la discussion. « Et *Ammoo* ?

– Salue-la pour moi. »

Il fuyait même sa propre mère. « Tu ne veux pas la voir ?

– Dis-lui que nous prions pour son rétablissement, *inch' Allah*. »

Sur quoi il s'en alla.

Certes, l'enfant ne serait jamais d'accord. Il refuserait et elle aurait une autre discussion avec Sohail. Cette fois-ci, elle serait préparée ; *Ammoo* l'aiderait. Mais le lendemain Maya trouva Zaid en train de danser sur le toit, à cueillir les feuilles du citronnier qui balayaient les fenêtres du premier étage et à les faire retomber en pluie sur sa tête. Il dévala l'escalier, yah yah yah, arborant un *lungi* tout neuf dont l'empesage lui donnait l'air d'être plus gros qu'il ne l'était en réalité, une *kurta* à manches mi-longues et une calotte sur la tête. Dans ses bras, une petite malle.

« Je suis venu te montrer mes nouvelles affaires. » Il posa le coffre par terre puis en ouvrit doucement le couvercle. Ongles coupés. Mains tout excitées de montrer les trésors cachés à l'intérieur. Un peigne. Un bâton de *neem* pour les dents. Un Coran flambant neuf. Deux nouveaux *lungi*. Et les sandales, enveloppées dans du papier journal. Son père était retourné à la boutique et les avait payées. « Il y a même une serrure », dit-il en lui montrant la clef qu'il portait sur un cordon autour du cou.

Elle ne pouvait plus rien faire. Elle voulut lui donner quelque chose qu'il puisse mettre dans sa malle. Que pourrait-elle bien lui donner ? Les photos étaient proscrites. Pas de livre autre que le Coran. Les jouets étaient exclus.

Elle finit par empaqueter quelques boulettes de riz soufflé sucré. « Tiens, dit-elle, quelque chose à grignoter pour le voyage. »

Il les mit dans sa malle, avec délicatesse, veillant à ne pas déranger les autres objets.

« Ça va aller ? »

Il sourit, toujours emballé. L'école. D'autres enfants. Les femmes d'en haut qui cesseraient de se soucier de ce qu'il devenait trop grand pour rester avec elles. La lourde main de son père derrière sa tête.

« Comment y vas-tu ?

– Avec *Abboo*. Il a dit qu'on va prendre un train et le ferry. Et puis un bus, et un rickshaw. »

Elle ferma les yeux et l'imagina en voyage. Tenant la main de son père – l'avait-il seulement connue auparavant, la poigne de son père ? Le paradis. Puis le ferry, le thé sirupeux, l'étreinte du vent sur le fleuve, un grand ciel dégagé qui offrirait une parcelle de l'univers à l'enfant. Et là, elle fut à court d'imagination.

Les murs de pisé du bâtiment qui s'affaissent, des plaques de mousse verte. Une cour jonchée d'os de poulet, un égout sale bouché par les crachats. Il avale la boule de déception qu'il a dans la gorge, reprend courage un instant à l'écoute du concert de sons qui se fait entendre jusque dans la cour. Très vite, son père lui lâche la main, et le *Huzoor* apparaît, sans sourire, prend la clef autour de son cou, examine le contenu de la malle, en ôte les boulettes de riz. Il fait signe de la tête à son père que oui, il sera instruit de la loi divine, loin des tentations de la vie moderne et, pendant tout ce temps, il regarde les lézards vert pâle qui détalent, s'accouplent, perdent leur queue, ainsi que la baguette posée sur la table basse du *Huzoor*, et comme son père continue de parler, il commence à avoir mal aux genoux, si bien qu'il est soulagé quand on lui demande de se mettre debout et rêve de ce qu'on va lui donner à manger quand on lui remet une couverture et une assiette. Tout en traversant la cour, il se demande si c'est maintenant qu'il va rencontrer les autres élèves, puis une porte s'ouvre et il y a une autre clef, la voix de son père dit *As-salaam alaikum*, le visage du *Huzoor* recule et la porte se referme.

Il est seul avec sa couverture, son assiette, un rai de lumière grise qui perce par une fente entre le chaume et la paroi, des grattements de rats et, cependant qu'on tourne le verrou, il se jette contre la porte et donne de la voix en réponse aux pas qui s'éloignent un peu plus à chaque seconde, jusqu'à ce qu'il n'y ait plus rien, que sa propre voix, suppliant qu'on le libère, et son poing contre le mur et chacun de ses appels se répercutant sur le suivant : *Abboo, Abboo, Abboo*. Pour le moment, il a plus peur de ce qui se trouve dans la pièce, la solitude, les rats et le rai de lumière sur le mur, que de ce qui est à l'extérieur. Il a tort.

1974

Janvier

D'autres raisons avaient peut-être conduit Sohail à prêcher sur son toit – Piya, la guerre, la décevante banalité de la liberté – mais Maya a toujours été persuadée que c'est Silvi, son premier amour et le plus ancien, qui a eu raison de sa personnalité originelle.

Silvi avait continué d'habiter de l'autre côté de la rue. Après la mort de son mari, elle avait commencé à se couvrir la tête et, maintenant, quand elle sortait de la maison, ce qui était rare, elle portait un tchador qui la dissimulait entièrement, ne laissant voir que ses yeux. On racontait que sa mère, Mme Chowdhury, jadis grande amie de Rehana, se lavait les mains de manière obsessionnelle, et qu'elle passait des heures dans la salle de bains à se nettoyer les doigts jusqu'à ce qu'ils finissent par peler et saigner. Les pièces de leur grande maison de deux étages avaient été condamnées une à une, jusqu'à ce que Mme Chowdhury vive dans une chambre et Silvi dans une autre.

Les autres voisins avaient fait une croix sur elles, mais Maya était persuadée que Silvi ne faisait qu'attendre son heure. Elle savait que, quel que soit le chemin qu'emprunterait son frère, ce serait Silvi qui l'entraînerait plus loin ; après tout, celle-ci était arrivée à ses propres conclusions s'agissant du Tout-Puissant. Maya savait que Silvi était à l'affût de l'autre côté de la rue. Et elle savait, sans qu'il lui ait jamais dit, qu'il pensait encore secrètement à Piya, et qu'il avait décidé d'effacer cette pensée, de la vaincre, afin qu'il puisse accomplir son devoir – la raison, croyait-il, pour laquelle, il avait survécu à la guerre.

Maya ne se trompait pas. Pendant des mois, alors que les gens venaient écouter la parole de Sohail, Silvi les avait épiés. Elle voyait les hommes et les femmes s'asseoir en colonnes, côte à côte. Elle ne pouvait entendre ce qu'ils disaient mais, de son toit à elle, elle voyait le sien, et les corps qui se balançaient au rythme de sa voix.

Et pendant que Silvi surveillait Sohail, Maya surveillait Silvi. Elle voyait ses rideaux s'écarter à chaque apparition de Sohail. Elle voyait sa silhouette noire qui allait étendre son linge sur le toit pour pouvoir observer Sohail et ses adeptes. Un jour, après la fin du prêche et la récitation de l'*Azaan*, Maya vit Silvi ouvrir sa porte, traverser la rue et attirer l'attention d'une jeune femme qui repartait. Viens ici, lui dit-elle avec un geste de la main. Cette femme n'avait pas du tout l'allure d'une fidèle religieuse ; elle portait un simple *salwaar kameez* et n'avait même pas la tête couverte. Maya resta derrière sa porte et écouta l'échange.

« Que se passe-t-il dans cette maison ? » demanda Silvi.

La femme sourit. « C'est un homme très sage, dit-elle. Sage et humble. » Elle planta ses yeux dans ceux de Silvi, et Maya sut que c'était tout ce que Silvi voulait entendre, parce qu'elle devait se rappeler la voix envoûtante de Sohail et la façon dont il s'y prenait pour que les gens aient envie de croire tout ce qu'il disait, la conviction profonde qu'il mettait dans ses paroles, la couleur qui lui venait aux joues, sa façon de lever doucement la main, comme s'il allait vous caresser, le calme émanant du reste de sa personne, toute son énergie, sa force, concentrées dans sa voix, son débit rapide, et lent, et régulier.

Mais que prêchait-il au juste, Silvi voulait le savoir.

« Ça ne s'explique pas, dit la femme, qui semblait plus que jamais comme énamourée. Ça ne s'explique pas. »

Puis la femme laissa Silvi au portail du bungalow, s'éloignant avec assurance, emportant avec elle une parcelle de cette voix-fleuve, un peu de cet étonnement. Maya était sur le point de l'affronter, de lui conseiller de rester à distance, de lui dire qu'elle avait déjà brisé le cœur de Sohail une fois et qu'elle n'avait plus le droit d'avoir des visées sur lui. Mais avant que Maya pût agir, Silvi, étonnamment agile dans sa cape, avait escaladé l'échelle. Maya ne sut jamais ce qui se passa sur ce toit, quelles paroles Silvi et son frère avaient échangées. Elle essaya de l'imaginer mais il ne lui vint que ceci : que Silvi s'approcha de Sohail, encore agenouillé après la prière, et dit « Tu te rappelles l'esclave Bilal. Ummayah l'a puni de s'être converti à l'islam. On l'obligea à rester étendu en pleine chaleur, avec une pierre sur la poitrine. Et que cria-t-il au soleil qui tapait, implacable ?

– Il n'y en a qu'Un, répondit Sohail, Un seul. »

C'est ainsi qu'elle asséna le coup final. « Il n'y en a qu'Un, répéta-t-elle. Il ne peut y en avoir qu'Un. »

Le mariage de Sohail et de Silvi eut lieu en mars de l'année suivante. Maya y assista par égard pour sa mère qui faisait semblant de trouver que tout cela était pour le mieux. *Ammoo* suggéra à Sohail que, du fait que le premier mariage de Silvi avait été expédié à la va-vite, elle pourrait cette fois apprécier d'être une vraie mariée. Elle aimerait peut-être qu'on la coiffe, ou que l'on demande à une jeune fille de lui décorer les mains et les pieds. Mais Sohail affirma que Silvi ne voulait absolument rien de tel. Dans la plus stricte intimité, dirent-ils. Sans cérémonies.

Rehana fit imprimer quelques cartons et les envoya à tous les gens qu'elle connaissait, accompagnés de boîtes de gourmandises. Des *laddu* à l'orange et des *pranhara*, un dessert tout indiqué pour les peines de cœur.

Mme Rehana Haque est heureuse de vous annoncer
Le mariage de son fils
Muhammad Sohail Haque

Avec
Rehnuma Chowdhury (Silvi)
Fille du regretté M. Kamran Chowdhury
Et de Mme Aziza Chowdhury
Que Dieu bénisse les heureux époux

C'est ainsi qu'on les vit traverser la rue un beau vendredi matin de mars, portant quelques vêtements pour Silvi ainsi qu'une petite parure de boucles d'oreilles en or. C'était tout ce que Rehana pouvait offrir en matière de bijoux. Alors qu'elle se préparait, Maya était encore pleine de bonnes intentions, se disant qu'il n'y avait rien à y faire, qu'elle devrait essayer de s'assagir avant qu'il ne soit trop tard, mais soudain, à mi-chemin entre le bungalow et la maison en ruine, une haine pour Silvi s'empara d'elle. Que toute cette affaire était sinistre, Sohail revenant auprès de celle qui l'avait éconduit autrefois, et qui ne le reprenait que parce que ses peurs coïncidaient avec les siennes.

Silvi se changea pour mettre les vêtements qu'elles avaient apportés, les boucles d'oreilles masquées par le foulard qu'elle portait serré autour de son front. Sohail resta assis seul dans le salon de Mme Chowdhury pendant que les femmes s'entassaient dans la chambre de Silvi. Celle-ci était assise recroquevillée dans son sari, le visage invisible. Lorsque le contrat lui fut présenté, elle se hâta de le signer, d'une main ferme.

Maya était toujours étonnée de ce que leur petit monde soit resté aussi limité. Pas de nombreuses relations, pas d'oncles ni de grands-parents. Il en avait toujours été ainsi : ils fêtaient l'Aïd avec *Ammoo* et ses amies du Club des femmes ; pas grand monde non plus pour les anniversaires, juste quelques voisins de passage. Et, pourtant, Maya n'avait pas le souvenir de s'être jamais sentie seule, ni d'avoir craint d'être abandonnée sur leur petite île alors que les autres étaient protégés par un cercle de relations bien plus large. Avoir à charge de bâtir une famille à partir d'eux trois seulement avait dû être difficile pour *Ammoo*. Peut-être était-ce pour cette raison qu'elle, Sohail et finalement *Ammoo* s'étaient autant investis dans l'effort de guerre. Qu'ils aient grandi sans père et que leur parenté soit à quinze cents kilomètres de là et les ait délaissés n'avait tout à coup plus d'importance, parce que tous les combattants, leurs mères, leurs sœurs, faisaient partie de la famille, de leurs proches, comme s'ils partageaient des traits communs, une histoire, un héritage. Mais tout ça, c'était avant que Silvi et Sohail ne fondent leur propre famille avec des disciples et des suppliants. Plus besoin de guerre après ça, ni même d'avoir des enfants.

Après la cérémonie, Mme Chowdhury servit du thé, du *luchi-aloo*, du pain soufflé et un curry de pommes de terre aigres. *Ammoo* proposa que Maya chante quelque chose pour les divertir mais, secouant la tête, Silvi lâcha un non tout juste audible. Maya se fit la remarque que sa mère lui obéissait. Ils mangèrent leur *luchi-aloo* en silence.

À la fin du repas, le serviteur de Mme Chowdhury arriva avec une valise rouge qu'il tendit à Sohail. Puis tous les quatre, Rehana, Sohail, Silvi et Maya traversèrent la rue à nouveau pour retourner au bungalow. Mme Chowdhury ne prit même pas la peine de les raccompagner jusqu'au portail, peut-être parce que Silvi elle-même ne semblait pas fâchée de quitter la maison, ou sa mère.

Après avoir été amoureux de la fille d'en face, assisté à son mariage avec quelqu'un d'autre, attendu, patiemment et sans malice, qu'il meure, et vaincu son propre désir pour la fille trouvée dans une caserne, Sohail avait enfin obtenu sa promise. Rien ne pourrait les séparer désormais. En dépit de cette cérémonie simple et sans joie, Maya savait que pour Sohail, ce n'était pas une mince satisfaction.

Quant à ce qu'il advint du toit ? Les prédications continuèrent, mais on n'y parla plus des nombreux visages de Dieu. Il n'y en eut plus qu'un. Un message. Un Livre. Le monde se rétrécit. Des rideaux entre les hommes et les femmes. Des lignes tracées dans le sable. Et Silvi, enveloppée de noir, régna sur le cœur de son frère.

1984

Octobre

Au matin, la cellule a rempli son office. Plus de cris dans sa gorge. Plus de mots non plus. Il serre fort son assiette, ne se sent plus seul, n'a plus le cœur brisé par le souvenir des pas de son père, n'est plus résolu à retrouver le chemin de la maison. Il a faim, c'est tout. Il ne pense qu'à ce qui va remplir son assiette.

On le conduit dans la cour où la lumière et les subtiles et douces exhalaisons du matin le font cligner des yeux.

Les autres sont déjà assis, les doigts plongés dans leur petit-déjeuner. Un cercle d'yeux le regarde s'asseoir et placer son assiette devant lui. Des rires, juste avant qu'une main aux doigts serrés le frappe derrière la tête. La voix dit « D'abord les ablutions et la prière, voyou, ensuite tu pourras manger. »

Il repère le carré de ciment sur lequel il est censé s'accroupir et le petit robinet qui sort d'un des murs du bâtiment. La plupart des garçons ont repris leur repas mais il y en a qui le regardent enlever sa calotte, frotter une main contre l'autre, explorer l'intérieur de ses narines et de ses oreilles. Il prie.

Il est enfin autorisé à manger. Le riz est froid et trop cuit mais il en avale de grosses bouchées. À la dernière, un garçon lui lance une giclée de cailloux.

Il a manqué la leçon de l'aube. Après le petit-déjeuner on le conduit dans une salle avec de longues rangées de tables basses en bois. Lorsqu'il s'assied jambes croisées sur le sol de terre battue, le plateau lui arrive à la poitrine et il peut y placer son Coran. Un homme est assis à l'avant, derrière un bureau carré. Son Coran est posé sur un haut pupitre triangulaire qui le maintient ouvert. Dans sa main une longue baguette qui attrape la lumière et projette des ombres ondulant comme des serpents dans la salle.

Il fait semblant de lire, les doigts sur le Livre, le corps bougeant d'avant en arrière, comme s'il était en mer, ballotté par les vagues, mais l'esprit vagabond il repense à son père, à la cellule, au passage en ferry, si bien que la colère monte en lui et il se sent soudain très fatigué, ses yeux se ferment. Pour rester éveillé, il se concentre sur la forme de la baguette, mince comme un fil, l'imagine lui cinglant les jambes. Il se demande s'il peut se glisser dans la pièce du *Huzoor* et y récupérer ses boulettes de riz soufflé. Maya lui manque. Il jette un œil autour de lui pour voir si quelqu'un essaie d'attirer son attention, mais il ne rencontre aucun regard ; ils sont tous sur le même bateau, battus par les mêmes vagues.

Plus tard, il tente de dormir, après avoir dénombré les différents bruits de la pièce, les rats, les ronflements, le bruissement des moustiquaires qu'on replie sous les nattes. Son père a oublié de lui prendre une moustiquaire. Le *Huzoor* a ordonné aux autres garçons d'étendre leurs moustiquaires au-dessus de sa natte, mais ils ne l'ont pas fait. Il compte le nombre de fois où un moustique se pose à proximité de son oreille, avec un vrombissement plus fort que tout ce qu'il a pu entendre tout au long de la journée. Y compris le rugissement du *Huzoor* lorsqu'il a découvert que l'enfant ne connaissait pas l'alphabet arabe. Qu'est-ce qui vient après *alif, ba, ta, sa* ? Qu'est-ce qui vient après la lettre en forme de canne ? Il l'ignore. Le *Huzoor* le frappe à trois reprises en travers de la paume. Un, deux, trois.

Le moustique fait plus de bruit que le coup, ses ailes battent, fiévreuses, en stéréo.

Il s'endort en compagnie des ailes.

1984

Novembre

Joy était adossé à sa voiture. Ayant entendu le klaxon, elle était sortie voir qui c'était et l'avait trouvé là, souriant, les mains dans les poches.

« Il y a des semaines que je ne t'ai pas vue, lui lança-t-il.

– Je n'ai pas appelé… J'ai été tellement prise avec *Ammoo.* » Elle repensa à la dernière fois, avec Zaid et le tour de magie. Après cela, l'enfant avait refusé de révéler ce qu'il avait murmuré à l'oreille de Joy. Elle n'avait pratiquement pas quitté la maison depuis ; elle se regarda, telle qu'elle était vêtue là, d'un *salwaar kameez* de coton qui flottait sur elle, et s'imagina qu'il regrettait déjà d'être venu. Elle ne pensait quasiment à rien d'autre qu'à s'occuper de sa mère. Elle l'emmenait à l'hôpital, puis la ramenait ; elle supervisait la chimiothérapie ; elle demanda une avance au locataire allemand pour payer les frais médicaux. Et avec le peu d'énergie qui lui restait, elle s'interrogeait au sujet de Zaid. Il lui arrivait de se demander si Sohail n'avait pas eu raison de l'envoyer au loin ; après tout, c'était son père et l'enfant n'était pas facile. Il avait peut-être besoin de cette discipline, et c'était une école, en quelque sorte – aller à l'école c'est ce que l'enfant avait toujours voulu. À d'autres moments, une rage froide montait en elle ; elle restait éveillée la nuit et s'imaginait invectivant Sohail. Mais surtout, elle mourait d'envie de voir le gamin ; elle se retournait comme pour lui dire quelque chose, puis se rappelait qu'elle n'allait pas le revoir avant des semaines ou des mois. Elle voulut demander à Khadija où il se trouvait exactement, mais personne, en haut, ne se montra disposé à le lui dire.

« En fait, j'ai un rendez-vous », dit Joy.

Etait-il en train de flirter avec elle ? « Avec qui ?

– Pas vraiment un rendez-vous, en réalité… mais on m'a dit qu'il était chez lui l'après-midi. Après trois heures. »

C'était donc la raison de sa visite. Un petit pincement ; elle résista à la déception. Elle repensa à cette nuit, devant le Shaheed Minar, quand il avait pleuré et ôté ses chaussures – ça semblait si loin. Tout ce qui avait paru possible à l'époque s'était envolé. Il était différent, plus timide du tout. Il ne restait plus rien des années passées en Amérique, le Bengalais en lui s'était réaffirmé. Elle le voyait dans toute sa personne, à sa façon de tenir la clef de sa Toyota dans la main gauche, en faisant tournoyer l'anneau du porte-clefs autour de son doigt, et à la barbe de plusieurs jours qu'il s'autorisait.

« Eh bien, s'il t'a donné un rendez-vous, il vaudrait mieux que tu ne sois pas en retard.

– Tu pourrais peut-être monter annoncer que je suis là, suggéra-t-il. Je ne sais pas très bien quels sont les usages. » Elle comprit qu'il voulait savoir à quel point son ami avait changé, savoir s'il serait le bienvenu avec son jean, sa chemise à manches courtes, la tête nue et l'esprit toujours remonté contre la religion.

Maya le conduisit. En haut de l'escalier, apercevant Rokeya encore juchée sur le toit, le visage tourné vers le soleil, elle fit signe à Joy de s'arrêter. « Attends-moi ici. »

« Rokeya, c'est moi, Maya. » Rokeya avait

les yeux clos. Maya lui tapa sur l'épaule. Elle se retourna et ouvrit les yeux, se balançant lentement d'avant en arrière, en transe. Maya s'accroupit et la regarda attentivement. Sur son visage, des rigoles de sueur, des lèvres moites et molles. Son ventre saillait sous la burqua. « Rokeya, intervint Maya, rentre. Tu vas avoir une insolation.

– Il faut que je reste ici. » Un vague sourire. « Tout va bien. » Elle se détourna de nouveau, une fleur au soleil.

« Je vous ai amené un invité. Un homme. »

Rokeya s'empressa de tirer le niqab sur sa tête. « Par ici », dit Maya à Joy, résistant à une forte envie d'expliquer la présence de Rokeya agenouillée au soleil, ou encore le reste de la scène, les petits tas d'ordures éparpillés partout, les fenêtres recouvertes de papier, les relents de graisse de cuisson et la forte odeur d'urine.

À la porte de la salle extérieure, Maya haussa la voix et demanda le *Huzoor*.

« Qui est là ? répondit quelqu'un.

– Sa sœur, Sheherazade Maya. » Son nom complet, si rarement utilisé, ajoutait encore à l'étrangeté de la situation.

« Attendez, dit la voix venant de l'intérieur.

– Dites-lui que son ami Joy est ici. » Quel

était le véritable nom de Joy ? Farshad ? Farhan ? « Farhan Bashir. »

Ils attendirent dans l'ombre de l'embrasure de la porte. Les minutes passèrent. Quelle qu'en fût la raison, ils restèrent silencieux. Immobile, adossé au bâtiment, Joy regardait la rue. Puis il y eut un bruit de pas traînants. Le rideau s'écarta et quelques hommes quittèrent la pièce, jetant un coup d'œil à Maya, puis détournant aussitôt le regard. Ils se rassemblèrent au pied de l'escalier, attendant, supposa-t-elle, qu'on leur fît signe de revenir.

Un homme les fit entrer. La salle était plus petite que celle des femmes, mais améliorée par la présence de fenêtres sur deux côtés et une récente couche de chaux. Le sol était couvert d'un patchwork de tapis mal assortis et d'épais draps blancs.

Sohail les attendait. Il se leva à leur approche, salua Joy en lui serrant chaleureusement les mains et en l'embrassant trois fois. *« As-salaam alaikum. »* Il s'assit lourdement au centre de la pièce. « Apporte la citronnade », dit-il à l'homme resté là à guetter ses instructions.

Sohail fit comme si Maya n'était pas là et elle se demanda si elle devait s'en aller, mais la curiosité la maintint clouée à son siège. Joy acquiesça à quelque chose dit par Sohail. Maya imagina qu'il devait résister à l'envie de regarder machinalement autour de lui, en quête de signes du Sohail d'avant. Pas de bibliothèque, pas de disques en vue – ça, il le savait, on l'avait prévenu. Mais dans la façon dont il avait prononcé son nom ou dont il lui avait mis une main affectueuse sur l'épaule en l'accueillant, il devait certainement rester quelque chose de l'homme qu'il était jadis et qu'il avait rejeté comme le serpent qui fait sa mue.

« Je suis tellement heureux que tu sois rentré. Je pense souvent à toi. » Il donna à Joy un petit verre de couleur verte.

« Moi aussi, je pense souvent à toi. »

On aurait pu croire aux retrouvailles d'anciens amoureux. Ils étaient gauches tous les deux, chacun les yeux rivés sur son verre de citronnade. Joy orienta la conversation vers des banalités. « Pendant les cinq premières années, j'ai conduit un taxi en même temps que je finissais ma licence. C'était pas si mal, commenta-t-il. J'ai rencontré des tas de gens intéressants. Ils me disaient tout, comme à un prêtre.

– Eh bien ça vous fait quelque chose en

commun, tous les deux », intervint Maya, espérant qu'ils allaient arrêter de tout regarder avec autant d'intensité sans jamais se regarder l'un l'autre.

Ils l'ignorèrent. « Pourquoi es-tu revenu ? demanda Sohail en remplissant à nouveau le verre de Joy.

– Tout le monde me pose cette question. Parce que ce n'est pas si merveilleux que ça.

– Parfois, on pense que quelque chose est important, et puis on se rend compte que ça ne l'était pas. » Sohail ôta sa calotte, révélant une tignasse poivre et sel assortie à sa barbe. Il se passa rapidement la main dans les cheveux puis remit sa calotte en place, l'ajustant sur le sommet de son crâne. « Il y a des choses auxquelles je me suis cramponné très longtemps. Trop longtemps. »

Maya se demanda s'il allait parler de la guerre ; elle se pencha en avant pour l'entendre. Puis Joy dit « Ce n'est pas pour l'argent que je suis allé en Amérique. J'y suis allé pour d'autres raisons. »

Elle vit Sohail hésiter à lui demander quelles étaient ces raisons, puis décider de s'en abstenir. « Est-ce que tu t'es marié ? lui demanda soudain Sohail.

– Oui, comment le sais-tu ?

– Un homme doit se marier. Tu as des enfants ?

– Non.

– Tu devrais.

– J'ai divorcé. »

Sohail hocha la tête. « Pourquoi ne l'épouses-tu pas ? » demanda-t-il.

Il fallut quelques instants à Maya pour comprendre ce que voulait dire Sohail. Elle pensa qu'il allait éclater de rire à tout moment, se tenir le ventre et s'excuser. Mais non. Il insista : « Pourquoi pas ? Elle n'est plus toute jeune.

– Nous ne nous aimons pas, intervint Maya. Tu ne crois plus à l'amour ? »

Joy avala une longue gorgée de citronnade. « En fait, tu as raison, Sohail, je devrais me marier. Mais celle-ci ne me laisse même pas l'emmener grignoter quelque chose.

– Eh bien, il y en a d'autres.

– Oui, intervint Maya, le monde est plein de femmes prêtes à tout pour se marier. » Elle avait conscience d'être désagréable ; elle aurait dû prendre ça à la légère, dire quelque chose de drôle. Toujours trop sérieuse.

Il y eut un silence gêné. Maya voulut se lever mais elle avait les jambes lourdes et elle voulait savoir ce qu'ils allaient se dire ensuite, si Joy poserait la question qui, elle le savait, lui brûlait les lèvres. Qu'est-ce que Sohail fichait ici, dans cette cabane au-dessus de la maison de sa mère, à élever son fils sans amour, avec cette barbe, cet accoutrement, ce calme affecté ? Au lieu de ça, il demanda « Tu y penses souvent ?

– À quoi ?

– À la guerre – à ces villages qu'on a sauvés, et à ceux qu'on n'a pas pu sauver. »

Sohail ne répondit pas.

« Et mon frère, il t'arrive de penser à lui ?

– Je pense à lui chaque jour, dit Sohail. À ton frère et aussi à ton père. Et à toi. Tu m'as sauvé la vie, Joy. Je ne l'oublierai jamais. »

Joy avait été capturé pendant que Sohail s'échappait.

« Je n'y étais pour rien, dit Joy.

– Dieu est grand. »

Ce n'était pas ce que Joy avait voulu dire. Ce qu'il avait voulu dire c'était que si les soldats l'avaient trouvé lui et non Sohail, ce n'était que pur hasard. Ils restèrent silencieux l'un et l'autre, se remémorant cette longue nuit de novembre. « Pourquoi as-tu fait ce choix, Sohail ? finit par demander Joy. Qu'est-ce qui t'a conduit à devenir comme ça ? »

Maya se dit que Sohail allait lui servir une réponse toute faite, éprouvée, dire quelque chose comme quoi il suivait un cheminement normal, que la question n'était pas de savoir pourquoi il était devenu ce qu'il était devenu, mais bien pourquoi Joy ne l'avait pas rejoint. Mais, au lieu de ça, il parut hésitant, presque nerveux, la main serrée autour de son verre. Il n'eut apparemment rien à répondre à Joy.

Celui-ci détourna son visage et croisa le regard de Maya. Jusqu'à cet instant, elle s'était dit qu'il faisait l'imbécile, qu'il ne détesterait pas piéger Sohail en lui faisant dire quelque chose de ridicule, mais, maintenant, elle se rendait compte qu'il était en colère, très en colère, comme si la présence de Sohail, ce qu'il était devenu, avait quelque chose à voir avec la mort de son frère.

« Ce sont des mystères qu'on ne peut pas expliquer en quelques mots. Pourquoi ne viendrais-tu pas au *Taleem ?* On pourrait en parler. »

L'homme revint parler à voix basse à l'oreille de Sohail. « Khadija demande si tes invités vont rester longtemps. »

« Dis-lui qu'ils vont bientôt s'en aller, *inch'Allah*. »

L'heure était venue de partir ; il n'y avait

apparemment plus rien à dire. Maya vit la déception sur le visage de Joy. Elle savait qu'il avait dû souvent penser à Sohail, pendant qu'il était en prison, et, plus tard, à New York, quand il conduisait son taxi. Elle se doutait que le Joy chauffeur de taxi ne s'était pas étendu sur son passé de combattant poursuivi par des chiens ; qu'il s'était initié aux usages du pays comme *je vous souhaite une bonne journée* et *où puis-je vous emmener, m'dame*, avait appris à discuter du temps qu'il faisait, comme si c'était un sujet de conversation convenable de même qu'un bon moyen d'éviter toute discussion.

Mais dans cette ville étrangère, où il avait été chauffeur de taxi, pas un combattant de la liberté, où son action la plus héroïque avait été de griller ici et là un feu rouge – et avec le sentiment de culpabilité d'avoir survécu à la mort de son frère, l'appuyant contre un arbre cependant que se rapprochait le pilonnage d'artillerie, voyant le sang jaillir de son corps comme l'eau d'une montagne –, il avait certainement pensé à Sohail, pensé à lui écrire, à lui téléphoner à l'autre bout du monde, ramenant leur amitié à un simple échange d'informations. Mais il en avait été incapable. Et maintenant, ça, ce mystère. Joy n'aurait pas su à quoi s'attendre, bien qu'une partie de lui-même, une certaine arrogance, ait pu l'amener à croire qu'il pourrait en avoir un aperçu en action, le toucher du doigt, parce que, après tout, personne ne connaissait Sohail mieux que lui ; c'était lui et personne d'autre qui avait secoué son pain pour en faire partir les puces, chassé les poux de sa tête ou couru avec lui dans la fumée et le tonnerre des balles. C'était lui qui avait été en prison pendant que Sohail parvenait à s'échapper.

Joy se leva pour prendre congé. Sohail se leva également. Ils s'embrassèrent. « Tu seras toujours un frère pour moi, l'assura Sohail, les yeux brillants.

– Toi de même », répondit Joy. La colère avait quitté son visage pour laisser la place à autre chose – une sorte de nostalgie, et même d'envie. Quelque chose qui restait dans la gorge de Joy, peut-être, le sentiment que cet homme dormait mieux que lui, qu'il n'avait pas eu besoin de se purger la mémoire ou de partir dans une ville verticale pour fuir ses souvenirs. Sohail ne semblait pas s'émouvoir, alors qu'il se caressait la barbe qui lui couvrait le menton, de ce qu'elle fût parsemée de poils gris. Il ne semblait pas s'émouvoir non plus de ce que sa maison fût aussi miteuse, qu'il y eût des taches sur les tapis, de ce que le ciment vous égratignait les pieds quand on se déchaussait pour entrer dans la salle. Rien ne semblait l'émouvoir. Pas dans ce monde-ci.

« *Khoda hafez*, dit Joy alors que ses mains étaient à nouveau prises en sandwich dans celles de Sohail.

– Reviens vite. » Sohail tourna les talons et Maya eut le sentiment qu'elle et Joy étaient déjà oubliés, remplacés par les tâches qui l'attendaient – la prière, la prédication. L'au-delà.

Ils descendirent l'escalier en silence, mais, arrivés en bas, Maya ne put se faire à l'idée de laisser Joy remonter en voiture et s'en aller. Elle savait qu'il ressentait plus ou moins la même chose, que ce rendez-vous avec son frère, les questions restées sans réponses l'avaient perturbé. Elle résolut d'en poser une de son cru. « Parle-moi de ton séjour en prison, dit-elle. Je veux savoir ce qui t'est arrivé. »

*

Adossée à la rivière, la ville de Dacca n'avait pas grand-chose pour elle. Les rues étaient étroites, souvent inondées, sans grandes avenues ni boulevards ou perspectives pour faire battre le cœur ou inspirer le poète. Et pourtant, après la guerre, y affluèrent des gens qui ne savaient où aller et plus encore n'avaient rien à manger. Dans les villages, l'odeur du chaume brûlé flottait encore dans l'air si bien qu'ils vinrent en ville pour y échapper, puis sont restés, comme tant d'autres avant eux, tournant le dos à une violence pour affronter la possibilité d'en subir une autre. Et pourtant, ils ont choisi ces rues, si étroites et poussiéreuses qu'elles fussent, plutôt que le fleuve qui les assiégeait à chaque mousson, plutôt qu'une vie passée à guetter le ciel, espérant de la pluie une semaine, du soleil la suivante, les pieds mouillés par le travail des champs, le dos endolori à force de se courber dans les rizières.

Joy n'avait pas de tendresse particulière pour cette ville mais il en tomba amoureux de manière inattendue le jour de sa sortie de prison. Ce matin-là, le jeune officier déverrouilla sa porte, s'éloigna sans rien dire et rejoignit l'armée en retraite. Joy se tourna vers ses camarades de cellule, Raheem, Sultan et le vieil Abbas, et les aida à se mettre debout. Sur le seuil, les trois autres hésitèrent, ne pouvant croire qu'il ne s'agissait pas d'une ruse pour les amener devant le peloton d'exécution ou dans la chambre de tortures. Mais Joy avait reconnu le bruit des chasseurs à réaction indiens qui étaient passés au-dessus de leurs têtes, compris qu'ils étaient à deux doigts de la victoire.

Pendant ses trois ans de captivité, Joy avait refusé de parler. Pas un mot d'assentiment, de protestation ou de dénégation, pas un hochement de tête ou mouvement de la main. Au camp de la guérilla de Sonamura on leur avait dit quelque chose – qu'il ne se rappelait pas – au sujet d'une éventuelle capture, mais, comme le reste de leur entraînement, cela avait été dit pour la forme, en passant, comme si ça n'arriverait jamais. Les officiers avaient adopté ce ton pour tout ce qui pouvait mal finir, lâchant des instructions ici et là d'une voix sèche, avec des phrases courtes, comme s'il était par trop improbable que l'un d'eux soit un jour abattu au beau milieu d'une opération, traîné par le col et adossé contre un arbre pour que son frère puisse le regarder mourir, recueillir ses dernières paroles au creux de son oreille, les verrouiller dans son cœur jusqu'à ce qu'il puisse en parler à leur mère.

Ils étaient au nombre de vingt-trois, capturés

un matin de novembre, par une chaleur torride. Il les regarda pendant qu'on les emmenait, un par un, dans la pièce d'à côté. Où on les incitait à parler. Et, dès qu'ils parlaient – disaient oui, je suis un *mukti*, oui, j'ai combattu l'armée, oui, j'ai trahi le pays, oui, oui, je suis un traître, oui, je crois au Bangladesh, oui, j'ai été séduit par Cheikh Mujib, Cheikh Mujib est un porc, je suis un porc, oui, oui, oui – ce qu'on leur faisait subir s'arrêtait. Et les autres, qui nourrissaient la même haine pour le seau à uriner dans un coin de la cellule, pour les sévices sur la plante des pieds, pour le mot « bâtard » systématiquement accolé à leur nom mal prononcé, se laissaient glisser dans le giron de la nuit, se réveillant le lendemain matin au son de l'appel à la prière suivi du claquement des balles.

Parmi les habitudes incompréhensibles des soldats figurait leur prédilection pour les exécutions à l'aube, de même que leur consommation de viande le matin à laquelle ils se livraient tous les jours, sans exception.

Le silence, puis le coup de feu. Joy n'avait pas eu besoin d'en savoir plus. C'est pourquoi quand ils le sortirent dans la cour, il s'abstint de crier, de jurer, de cracher ou de s'indigner. Il fit semblant d'être incapable de produire le moindre son et comme il devint trop difficile de prononcer des paroles la nuit et de les oublier le jour, il cessa complètement de parler. Il apprit les gestes des animaux – les doigts dans la bouche, la main sur le visage, ou levée en signe d'amitié. Sa langue immobilisée, ses mains se libérèrent – pour soutenir la tête du garçon qui s'était enfui de chez lui afin d'aller se battre, le soldat à l'épaule déchirée, celui qui craignait les tortures à l'électricité plus que toute autre chose et, plus tard, sa manière à lui d'atténuer la douleur. Muet, avec sa barbe qui poussait, ses mains qui guérissaient, Joy passa ses trois mois au fond d'une cellule, résolu à survivre pour voir ce qui allait advenir.

Le temps était rythmé par des bruits qu'ils entendaient systématiquement chaque jour. L'appel à la prière. L'eau qui coule pendant les ablutions. Le déroulement des tapis de prière. Le cri des oiseaux qui se répondaient tout au long de leurs rituels matutinaux. Le prisonnier que l'on traîne devant le peloton d'exécution, incapable de marcher. Son ultime appel à la clémence.

Mais le prisonnier dont il est question, lui, n'émit aucun son. Pas plus quand ils le frappèrent sur la plante des pieds, que quand ils éteignirent des cigarettes sur son dos ou qu'ils lui mirent des électrodes dans la bouche. Ils s'acharnèrent sur lui plus durement que sur les autres, stimulés par le soupçon, l'espoir, que son si lourd silence finirait par livrer quelque chose de spécial. Il doit savoir quelque chose, un secret, on a dû l'entraîner à garder ça pour lui. Il fallait le faire craquer, voilà tout. Ils s'armèrent de patience, l'amenant chaque jour dans la pièce d'à côté, celle où on le mettait tête en bas ou sur le fauteuil. Pas un cri, pas un mot ne sortit de sa bouche.

À la fin, c'en fut trop pour ses geôliers. Ils prirent leur revanche un jour particulièrement creux. Les nouveaux prisonniers qu'ils attendaient n'étaient pas arrivés, il n'y avait plus que le silencieux et le vieux qui s'était desséché depuis bien longtemps et ne valait même pas une balle. De charmante humeur, les oiseaux chantaient, gazouillaient, caquetaient. Aftab, le benjamin de l'unité, tira un coup de feu dans le tamarinier, semant la panique parmi les oiseaux qui donnèrent de la voix tout en se déplaçant vers les rebords de fenêtres des baraquements pour picorer les restes de nourriture, des morceaux de pain sec jetés n'importe comment à travers les barreaux. Les autres le maudirent d'avoir tiré dans l'arbre.

Typiquement sindhi, fut leur commentaire, il doit avoir encore plus la pétoche que nous.

Ils traînèrent Joy hors du bâtiment. Aftab le poussa à coups de crosse. « Allez, dis aux oiseaux de s'arrêter de chanter, aboya-t-il. Ce sont des oiseaux du Bengale, ils devraient t'obéir. »

Joy resta silencieux ; les oiseaux continuèrent de battre des ailes autour de lui, comme des draps dans le vent.

« Vas-y. » Une claque du fusil, un petit rectangle de douleur. « Maintenant, ajouta-t-il. Arrange-toi pour que ces enfoirés d'oiseaux ferment leur saloperie de claque-merde ou je jure que je te colle une balle dans le cul. »

Joy se souleva à genoux et désigna l'arbre. Pendant quelques instants, rien ne se produisit : les oiseaux, toujours massés sur les rebords de fenêtres, picoraient, flirtaient, battaient des ailes. Puis l'un d'entre eux, un petit, s'écarta des autres et s'éloigna à tire-d'aile en faisant le tour du bâtiment. Les soldats levèrent les yeux vers lui, tandis qu'il faisait demi-tour pour revenir vers eux et atterrir en douceur sur le doigt tendu de Joy. Avec son autre main, Joy caressa l'oiseau qui remonta sur son bras et vint se poser au creux de son coude. Ce fut le dernier jour de son intégrité physique ; plus tard, ils lui enlevèrent ce doigt, pour lui faire payer son silence, pour que les oiseaux aient un endroit de moins où se percher, une raison de moins de chanter.

Libéré en février, Joy tomba amoureux de la ville. Dacca fut la première chose qu'il vit en ouvrant les yeux et c'est sous son ciel qu'il se remit à parler ; c'était le seul endroit où il voulait être. Il rentra chez lui, quittant les cantonnements de l'armée et marchant le long des rues animées, se laissant étreindre par des étrangers qui poussaient une exclamation à la vue des cicatrices sur ses bras et de son doigt manquant.

Ce n'est qu'en arrivant chez lui qu'il apprit que la guerre lui avait aussi ravi son père. Il entra dans la maison, vit sa mère vêtue d'un sari blanc et comprit. Elle l'expédia au loin, aussi loin de Dacca que ça lui était possible, hypothéquant leur maison, et mettant ses bijoux de mariage en gage. Et il avait saisi cette chance, s'était envolé sans se retourner, sans regrets ni états d'âme.

Il ne se demanda jamais pourquoi il avait été arrêté cette nuit-là. Ne s'en soucia jamais. Ce matin de novembre où la pluie refusa de tomber, il avait couru six heures durant, se faisant griffer par des branches fines, poursuivi par des bruits de chiens jusqu'à ce que le souffle lui manque – et dans les quelques secondes qui leur furent nécessaires pour le rattraper, il eut le temps de se demander s'il allait retourner l'arme contre lui mais pas assez pour placer le canon contre sa tempe. Et donc, alors que le jour se levait et qu'il revenait en ville fatigué, en nage, bras et jambes enchaînés, il remercia les soldats d'avoir fait aussi vite, car il n'était pas prêt à mourir, pas ce jour-là, pas l'année même où il avait vu un flot de sang couler du corps de son frère.

Monsieur le directeur, monsieur le directeur, monsieur le directeur *Huzoor Huzoor Huzoor*. Ton fouet est un serpent. Pourquoi tu me serres le poignet comme ça ? Pourquoi *keno por que* ? Je parle toutes les langues sauf l'arabe. Tu te venges de mon arabe. Tu te venges sur la paume de ma main. Zaid était un orphelin adopté par le Prophète. Je suis orphelin. Le Prophète était orphelin. La paix et les bénédictions soient sur l'orphelin qu'était le Prophète. Quand ma mère est morte, le *kazi*[1] a dit, *Maintenant tu es orphelin.* Mon père m'a fait passer le fleuve et il a dit au *Huzoor*, il est entre tes mains à présent, et dans celles d'Allah. Le *Huzoor* prend ma main. Il pose ma main sur son intimité. Son fouet est un serpent. Son serpent est un fouet. Les mains sur l'intimité. Entre les mains du *Huzoor*. Entre les

1 Juge islamique.

mains d'Allah. Parce que mes mains s'égaraient. Volaient. Des pièces et des billets. Pourquoi tu tiens mes mains dans mon dos ? *Keno* pourquoi ? Je leur demande toujours de m'apprendre trois choses. Bonjour et Au revoir, paix sur terre et pourquoi. Ils n'aiment pas m'apprendre pourquoi. Je finis par le leur faire dire. Pourquoi pourquoi pourquoi. Pourquoi m'as-tu mis entre les mains du *Huzoor ?* Pourquoi les mains du *Huzoor* ? Sa main sur la mienne. Ma main dans la sienne. Un des garçons m'a dit que c'est toujours comme ça avec les nouveaux. Il est content que je sois là ; plus de *Huzoor* pour lui. Tu es trop mignon qu'il me dit. Des yeux d'étranger. Je suis l'orphelin du Prophète. Le *Huzoor* aime les yeux clairs. La main du *Huzoor* dans la mienne. Tous les garçons rient. Les portes sont toujours verrouillées. Le *Huzoor* porte la clef autour du cou. Les toilettes sont à l'extérieur, c'est un trou creusé dans le sol. Profond. Ça coule dans le fleuve. J'arrive à retenir ma respiration tout ce temps-là.

1984

Décembre

« Le traitement n'a pas marché », déclara le Dr Sattar. Il allait être obligé de lui enlever un petit bout de foie. Rehana rit en entendant ces nouvelles et tous surent aussitôt ce qu'elle trouvait si drôle. *Kolijar tukra*, mon petit-bout-de-foie, était une expression de tendresse assez commune ; elle l'avait souvent utilisée avec ses enfants. Mon ange, mon cœur, mon petit-bout-de-foie. Jamais elle n'aurait pensé qu'elle devrait un jour réellement se séparer d'une partie de cet organe. « Faites bien attention à m'en laisser suffisamment docteur Sattar. Je crois bien que je n'en ai qu'un. »

L'intervention chirurgicale fut aussitôt programmée. Ce soir-là, tandis que Maya aidait sa mère à faire son sac, emballant brosse à dents, peigne, tapis de prière, Maya eut le sentiment qu'elle aurait dû préparer une liste de choses à dire, des paroles qu'elle gardait pour ce genre de circonstances. Au cours des mois qui s'étaient écoulés depuis qu'*Ammoo* lui avait parlé de sa tumeur, elle aurait dû s'y préparer. Au lieu de ça, qu'avait-elle fait ? Rasé les cheveux de sa mère, contrôlé sa prise de médicaments, l'avait accompagnée à l'hôpital, passé quelques coups de fil brefs et expéditifs à ses amis pour leur donner des nouvelles : oui, *Ammoo* se sent mieux, oui, elle s'est alimentée. Je lui ai donné ce que vous lui avez envoyé, elle a aimé, oui, vous avez raison, il faut qu'elle garde ses forces. Pouvez-vous venir vers dix heures ? Elle se sent mieux le matin.

Elle avait entretenu un lien fragile avec ceux d'en haut. Elle pouvait penser à son frère sans éprouver cette froide colère, voir l'être serein et lointain qu'il était devenu, rester étendue dans son lit à écouter les pas désordonnés au-dessus d'elle, à regarder les cohortes d'hommes et de femmes monter et descendre l'escalier, et, oui, elle pouvait même supporter de voir dans quel état de misère se trouvait le gamin, se disant que tout cela faisait partie des séquelles du passé.

Elle se disait qu'elle était en train de grandir. Il y avait sa mère, il fallait se réadapter à la vie citadine, et puis il y avait l'absence de politique et, peut-être, peut-être, le début d'une trêve avec

Sohail. Mais c'était tout. Elle pliait les vêtements de Rehana en silence, guettait le bruissement de la pluie dans les arbres pour avoir quelque chose à dire, pouvoir faire un commentaire au sujet du jardin, qu'une autre pluie torrentielle risquait de l'inonder. Elle commençait quelques phrases dans sa tête mais aucune ne semblait juste. Elle avait encore en mémoire ce qu'avait dit le Dr Sattar. « La maladie n'a pas encore gagné. » Elle s'accrochait à ça.

Rehana était assise dans son lit, jambes croisées, la main droite sur le Coran. « Tu as besoin de te reposer, *Ammoo*, tu sais comment ça se passe à l'hôpital. » La pluie avait fini par tomber, des trombes d'eau régulières qui projetaient des ombres grises dans la chambre.

« On dit là-dedans que Notre Seigneur a recommandé la miséricorde pour Lui-même. Sais-tu ce que ça signifie ?

– Non. »

Elle referma le Livre. « Tu n'as décidément jamais écouté ton *ustani*. »

Maya s'affala sur le lit, à côté de sa mère. « Elle ne m'a jamais rien expliqué. Et elle m'a dit de me raser entre les jambes. »

Rehana écarquilla les yeux. « Je ne te crois pas.

– Je ne plaisante pas. Elle disait que c'était plus propre. Mais tu te souviens, *Ammoo*, elle se grattait toujours par là ?

– Non, je ne m'en souviens pas.

– Je te jure, je pensais qu'il y avait un homme caché sous cette burqa. Ou un essaim de moustiques.

– *Chi* ! » Rehana administra une petite tape sur la joue de Maya, mais elle riait, à présent, hochant la tête. « Tu es toujours la petite fille qui faisait semblant d'être souffrante chaque fois que le professeur se présentait. Tu lui avais dit que tu avais tes règles, rappelle-toi, alors que tu n'avais que huit ans.

– Elle s'est sauvée de la maison à toutes jambes !

– Quand donc ma petite fille va-t-elle grandir, hein ? Me donner des petits-enfants ?

– Il faudrait déjà que je me marie. »

Elle posa la main sur la couverture de son Coran, effleurant les lettres dorées du bout des doigts. « Je connaissais à peine ton père quand nous nous sommes mariés. Après que le mariage a été arrangé, une photo circulait à la maison, mais je n'ai pas eu le courage de demander à la voir. Marzia me l'a apportée un soir et nous l'avons examinée à la lueur d'une bougie.

– Et qu'en as-tu pensé ?

– Que j'aurais préféré ne pas l'avoir vue. De toute façon, il fallait que je l'épouse.

– Est-ce que ce serait si terrible si je ne me mariais jamais ?

– Non, ce ne serait pas si terrible. Regarde-moi, j'ai passé la plus grande partie de ma vie sans mari.

– Les hommes peuvent être tellement abominables. » Elle pensa à Nazia, au bébé qui était venu au monde avec des yeux rétrécis et un air venu d'ailleurs, à Saima et Chottu, et à toutes ces cruautés qui pourraient lui être infligées si elle acceptait de devenir l'épouse de quelqu'un.

« C'est vrai, dit Rehana, étendant lentement ses jambes et se laissant aller en arrière sur l'oreiller. Mais à qui iras-tu confier tes chagrins, ma petite fille ?

– Je ne sais pas. » Maya trouva le pied de sa mère sous la couverture et entreprit de le masser. « Je ferai comme toi. »

Rehana sourit. « L'amour de mon enfant me réconforte. »

Maya le sentit remuer en elle, à cet instant, un besoin d'amour, profondément enfoui. La chimio avait ralenti la circulation de Rehana dont les pieds étaient froids, et Maya entendit son soupir lorsqu'elle lui frotta la voûte plantaire avec la paume de sa main. À l'extérieur, la pluie atténuait les autres sons du soir. Criquets et lézards stridulaient, des notes aiguës qu'étouffait le bruit de l'eau qui tombait. Seules les feuilles augmentaient leur volume sonore, on les entendait parfaitement sous l'impact des gouttes.

Elle s'était souvent dit que le mariage n'était peut-être pas pour elle. Ni les enfants. Elle en voyait venir au monde chaque jour, égoïstes, solitaires et puissants ; elle les voyait dévorer leur entourage puis assistait au lent travail de sape que subissaient leurs forces à mesure qu'ils découvraient la pauvreté de ce monde pourtant si prometteur au début.

Rehana ferma les yeux, l'air soudain très fatiguée. « Récite l'*Aytul Kursi* avec moi, proposa-t-elle.

– D'accord. » Quoique se disant que c'était pour le bien de sa mère, ce qu'elle se disait aussi à propos des visites à l'étage, Maya sentit un soulagement l'envahir dès qu'elle commença à réciter la prière. Elle trébucha sur les mots au début puis ils lui revinrent peu à peu, comme les souvenirs de son enfance, ses plats favoris, les œillets sur la pelouse.

Alla-hu la ilaha illa Huwa, Al-Haiyul-Quaiyum
Il n'y a de Dieu que Lui, le Vivant, Celui qui subsiste par Lui-même[1]
La ta'khudhuhu sinatun wa la nawm.
Ni l'assoupissement ni le sommeil
N'ont de prise sur Lui[2].

« J'aimerais que tu pries, Maya. Juste une fois par jour, à *maghreb*[3]. »

Maya secoua la tête. « Tu sais bien que je ne peux pas faire ça, *Ma*, ce ne serait pas juste.

– Pour qui ?

– Pour tous les croyants. » Elle pleurait, maintenant, les larmes chaudes et douces au contact de ses joues.

« Dieu est plus grand que ta foi, objecta Rehana. Je te demande ça parce que, si je m'en vais, tu auras peut-être besoin de quelque chose.

---

1 Le Coran, III, 2.
2 Le Coran, II, 255.
3 Au coucher du soleil.

– Je t’en prie, *Ma*, ne dis pas ça.

– Tu es tellement indépendante. Tu as quitté la maison, tu as fait ta vie. Tu es forte. Mais qui s’occupera de toi lorsque je ne serai plus là ? Je voudrais que tu aies quelque chose à toi. Ton père aussi l’aurait voulu. »

Quelque chose à elle. Que pourrait-elle bien avoir ? Un mariage, une famille, un Dieu ? Elle ne s’était préparée à rien de tout cela. Puis elle comprit que sa solitude avait pesé sur *Ammoo* pendant toutes ces années. Elle avait dû me porter toute seule. Avec tous mes fardeaux. Maya pensa qu’elle devrait peut-être dire à sa mère qu’elle pouvait mourir tranquille maintenant, qu’elle trouverait un moyen de combler le vide qu’elle laisserait. Mais elle en fut incapable, elle n’était pas prête. « Prions encore un peu, *Ammoo*, si ça t’aide à te sentir mieux.

– Je suis fatiguée maintenant, ma fille. Dormons. »

Maya veilla *Ammoo*, attentive à son souffle, prête à la secouer si elle chancelait, si elle donnait le moindre signe qu’elle s’abandonnait à son sort, à son destin ou au sentiment qu’elle avait achevé ce qu’elle était venue faire sur terre.

Et elle pensa à ce qu’*Ammoo* demandait, une

prière par jour, au crépuscule, heure sacrée. Elle envisagea de céder, se dit même qu'elle aurait dû s'y mettre depuis longtemps, abdiquer devant l'aspect pratique de la religion. Si elle faisait ce choix maintenant, ce serait un marché creux, superficiel et inconsistant. Aucun Dieu respectable à ses yeux n'entrerait dans cette combine, sachant que la croyante qui viendrait frapper à sa porte ne voudrait rien d'autre qu'un génie protecteur, n'aurait qu'un souhait et que, même si ce souhait devait s'accompagner d'un désir plus profond, elle ne pouvait pas affirmer qu'elle tiendrait ses promesses.

*

Au matin, Maya découvrit Zaid recroquevillé sous le petit bureau en bois. Elle se pencha pour regarder en dessous et aperçut ses genoux remontés bien serrés contre sa poitrine.

Il ouvrit les yeux. Tendit les mains et elle le sortit de sous le bureau. « Comment es-tu venu ? demanda-t-elle.

– En car, dit-il.

– Tout seul ? » Il n'aurait pas pu tomber plus mal. Elle devait aider *Ammoo* à préparer ses affaires pour l'hôpital. Il puait la transpiration et Dieu sait quoi d'autre et il avait le crâne rasé de si près qu'elle voyait les veines pâles de son cou remonter jusqu'au sommet comme une plante grimpante. Elle l'avait attendu toutes ces semaines et maintenant il était là, chauve, crasseux à lui briser le cœur.

Il lui fit un signe de tête, les yeux embués. « On est en vacances, marmonna-t-il.

– As-tu faim ? » demanda-t-elle, plus sèchement qu'elle ne l'aurait voulu. Elle avait appris que le traitement de sa mère n'agissait pas ; elle savait ce que ça signifiait, que cela s'était étendu au foie. Zaid pleurait, à présent, les mains pressées contre son visage.

Elle le prit dans ses bras et le serra à lui faire sortir l'air des poumons. « Je t'attendais, lui dit-elle. Tu sais ça ? »

Elle lui apporta un toast et un œuf au plat qu'il mangea lentement, mâchant la bouche tremblante. *Ammoo*, qui était réveillée, lui cria de ne pas oublier de mettre son tapis de prière dans son sac. Elle se tourna vers Zaid. « Il faut que j'emmène *Dadu* à l'hôpital.

– C'est les vacances, répéta-t-il. Le *Huzoor* nous a autorisés à rentrer à la maison. »

Elle n'eut pas d'autre choix que de le croire.

« Je reviens dès que je peux. »

Il lui tendit son assiette vide et se traîna à travers la pièce, rentrant à nouveau sous le bureau. « Je vais rester ici. Je vais juste rester ici. »

Elle se dit que tout irait bien pour lui. Elle rentrerait de l'hôpital, et le prendrait au passage, et ils iraient au parc et *Ammoo* se rétablirait, et ils joueraient tous ensemble au Ludo et il tricherait, comme toujours.

Maya comptait les heures de sommeil de sa mère. Vingt-deux. Trente-sept. Quarante. Le troisième jour, le Dr Sattar demanda à Maya d'appeler son frère. Et quiconque pourrait souhaiter la voir. Elle passa des coups de fil et ils vinrent, des gens qu'elle se rappelait avoir vus quand elle était petite, des voisins, des amis. Ils amenèrent leurs enfants qui tiraient sur les draps et se plaignaient de l'odeur de l'hôpital. Ils dirent *innalillah*, comme si elle était déjà morte. Maya appela le bungalow et supplia qu'on lui passe Sohail. *Ammoo est en train de nous quitter*, lui annonça-t-elle au téléphone, *fais quelque chose.*

« J'ai fait tout ce que j'ai pu, avait déclaré le Dr Sattar ; il ne nous reste qu'à attendre. »

Rehana respirait mais n'avait pas repris connaissance. Ses reins étaient en train de lâcher. Le bout de ses doigts commençait à virer au bleu.

Ils l'avaient mise dans une chambre privée, loin du bloc et des autres patients. Maya accueillait les visiteurs, répétait la même chose sur le cancer, son utérus, la résection du foie. Elle était courtoise, elle ne protesta pas quand Mme Rahman apporta un morceau de fil du saint des Huit Cordes et l'attacha autour du poignet de Rehana.

Le quatrième jour, le Dr Sattar insista auprès de Maya pour qu'elle rentre chez elle. Juste quelques heures. Pour se rafraîchir. Se changer. Comme elle refusait, il lui proposa de se reposer dans la salle de garde. Il la prit par le coude, la fit descendre les escaliers, traverser la cour. Elle connaissait le chemin, par les couloirs verts, avec les files de patients qui faisaient la queue dehors, tenant des bouts de papier et des dossiers aux bords noircis.

« J'enverrai quelqu'un vous chercher. Allez, dormez maintenant. » Le Dr Sattar ferma la porte derrière lui et Maya fixa son regard sur le rai de lumière filtrant sous la porte. Jaune et doré, il luisait sans interruption, de l'autre côté, là où sa mère gisait, avec ses doigts virant au bleu, en train de s'éteindre. Elle dit à ce rai de lumière qu'elle allait le fixer jusqu'à ce qu'il change de couleur, qu'il passe du doré au bleu, du jour à la nuit, mais ses yeux ont dû se fermer, car, quand elle les a rouverts, la lumière était toujours là, indestructible, projetant son étroit faisceau dans la pièce, et là elle pensa à son père, à la brièveté de sa vie, à tous les garçons qui avaient saigné dans la poussière, à son frère et à son fils, et aussitôt, elle se rappela Zaid, se demandant s'il était toujours caché sous le bureau – comment avait-elle pu le laisser là-bas ? –, puis elle se demanda si elle aurait un jour un garçon à elle, parce qu'il se pourrait qu'elle ne soit pas capable d'aimer assez, aimer assez pour avaler la solitude d'un être et la faire sienne.

Le rai de lumière continuait de luire. Le jour persistait. Puis il s'allongea, s'y mêlèrent des ombres. Elle se cacha les yeux de la main. Une infirmière sur le seuil.

« Ça fait combien de temps ?

– Quelques heures tout au plus. »

Elle revint dans une salle pleine d'étrangers, un cercle d'hommes vêtus de blanc. Etaient-ils prêts à établir le compte rendu ? Femme de cinquante-deux ans avec un cancer de l'utérus à métastases de stade quatre. Hystérectomie. Résection du foie. À travers les personnes présentes, elle aperçut les pieds de sa mère, émergeant des draps, les orteils bien nets avec une tache noire sous l'os de la cheville.

Le docteur s'écarta des autres. « Viens, Maya, joins-toi à nous. » Le cercle s'agrandit pour lui ménager une place. Voulaient-ils avoir son avis de médecin ? Mais les voici qui levaient les bras, paumes vers le ciel. Tout d'un coup, la signification de tout cela lui apparut. Pas médecins, en fin de compte. Paumes tournées vers le ciel, je t'implore. O Allah, je t'en prie. Je t'en supplie. Elle leva les bras. Elle se retourna et vit son frère au bout du lit, là où les pieds de sa mère étaient exposés dans leur solitude, qui murmurait des paroles qu'elle ne comprenait pas. Les hommes en blanc les répétaient à sa suite, leurs voix s'élevant en chœur. Amen. Elle savait que ce n'était pas bien, de se tenir en cercle, de se tourner de tel ou tel côté, d'en appeler à Dieu. Ce n'était pas ce qu'il fallait faire. Ce monde, lui avait-il expliqué, n'était que transitoire. *Ammoo* allait récolter ses récompenses célestes. Vouloir la garder serait une preuve d'égoïsme. Il le faisait pour Maya qui l'avait supplié de ne pas laisser mourir sa mère. Il était venu, avait amené ces hommes qui s'étaient placés en cercle, et non pas en ligne face à La Mecque. Ils connaissaient les paroles. Ils avaient décidé de les prononcer.

Elle attira son attention et s'avança pour l'embrasser mais son visage lui dit qu'elle devait rester où elle était, que rester chacun de son côté faisait partie du sortilège, si bien qu'elle recula et essaya de se convaincre que c'était bien un moyen de la guérir.

Sohail prit un récipient en plastique rempli d'eau, en mit un peu dans un verre. De l'eau de Zamzam[1]. Il souleva la tête de sa mère, approcha le verre de sa bouche et l'inclina pour verser lentement un peu d'eau entre ses lèvres entrouvertes. Il n'essuya pas les gouttes qui coulèrent sur son menton. Les hommes continuaient de déclamer. Le Dr Sattar se frottait les yeux avec un mouchoir.

Pendant la guerre, les soldats pakistanais demandaient à un garçon, à n'importe quel garçon croisé dans la rue, de dénouer son *lungi*. Prouve-le, disaient-ils. Prouve que tu es des nôtres.

---

1 L'eau de Zamzam provient de puits situés à l'intérieur des Lieux saints, à La Mecque. Mahomet affirmait que son eau était nutritive et curative.

Le garçon tentait alors d'avoir raison du nœud de son *lungi* pour le tenir ouvert afin que le soldat puisse jeter un œil à l'intérieur. Même de nuit. Il fait trop sombre pour voir quoi que ce soit, disait alors le soldat. Sors-la et montre-la-nous. Montre-nous que tu es circoncis, sale Bengalais.

Maya s'était éloignée toute seule de la religion. Elle avait désappris les sourates que sa mère récitait à haute voix, oublié le souffle d'air aussi léger qu'une plume sur son front lorsque *Ammoo* murmurait une prière ou qu'une bénédiction sortait de sa bouche. Elle avait effacé de sa mémoire toute connaissance du sacré, renvoyé son corps à un temps où il n'avait pas encore appris à s'agenouiller, à se prosterner.

Au cours des sept ans qu'elle avait passés à parcourir le pays, elle avait rencontré une forme de foi radicalement différente. Les mosquées étaient peu nombreuses et éloignées les unes des autres ; la ville s'autoproclamant pieuse de fraîche date était encore plus loin. Dans les villages, les gens vouaient le même culte aux saints qu'au Prophète. Ils leur vouaient un culte par la prière, bien sûr, et, comme tout le monde, jeûnaient pendant le mois de Ramadan. S'ils avaient un peu de terre, ils en conservaient un bout pour un jour la vendre et faire le voyage à La Mecque. Mais, dans la forêt, ils priaient Bon-Bibi, déesse des arbres, et ils invitaient les *baul* dans leurs villages – ces hommes minces, à la voix aiguë qui chantaient le poète Lalon, transformant les paroles du Coran en chant, en un rendez-vous galant entre amoureux, où le divin est le bien-aimé, le poète Son suppliant.

Il lui était arrivé de s'arrêter à proximité d'un concert, fascinée par la voix d'un *baul*. Mais elle n'avait pas pu se résoudre à y entrer, à cause des jeunes gens sur le bord de la route et de tout ce dont elle avait été le témoin et qui avait été commis au nom de Dieu.

Les hommes sortirent en file et en silence de la pièce. Sauf Sohail, qui resta et caressa le front de sa mère tout en lui murmurant quelque chose. Maya s'assit à côté de lui et il lui tendit sa main libre. Il commençait à faire sombre dans la pièce, la lumière tournant finalement au bleu nuit, et il y avait de la fraîcheur dans l'air. L'hiver est là, se dit-elle. Les clémentines vont parfumer la ville. *Ammoo* a planté quelques légumes cette année : des haricots verts, des choux-fleurs, des tomates. Sa cuisine était toujours meilleure en hiver, grâce à la générosité des mois plus frais. Le matin, elle faisait bouillir du chou-fleur et des pois, et ils les mangeaient comme ça, avec des œufs durs coupés en morceaux dessus. Certains jours, se rappelait-elle, Sohail inondait son assiette de ketchup. Elle lui serra la main un peu plus fort, il fit de même et ils se mirent à jouer à ce jeu, qui ne datait pas d'hier et qui consistait à faire du morse avec des pressions de la main, jusqu'à ce qu'elle ait trop froid pour rester assise et qu'elle grimpe dans le lit à côté d'*Ammoo*, se lovant autour d'elle, la tête juste derrière l'épaule de sa mère, veillant à ne pas la toucher.

Maya s'endormit, rêva. Dans son rêve, sa mère avait très soif. De l'eau, disait-elle. De l'eau. Puis ce fut Sohail qui le dit. De l'eau. Elle demande de l'eau.

Maya ouvrit les yeux et le vit verser de l'eau de Zamzam dans la bouche d'*Ammoo*. Elle avait la bouche ouverte. Elle déglutit. Il allait peut-être gâcher ce moment en déclarant que c'était un miracle, mais non, il se leva et embrassa doucement sa mère sur le front. Puis il prit sa calotte sur la table et s'en alla sans se retourner, comme si la journée ne pouvait pas finir autrement.

Elle ne pensa pas à chercher Zaid jusqu'à ce que tout ça fût passé. Elle chercha sous le bureau, dans la cabane du jardin, derrière le rideau de toiles d'araignée en bas de l'escalier. Il n'était plus là. Elle demanda à Khadija si elle savait où il était. « À la madrasa, répondit-elle. Le *Huzoor* l'a fait chercher. »

LIVRE TROIS

Dieu ne fera tort à personne du poids d'un atome[1]

1 Le Coran, IV, 40.

1985

Février

L'hiver, les fleuves reculaient. L'eau se retirait de la plaine inondable, la terre reprenait ses droits une fois de plus.

Le bungalow retrouva ses habitudes. En bas, Rehana prépara le jardin pour l'hiver et se mit au tricot. Sufia vida la cuisine de tout ce qu'elle contenait et frotta vigoureusement chaque surface jusqu'à y voir refléter ses mains rudes et la ligne anguleuse de son menton. Et Maya reprit ses chroniques, s'attaquant au Dictateur, au clergé, au parti Jamaat, à Ghulam Azam, à Nizami. Shafaat lui dit qu'ils recevaient de plus en plus de courrier. Les gens se demandaient qui était *S. M. Haque*. À la faculté de médecine, le Dr Sattar raconta à Maya que les étudiants avaient lancé des paris pour deviner lequel de leurs professeurs cela pouvait bien être. Mais il ajouta que lui avait sa petite idée. Alors qu'elle quittait son cabinet avec sa mère après le dernier contrôle (Je ne vois plus aucun signe de la maladie, ma chère. On dirait que votre frère l'a effrayée), il lui lança, avec un clin d'œil attendri : *Soyez prudente, surtout*. Et il lui offrit un travail, si elle le souhaitait. *Ce serait dommage de gaspiller toute cette formation.*

À l'étage aussi, la vie continua comme avant. Maya cessa d'assister au *Taleem*. Khadija ne descendait plus la chercher, elle ne montait plus. Elle repensa à une dizaine de ces visites, à la chaleur des genoux de Khadija, au son incantatoire des prières. Elle savait qu'elle s'était laissé séduire, qu'elle s'était un peu trahie elle-même en acceptant le réconfort qu'elle en avait tiré. Un vague sentiment de culpabilité lui en était resté : de ne pas avoir été honnête avec elle-même, d'avoir joué la comédie. Quant à l'action de Sohail, ses paroles à l'oreille d'*Ammoo* et l'eau de Zamzam dans sa bouche – elle ne parvenait pas à la ranger dans une catégorie, à mettre un nom dessus. Le mot qui lui venait – miracle – elle ne pouvait pas y croire.

Joy convainquit Maya d'assister à une autre réunion. Jahanara Imam allait aborder quelque chose d'important, que Maya regretterait d'avoir manqué. Ali Rahman, l'acteur de grande taille qui avait incarné Hamlet dans toutes les productions de Bailey Road, ouvrit la rencontre en récitant quelques poèmes du *Gitanjali*[1]. Joy était à côté d'elle, présence rassurante, les mains sagement posées sur ses genoux. Elle remarqua qu'il avait une taille imposante, le bout des doigts charnu, des sourcils abondants. Tout était verdeur, générosité, vitalité, chez cet homme. Elle éprouva le besoin d'écouter les discours son bras glissé sous le sien, tout à coup.

Après les poèmes, tous se mirent à chanter. *Amar Sonar Bangla.* Accueillie par une ovation, Jahanara Imam se leva pour s'exprimer devant l'assemblée. Elle reparla des criminels de guerre. Cette fois, Maya écouta. Mujib et Zia avaient manqué à leurs engagements en ne punissant pas les criminels, le Dictateur ne pousserait désormais plus au procès. Si nous ne réagissons pas, plaida-t-elle, les collaborateurs continueront de vivre tranquillement parmi nous.

Jahanara Imam avait pris une décision : « Si l'Etat n'est pas prêt à nous rendre justice, il faut s'en occuper. Tenir un tribunal populaire devant lequel les assassins et les collaborateurs seront

---

1 *L'Offrande lyrique*, de Rabindranath Tagore.

jugés et condamnés. » L'assistance mit un moment à comprendre ce qu'elle voulait dire. Des acclamations se firent entendre. Des applaudissements. Elle poursuivit : « C'est le peuple qui doit juger Ghulam Azam, Nizami et les Razakars[1] qui ont violé notre pays en 1971. Un procès doit se tenir contre les assassins – un procès populaire. Pas seulement au nom des garçons tombés sur le champ de bataille mais aussi des femmes qui ont été violées.

« À l'heure actuelle, des milliers de femmes à travers le pays vivent avec le souvenir de leur honte. Et les hommes qui leur ont infligé cette honte se baladent en toute liberté dans leur village. Il n'y a personne pour leur rappeler le péché qu'ils ont commis. Pour ces femmes, ce procès. Pour elles, justice doit être faite. Si les tribunaux de ce pays ne portent pas témoignage de leur chagrin, alors c'est nous qui le ferons. Nous leur rendrons justice. C'est notre devoir, en tant que citoyens, en tant que survivants. »

Maya n'eut qu'une pensée.

Piya.

---

1 Milice pakistanaise et islamiste qui a soutenu l'armée du Pakistan contre le Mukti Bahini pendant la guerre d'indépendance du Bangladesh.

Jahanara Imam avait fini. Une discussion s'engagea sur la procédure. Qui allait passer en jugement ? Que diraient les témoins ? Les victimes seraient-elles présentes en personne, pour témoigner ? Comment allait-on convaincre les gens de se présenter à la barre ?

Elle se souvint des mots que Piya avait employés pour dire son calvaire. J'ai fait quelque chose. Quelque chose que je regrette. Quelque chose de mal. *J'ai* fait. Comment avait-elle pu permettre à Piya de le formuler ainsi ? Ce souvenir revint à Maya, net et lourd de sous-entendus. Elle se força à se rappeler ce désespoir dans ses yeux, au dispensaire, quand elle lui avait demandé d'*interrompre* ça. *Enlève-moi cette vilaine chose*. Maya hocha la tête, s'efforçant d'évacuer ce souvenir, mais avant qu'elle puisse réagir, ses épaules furent secouées de sanglots, elle sentit la brûlure des larmes sur ses joues. Tout lui revint : sa mère à l'hôpital, sa crainte qu'elle ne meure, et Piya qui avait attendu d'elle une aide qu'elle n'avait pas su lui apporter.

La réunion prenant fin, les gens se levèrent et assiégèrent Jahanara Imam. Maya resta clouée sur place, à pleurer comme une fontaine, le nez ruisselant. Elle s'essuya le visage tant bien que mal du revers de la main. « Partons, dit Joy. Je te ramène chez toi. »

Elle ne voulait pas rentrer chez elle. Il la fit monter en voiture et ils quittèrent le quartier, roulant vite. Maya se frotta énergiquement le visage avec le bas de son sari, à s'en irriter les joues. Joy tourna dans Elephant Road et se gara devant un immeuble de deux étages. « Veux-tu prendre une tasse de thé avec moi ? »

Il y avait un café au premier étage, avec de larges baies vitrées donnant sur les magasins de chaussures d'Elephant Road. Ils s'assirent l'un en face de l'autre dans un box de cuir vert et restèrent un long moment silencieux. Joy lui laissa le temps de regarder dehors quelques instants et de sécher ses larmes, puis il la fixa d'un petit regard taquin.

« Maintenant que je te tiens, dit-il, il y a un point sur lequel tu vas peut-être satisfaire ma curiosité.

– Pas question », rétorqua-t-elle, sur le même ton que lui. Soulagée d'être là, les vagues d'émotion se calmant peu à peu, elle gardait les yeux fixés sur le menu. « Je ne te dirai rien du tout. » Voitures et rickshaws s'affrontaient silencieusement en dessous d'eux, sur Elephant Road. « En tout cas pas tant que tu ne m'auras tout dit de ton épouse américaine, ajouta-t-elle.

– Bon, d'accord. Mais on va passer un marché. Je réponds à toutes tes questions – toutes – et ensuite tu réponds à l'une des miennes. Une seulement. OK ?

– Qu'est-ce que c'est que ça ? » Elle lui montra le menu.

« Oh, ils ont juste mal orthographié cheeseburger. Tu n'en as jamais mangé ? C'est comme un sandwich au *keema*. C'est parfois un peu fade – je peux leur demander de rajouter quelques piments, si tu veux.

– D'accord, des piments. Mais pas de fromage.

– Tu n'aimes pas le fromage ?

– Cela me donne des gaz. »

Il rit.

« Quoi ?

– J'ai l'impression qu'à l'école tu as manqué le cours sur la manière de parler aux garçons.

– Je suis médecin, rétorqua-t-elle, les fonctions physiologiques ne me gênent pas. Et toi, quel genre d'éducation as-tu eue ? Les leçons de vie ne faisaient pas partie de la mienne, en tout cas, ça c'est sûr.

– Je suis allé à la même école que ton frère. À Saint-Grégoire. Ces jésuites nous ont appris tout ce qu'on devait savoir sur les filles. »

Le serveur s'approcha pour prendre la commande. Joy se montra très courtois avec lui, l'appelant *Bhai*, le remerciant après qu'il eut noté la commande. « Vous boirez quelque chose ?

– Oui, de la citronnade.

– C'est très acide. Tu es certaine de vouloir prendre le risque ?

– Tais-toi.

– Alors, dit-il en posant ses mains sur la table, que veux-tu savoir ?

– Parle-moi de tes femmes.

– Je n'en ai eu qu'une.

– Vraiment ? Ce n'est pas ce qu'on m'a dit.

– Les gens essaient toujours de me caser – tu sais bien, le pauvre combattant de la liberté blessé a besoin d'une femme.

– Tu vas peut-être succomber.

– Peut-être. Tu veux que je te parle de Cheryl. Mais avant de te raconter ça, il faut que je te parle de tous les sales boulots que j'ai faits quand j'étais à New York. Comme ça, tu sauras tout. J'ai fait la plonge pendant un an. Ensuite j'ai été taxi, ça, je te l'ai déjà dit. J'ai fait le ménage quelque temps dans des chambres d'hôtel puis chez des particuliers. Des gens riches, sur Park Avenue, tu ne le croirais pas. Dans des bureaux aussi. J'en ai vu, des choses, la nuit, dans ces bureaux ! Mais mon dernier job, c'était chez un vieil homme. Il était mourant. Il y avait des médecins, des infirmières, tout, mais il lui fallait quelqu'un pour s'occuper de lui la nuit. Je dormais dans sa chambre. C'est comme ça que j'ai rencontré Cheryl.

– Elle travaillait aussi pour lui ?

– C'était sa fille. »

Maya haussa les sourcils.

« Oui, c'est bien ce que sa famille s'est dit. Épouser l'aide-soignant. Quel scandale ! J'avais besoin d'un passeport, elle avait besoin de se rebeller, voilà tout.

– Est-ce que tu l'aimais ? » Maya imaginait une pièce pleine de lumière, de la fumée de cigarette parmi les meubles et une grande jeune femme élégante en chemise d'homme, au col généreusement ouvert.

Il parut réfléchir à la question. « Un peu, oui, peut-être. Ce n'était pas qu'un échange de services. Nous avons dû cohabiter, apprendre à nous connaître. Mais pour finir, nous n'avons pas pu rester ensemble.

– Pourquoi pas ?

– Parce que notre relation n'était pas complète. Je ne pouvais pas tout lui dire. »

Les plats arrivèrent, une paire de rondelles de viande hachée entre deux couches de pain ramolli. Maya en prit une bouchée, la graisse lui dégoulinant sur les doigts. C'était salé, très fort à cause des piments. Elle décida qu'elle aimait ça. « Excellent, ton plat américain, commenta-t-elle en s'essuyant la bouche. Alors tu as rompu ?

– Je suis rentré au pays.

– Pauvre fille. Etre plantée là, comme ça. » Elle pensa à Cheryl, privée de la présence massive de Joy. Comme sa vie devait lui paraître vide.

« Elle n'aurait pas pu venir ici avec moi.

– “Et jamais ils ne se rencontreront.” »

Il haussa les épaules, l'air perplexe.

« C'est dans Kipling, tu sais ? Et Forster aussi.

– Ce qui veut dire ?

– Rien. Juste un truc que j'ai lu. » Il lui revint tout à coup qu'il n'était pas grand lecteur.

« Je ne suis pas très cultivé, tu sais, pas comme ton frère. » Il froissa sa serviette en papier dans sa main et la lança dans son assiette.

« Tu parles. De toute façon, il a brûlé ses livres.

– Brûlé ?

– Façon Hitler. Dans le jardin. »

Joy se plaqua la main sur la bouche.

« Oui, absolument. » Elle avait si souvent revécu cette scène dans sa tête qu'elle avait oublié à quel point elle en avait été choquée.

Ils restèrent un moment sans mot dire, à picorer les restes de leur repas. Joy ne lui demanda pas pourquoi ni comment Sohail avait brûlé ses livres, et elle fut soulagée de ne pas avoir à le décrire.

« Je suppose que tu as répondu à ma question. Je voulais savoir pourquoi tu avais quitté la maison, pourquoi tu étais restée si longtemps partie. C'était à cause des livres ? »

Elle fit un geste de rejet. « Pour moi, ça a été la fin.

– C'était en quelle année ?

– 77. J'ai attendu cinq ans de plus que toi.

– C'est vrai. Mais tu avais aussi plus d'espoirs.

– La famine, puis la mort de Mujib, et ensuite le retour de l'armée, c'était comme si la guerre n'avait pas eu lieu. Mais quand Sohail a fait ça – je veux dire, ce n'était pas que mon frère. Les gens l'admiraient. Ils lui vouaient un véritable culte.

– Et ça continue », commenta-t-il.

Il avait raison. « Oui, j'ai pu le constater par moi-même.

– Donc, tu es partie.

– Je ne pouvais plus le supporter. Tu veux savoir ce que j'ai fait, moi, à l'époque, quels ont été mes boulots ? Je faisais des études pour devenir chirurgien, tu sais, avant de quitter Dacca. Mais un jour, alors que je traversais une petite ville, je ne sais même plus précisément où, j'ai entendu une femme crier. Elle était accroupie dans une arrière-boutique de tailleur, en train d'accoucher. Je l'ai aidée et j'ai ressenti – en fait, je n'avais rien ressenti de tel depuis bien longtemps : comme si j'étais enfin utile à quelque chose. Et quand j'ai fini mes études, j'ai décidé de le faire à plein temps. J'ai ouvert un dispensaire, appris aux *dayyi*[1] à ne pas utiliser de couteaux rouillés, à faire bouillir leurs instruments. J'ai convaincu les maris d'envoyer leur femme à l'hôpital quand il y avait des complications.

– Cela t'a-t-il donné envie d'avoir des enfants ? »

Maya remua sur sa chaise. « Non, pas vraiment. J'imagine que je saurais à quoi… à quoi m'attendre, mais je ne crois pas que ce soit

1 Sages-femmes.

mon truc. N'empêche que je faisais ça bien. » Elle fit signe au serveur et lui demanda deux thés.

« C'était bien mieux que de nettoyer les draps souillés d'un vieillard.

– Ça ne manque pas de noblesse. Tu l'aidais à quitter cette vie, c'est tout à fait honorable.

– Probable que Sohail pense qu'il fait la même chose. Qu'il prépare les gens à l'au-delà. J'imagine que lui aussi doit avoir le sentiment de servir une noble cause.

– Sais-tu que, quand *Ammoo* était malade, je suis montée assister à leurs *Taleem* ? »

Il secoua la tête. « Ça me surprend de ta part.

– C'était… j'avais l'impression que c'était le seul endroit au monde où j'avais l'espoir qu'elle ne mourrait pas. »

Joy allongea le bras au-dessus de la table et lui caressa délicatement les jointures du dos de la main. Elle tenait toujours sa tasse de thé et il déplaça sa main pour la refermer sur son poignet. Elle sentit les larmes lui monter aux yeux à nouveau. « Deux fois dans la même journée, dit-elle en se tamponnant le visage de sa main libre. Tu vas croire que je pleure tout le temps.

– Non, je crois au contraire que tu ne pleures pratiquement jamais. »

Elle l'examina attentivement et remarqua qu'il avait un œil légèrement plus grand que l'autre. Il souriait de travers. C'était comme si sa mère avait eu une préférence pour un côté de son visage. Moi, j'aimerais tout ton visage, pensa-t-elle. Tout ton visage et tes neuf doigts et demi. Elle se surprit à fixer ses lèvres. Elle s'était un peu oubliée, ces derniers mois, avec la maladie d'*Ammoo*. Elle avala son thé. « Il faut que j'y aille », lâcha-t-elle en se levant subitement de son siège. Elle insista pour régler le repas. Et quand il lui proposa de la raccompagner, elle refusa, se précipitant sur un rickshaw, ne se retournant que lorsque le conducteur eut démarré, le temps de voir Joy lui faire un signe et hausser les sourcils, l'air perplexe.

*

Rehana était guérie. Il n'y avait pas d'autre façon de le dire. Le Dr Sattar déclara que la chimio avait bien marché et qu'elle était entrée en rémission. Elle avait bu l'eau de Zamzam et hop, le cancer s'était envolé, comme les oiseaux d'un arbre quand on tire un coup de feu. Sohail avait été ce coup de feu. Rehana était guérie. Elle se promenait dans le jardin, ôtant les mauvaises herbes des massifs de tournesols et de dahlias. Elle se baissait entre les plantes, arrachait les indésirables d'un mouvement sec du poignet puis se redressait, et se caressait le ventre, non sans une certaine nostalgie, comme si ce qu'on lui avait enlevé lui manquait.

Maya se surprenait souvent à regarder *Ammoo*, se demandant ce qui lui avait valu de mériter cette deuxième chance. Des moments de leur vie ensemble lui revenaient : lorsqu'elle et Sohail avaient été emmenés à Lahore, laissant *Ammoo* à Dacca ; lorsqu'ils étaient partis à la guerre, la laissant à nouveau ; et plus tard, quand elle-même avait fini par abandonner *Ammoo*, alors que c'était à Sohail qu'elle en voulait tant. Partir, toujours partir. C'était ce qu'elle avait fait. Elle s'obligea à penser aux fois où elle était revenue auprès d'*Ammoo*, dans cette maison, et se rappela le jour où, juste après la guerre, elle avait trouvé *Ammoo* dans sa chambre, occupée à scier son lit en deux.

C'était le lendemain de la reddition de l'armée, *Ammoo* tenait une scie dans une main et avec l'autre se balançait contre le lit. Après avoir glissé le pan libre de son sari autour de la taille, attaché ses cheveux en un chignon haut, elle s'était mise à scier de toutes ses forces.

Maya demanda à sa mère ce qu'elle faisait mais celle-ci l'ignora, grognant, s'activant comme si sa vie en dépendait. Les rues étaient pleines de gens qui faisaient la fête et Maya s'apprêtait à se joindre à eux ; elle entendait déjà une radio marcher à fond par la fenêtre d'un voisin et, dans le lointain, des cris et des pétards. Elle resta là à observer sa mère, prête à l'abandonner à cette volonté de destruction qui semblait s'être emparée d'elle, impatiente de rejoindre la frénésie qui régnait au-dehors.

Rehana avait découpé l'extrémité inférieure et avançait à travers la plinthe. Le bois était plus mince, ce qui lui facilitait un peu la tâche, mais la position n'était pas commode. Elle s'acharnait maintenant à mettre le cadre debout pour le découper dans le sens de la longueur. Finalement, Maya l'aida à le lever, à l'appuyer contre le mur et, assise sur une chaise, à le tenir fermement en appuyant dessus.

« C'est pour toi que je fais ça », dit *Ammoo* en s'approchant de la tête de lit. Elle se leva de sa chaise.

« Quoi ? »

Elle fit une pause, s'essuya le front. » Il me faut un peu d'eau.

– Tiens-moi ça, dit Maya lui montrant comment le tenir de manière stable. Je t'apporte un verre. »

Lorsqu'elle revint, *Ammoo* était exactement là où elle l'avait laissée, une main sur le lit retourné, l'autre sur sa hanche. Elle but l'eau d'un trait.

Ce lit en teck massif était richement sculpté. Maya l'avait toujours vu dans cette pièce aussi loin que remontaient ses souvenirs. C'était un des rares cadeaux de mariage que sa mère avait reçus. Un bien de famille. Mais elle prenait apparemment un grand plaisir à le vandaliser.

Elles mirent plus d'une heure à découper la tête de lit ; le bois était dur, il résistait. Elles se relayèrent à la scie. De minuscules copeaux, pareils à des petits insectes collaient à leurs vêtements.

Quand elles eurent fini, les deux bouts de ce qui avait été le lit de Rehana ressemblaient aux entrailles d'un bateau, pointant vers les profondeurs. « Sohail va bientôt être de retour et tu devras à nouveau partager cette chambre avec moi, expliqua Rehana. Je me suis dit que tu devais avoir ton lit à toi. Enfin. »

« Il nous faudrait des pieds », suggéra Maya.

Maya alla récupérer quelques chutes de bois dans la cabane du jardin. Mais elles n'avaient ni clous ni colle d'aucune sorte, ni de papier de verre pour arrondir les angles. Elles avaient scié à peu près droit mais de manière grossière.

Cette nuit-là, elles dormirent dans le salon. On était en décembre et un froid pénétrant montait du sol de ciment rouge seulement recouvert du tapis sur lequel elles avaient fait leur lit.

« Il va rentrer, n'est-ce pas ? s'inquiéta Rehana après qu'elles eurent éteint la lumière et bien calé la couverture sous leurs pieds.

– Mais oui », dit Maya. Il le fallait. Il fallait qu'il soit sauf et qu'il rentre ; il y avait eu trop de sacrifices pour qu'il puisse en être autrement. Elle avait raté les célébrations mais tant pis. *Ammoo* préparait la vie d'après la guerre : de nouveaux lits, une chambre pour Sohail. À cette pensée, elle s'endormit détendue, réconfortée.

Elles avaient dormi plusieurs années dans ce lit scié en deux, jusqu'à l'arrivée de Piya et la conversion de Sohail, jusqu'à son mariage puis son emménagement à l'étage. Quand Maya était partie, *Ammoo* avait demandé à un menuisier de remettre le lit dans son état d'origine, si bien qu'il était à nouveau d'une seule pièce, avec, sur la tête de lit, un trait fin et sinueux, qu'on ne voyait que de près, comme si elle avait été frappée par la foudre.

*

« J'aimerais écrire un article dans le prochain numéro. Sous mon nom. »

Shafaat était enfoncé dans son fauteuil. « Bien sûr, ma belle, et de quoi voudrais-tu parler ?

– Ça concerne la guerre…

– Dis, tu pourrais être gentille de m'apporter une tasse de thé ? Je meurs de soif. »

Salaud. Elle décida de ne pas discuter, alla vers le coin où l'on faisait le thé, fit bouillir de l'eau et infuser le thé. Elle posa bruyamment la tasse à côté de son coude. Il ne leva pas les yeux.

« Où est Aditi ? demanda-t-elle.

– À l'imprimerie. Elle essaie de négocier un meilleur prix pour qu'on puisse tirer le prochain numéro à huit cents exemplaires. » Il se remit à taper à la machine.

« Je disais donc. »

Il s'interrompit, les deux index en l'air. « Tu veux écrire sous ton propre nom ? Je pense que nos lecteurs préféreraient entendre la dernière diatribe de S. M. Haque. » Il avala une grande gorgée de thé. « Tu as mis du lait concentré dans mon thé ?

– Du lait concentré et du sucre. Il me semblait que tu l'aimais bien sucré.

– Oui, mais je n'aime pas le lait concentré. Tu peux me le refaire ? Lait et sucre. » En voyant son visage se rembrunir, il lui dit « Allez, ça ne te prendra qu'une minute. Un écrivain ne peut rien faire sans son thé. »

Alors qu'il buvait sa deuxième mouture à petites gorgées, hochant la tête de satisfaction, elle lui annonça « Jahanara Imam réclame un procès. Pour tous les criminels de guerre. »

Il posa son mug sur la machine à écrire. « Il me semble qu'on en a déjà discuté bien souvent, non ? Il aurait dû y avoir un procès, je ne dis pas le contraire, mais maintenant… C'est trop tard, ma belle. Trop tard.

– Il n'est jamais trop tard pour exiger que justice soit faite.

– Chérie, nous sommes en 1985. Tu n'as pas l'air de comprendre. Nous avons d'autres chats à fouetter, à commencer par un dictateur qui va organiser des élections truquées et dont il faut se débarrasser. Ensuite, il y aura d'autres urgences. Le pays doit se tourner vers l'avenir, pas regarder dans le rétroviseur. »

Elle finit par négocier. « Juste un petit éditorial », plaida-t-elle, mais il s'était remis à la machine, ses doigts martelant le clavier. Elle se demanda si elle devait rester là, attendre qu'il ait fini. Mais maintenant elle était en colère – il lui avait fait sentir qu'elle était dépassée, qu'elle se cramponnait à ses blessures de guerre. Elle rassembla ses affaires et se dirigea vers la porte, manquant presque de heurter Aditi dans le couloir. Elle tenait une boîte bleue et rose de douceurs de chez Alauddin, l'air triomphant. « C'est la fête ! » dit-elle, ouvrant la boîte pour montrer des *kalo-jaam*, des *chom-chom* et un énorme *laddu*. « Tu ne vas partir maintenant, n'est-ce pas ? Je ne pourrai jamais manger ça toute seule. Tu ne vas pas le croire : j'ai réussi à obtenir de l'imprimeur qu'il accepte de nous imprimer huit cents exemplaires au prix de cinq cents. »

Shafaat tapait encore comme un sourd sur sa machine à écrire. « Allez, viens Maya, dit Aditi. Gardons ça pour nous. Je vais nous faire du thé. »

Maya disposa les douceurs sur la table voisine de la linotype. Elle aimait la chaleur sèche créée par cette machine, l'odeur qui s'en dégageait.

« Tu ne trouves pas ça excitant ? » dit Aditi, les joues roses de plaisir.

Arriver à obtenir une réduction de la part de l'imprimeur avait dû lui procurer une certaine satisfaction. Voir arriver une femme en pantalon, les cheveux tressés, serrés en arrière, comme fermée par une fermeture éclair, avait probablement pris l'imprimeur au dépourvu. « Que se passe-t-il ? demanda-t-elle en prenant une bouchée du *laddu*. Shafaat t'a mise en rogne ? Qu'est-ce qu'il a encore fait ? Il t'a demandé de lui faire son thé, je parie ? »

Maya acquiesça.

« Quelle brute !

– Je veux écrire un article sur les Razakars, tu sais, et sur les raisons pour lesquelles ils devraient passer en jugement.

– Vraiment ? » Un petit morceau de *laddu* s'accrocha à la lèvre d'Aditi.

« Shafaat n'a pas l'air d'approuver.

– Tu sais comment il est, il ne voit pas plus loin que ses deux doigts. » Et elle l'imita, en train de taper dans l'air.

« Pourtant, il devrait se sentir concerné. Les gens n'ont pas oublié.

– Evidemment qu'ils n'ont pas oublié. Tous ces gens qui ont perdu leurs proches.

– Et les femmes.

– Les femmes aussi.

– Les femmes violées.

– Tu veux dire les *birangona* ?

– Oui, les *birangona*. Mais dire que ce sont des héroïnes occulte ce qui leur est vraiment arrivé. Elles ne sont pas montées à l'assaut au front, elles n'ont pas demandé qu'on leur donne des médailles. Elles n'ont été que des dommages, des trophées de guerre. Elles méritent qu'on ne les oublie pas.

– Et si elles veulent oublier ? »

Au cours de ses années d'exil, Maya avait rencontré beaucoup de femmes violées. Certaines souhaitaient avorter, ou venaient la voir pour qu'elle les recouse, ou juste lui demander si elle connaissait un moyen de se laver de tout ça. Pas une qui aurait voulu que cela se sache. Pas une qui aurait été prête à porter plainte, à en parler à son mari ou à son père. Peut-être avait-elle tort de vouloir les faire parler. Mais elle ne parvenait pas à effacer l'image de Piya de sa mémoire. Piya accroupie sur la véranda, les mots se bousculant sur ses lèvres. Sohail et elle avaient conspiré contre elle ce soir-là. Ils l'avaient réconfortée, lui avaient dit que c'était fini, qu'elle était en sécurité – mais ils ne lui avaient pas laissé la possibilité d'en parler. C'était un acte de bonté qui avait débouché sur la fin de tout – Maya le savait maintenant. Et il n'y avait qu'une façon d'arranger cela.

Aditi fourra le reste du *laddu* dans sa bouche. « Oh, tu sais ce que c'est. Personne n'a envie de remuer tout ça.

– Ce n'est pas vrai.

– Ecoute, dit-elle en s'essuyant les mains sur son jean, si c'est important pour toi, je vais aller l'amadouer, tu vas voir. Ne fais pas cette tête-là, tu l'auras ton article. Je vais lui apporter ce *kalojaam*, il ne pourra pas résister. »

Maya suivit Aditi des yeux tandis qu'elle entrait, royale, dans l'autre pièce, la boîte de douceurs dans sa main, et se rendit compte que c'était la vraie raison de tout ça. Les douceurs, feindre de compatir avec Maya, l'article – tout cela n'était qu'un prétexte pour le supplier, flirter avec lui et arriver à ses fins. Maya n'avait aucune envie de voir Shafaat amadoué pour quoi que ce fût. Ce bureau avait quelque chose de sordide, pensa-t-elle, avec ses relents de tabac froid, sans compter les émanations des tanneries voisines. Elle se rappela l'époque où elle et Sohail parlaient des gens comme Aditi et Shafaat, qui avaient de bonnes idées, mais à qui il manquait quelque chose, un sens moral. Et repensant à leurs conversations qui se prolongeaient tard dans la nuit, jusqu'à ce que Sohail s'endorme les mains dans les poches, la tête tombant en arrière, elle ressentit un petit pincement de nostalgie au cœur.

Maya imaginait souvent la dernière fois que Sohail avait porté un vrai pantalon. Elle n'était pas là pour le voir, mais il y avait certainement eu un dernier jour : un matin où il s'était réveillé, lavé les dents, où il avait boutonné sa chemise et enfilé un pantalon. Son jean préféré, peut-être, que lui avait passé un ami ayant un parent aux Etats-Unis, qu'il avait obtenu en le suppliant et en lui donnant quelques liards, comme pour ses disques d'Elvis et son exemplaire fatigué de *L'Amant de Lady Chatterley*.

Toute la journée, son frère avait dû se promener les jambes moulées dans ce pantalon. Il avait dû s'asseoir dans des rickshaws, se frotter à des troncs d'arbres, mettre des choses dans ses poches, les en sortir. Mais à un moment donné au cours de cette dernière journée, il avait décidé que ce serait le jour de la mue, du changement, du dépouillement. Le jour d'abandonner de vieilles habitudes et d'en adopter d'encore plus anciennes.

L'avait-il anticipé ? L'avait-il su à l'avance et savouré ces derniers moments : la silhouette élégante qu'il promenait à travers le campus universitaire, les regards admiratifs de ses condisciples et les coups d'œil furtifs des femmes ?

Non, probablement pas. Ce dernier jour avait sans doute été un mystère pour lui, comme pour tout le monde. La chose n'avait pas été préméditée. C'était arrivé brutalement, comme une révélation. Il s'était dit que son style et sa façon de s'habiller devaient être ceux d'un croyant, que son apparence extérieure devait correspondre aux changements qui se produisaient en lui, que ressembler à tout le monde, avoir l'air de quelqu'un qui pourrait aller à des soirées, s'asseoir derrière un bureau et être qualifié d'élégant ne lui correspondait plus.

C'est ce jour-là qu'il avait pris sa décision, ce jour-là qui avait dû être le dernier. Il ne s'était pas attardé sur le pantalon, n'avait pas cherché à en profiter quelques heures de plus. La décision à peine prise, il était passé à l'acte.

Et après :

Une djellaba blanche amidonnée, un pantalon en coton ample dessous, des boutons de nacre au col. Et, comme une main posée sur sa tête pour le bénir, la calotte qui ne le quittait jamais. Voilà ce qu'il portait tous les jours depuis cette dernière journée en jean.

Maya décida qu'il n'y avait pas matière à discussion. Si Shafaat ne publiait pas son article, elle l'enverrait à une autre rédaction. À l'*Observer*, par exemple. Elle rentra chez elle et se mit à taper.

> Je m'appelle S. M. Haque et je souhaite vous faire part de quelques vérités concernant notre guerre. Aucun de nous ne peut s'exonérer totalement d'une responsabilité – pas quand on vit dans un pays qui est un exemple vivant de ce contre quoi nous nous sommes battus, une dictature, dirigée par un homme qui se moque de ce pays et refuse d'admettre que des criminels vivent parmi nous. Si nous ne faisons rien

et permettons que les crimes du passé demeurent impunis, alors, nous sommes complices de ces crimes. Si le Dictateur n'organise pas le procès des criminels de guerre, lui aussi est un criminel de guerre.

Et elle signa « Sheherezade Haque Maya ».

1985

Février

Avec l'avance de loyer du locataire allemand, il n'y aurait plus de rentrée d'argent venant de la grande maison avant six mois. Les économies de Maya avaient fondu. Elle décida de reconsidérer la proposition du Dr Sattar. Il lui demanda de venir au CHU pour un entretien. Le comité prit acte de ses excellentes notes, des mentions obtenues lors de l'examen final, mais les années qu'elle avait passées à la campagne les laissèrent perplexes. Pourquoi avait-elle laissé tomber la chirurgie ? Elle répondit du mieux qu'elle put, essayant de donner l'impression que ces années-là participaient d'un projet plus délibéré qu'il ne l'avait été en réalité. Elle réussit à faire bonne impression. Elle serait interne, subordonnée aux autres médecins de sa promotion, mais c'était un début. Elle retraversa l'hôpital le cœur léger. Ici, il y aurait un cadre, des courbes, des registres et des ordonnances à rédiger. Des étudiants auxquels donner des ordres. Si une patiente venait à mourir, elle n'en porterait pas seule la responsabilité, pas plus qu'elle ne devrait connaître son mari et ses trois enfants, ni savoir ce qu'ils auront dû vendre pour pouvoir payer les frais médicaux. Son univers était en contraction et en expansion : elle se réjouit à l'idée de revivre tout ça, les collègues, le fonctionnement des services, les potins de couloirs.

Telles étaient ses pensées à son retour au bungalow ce jour-là. Lorsqu'elle aperçut la voiture de Joy dans l'allée, son cœur battit un peu plus vite.

Un parfum flottait dans le salon. Assise sur le canapé, une petite femme entre deux âges sirotait du thé. On avait sorti les belles tasses. Assis à côté d'elle, Joy remplissait son assiette de biscuits et de douceurs. Posée face à eux, mains jointes sur les genoux, *Ammoo* souriait.

Ayant l'impression d'interrompre quelque chose, Maya frappa au chambranle de la porte.

« Ah ! fit sa mère, viens, entre, *beta*. Assieds-toi. Je te présente Mme Bashir. »

Maya évita de regarder Joy et se concentra sur la femme à présent levée, qui l'étreignait à la faire chanceler. « Ma chère enfant, dit-elle, je suis enchantée de te connaître. J'ai rencontré ton frère, mais toi, c'est la première fois que je te vois. Laisse-moi te regarder. Oh ! Mais tu es ravissante avec ces grands yeux. Tu n'as pas la peau aussi claire que ton frère mais qu'importe, dans notre famille, ces choses-là ne comptent pas.

– Bonjour, dit Maya, s'écartant le plus possible d'elle.

– Le salut aux pieds, murmura sa mère.

– Oh, pas de formalités entre nous, dit Mme Bashir, en libérant Maya. Assieds-toi à côté de moi, tu dois être fatiguée. Il paraît que tu es médecin, et très occupée, m'a dit Joy… Très indépendante d'esprit », ajouta-t-elle en agitant les bras.

Joy croisait et décroisait les jambes. Maya essaya d'attirer son attention mais il regardait de l'autre côté. « Maya, reprit *Ammoo* d'une voix chaude, onctueuse, et si tu racontais à Mme Bashir ce que tu as fait aujourd'hui ? Une autre tasse de thé, madame Bashir ?

– Je dois d'abord aller me laver les mains, dit Maya. J'arrive tout juste de l'hôpital. Vous ne voudriez pas attraper la tuberculose, tatie. »

Battement des paupières, sourire de Mme Bashir interloquée. « Mais vas-y, *beta*, je t'en prie. »

Devant le lavabo, Maya s'entrevit dans le miroir. Elle avait de petits yeux fatigués, sa tresse était toute défaite. Elle se passa un peu d'eau et se rattacha les cheveux.

Joy l'attendait derrière la porte de la salle de bains. « La tuberculose ?

– On a signalé plusieurs cas. Je voulais prévenir ta mère. »

Dans le salon, on avait resservi du thé. Maya s'assit aussi loin que possible de Mme Bashir et fixa le plafond. Mme Bashir promena son regard autour de la pièce, l'air d'attendre quelque chose. Ses yeux s'arrêtèrent sur un panier posé à côté de la chaise de Maya : « Tu tricotes, Maya ?

– Non, pas moi. » Joy ne lui avait-il rien dit ? « C'est celui d'*Ammoo*.

– Mais je ne suis qu'une débutante, dit Rehana. Pour m'occuper les mains. Je me suis dit que j'allais commencer par une écharpe.

– Moi aussi, j'ai tricoté, dit Mme Bashir, d'une voix tremblante. Pour mon mari. »

Elles s'étaient trouvé un terrain d'entente. « Maya, pourquoi Joy et toi n'allez-vous pas dans le jardin pendant que nous autres mères bavardons un peu ? »

Dehors, Joy tenta de lui prendre la main. Elle le repoussa.

« Veux-tu faire un tour en voiture ?

– Non, marchons. Il nous faut des bougies ; ils coupent l'électricité le soir. »

Ils sortirent par la porte de la cuisine. Dès qu'ils eurent traversé la rue, Maya se tourna vers Joy. « Qu'est-ce qui se passe ?

– Rien. » Il fouilla dans ses poches, en sortit un paquet de cigarettes. « J'ai dit à ma mère que je voulais t'épouser et elle m'a répondu que, pour faire les choses dans les règles, nous devions rendre visite à ta mère. Elle a insisté. »

Il voulait l'épouser. *L'épouser.* Quelque chose exulta en elle, qu'elle s'empressa de museler. Le mariage était une condamnation à perpétuité. « Fais-tu tout ce que te dit ta mère ?

– Non. »

Pourquoi ne lui avait-il rien dit ? « Tu n'as pas pensé à m'en parler d'abord ?

– Bien sûr. Mais je me suis dit que ce serait mieux si je demandais à ta mère.

– C'est pitoyable.

– Ecoute, soupira-t-il, il n'y a là aucune espèce de complot.

– C'est pitoyable, et en plus tu essaies de me culpabiliser. Tu sais à quel point elle aimerait que je me marie... Et tu joues là-dessus contre moi.

D'autant que tu sais qu'elle n'en a plus pour très longtemps.

– Je la croyais en rémission.

– Oui, enfin, ce n'est qu'une question de temps. Tu sais très bien que j'aimerais lui apporter un peu de réconfort… Un mariage, des petits-enfants.

– Je croyais que tu ne voulais pas d'enfants.

– Là n'est pas la question. L'important, c'est que je ne lui ai jamais rien donné. » Est-ce que ce serait pour elle-même ou pour *Ammoo* ? Elle ne le saurait peut-être jamais.

« Eh bien alors, raison de plus pour ne pas perdre de temps.

– Tu te fiches de savoir si je t'aime ; tu veux juste profiter de la situation ? » Ils étaient arrivés au parc, là où la rue fait une courbe. Elle tourna, et se dirigea d'un bon pas vers le petit groupe de boutiques du coin.

« Je t'en prie Maya, ce n'est pas ce que tu penses, je le sais. Pourquoi faut-il que tu réagisses toujours comme ça ?

– Parce que j'ai le cœur dur, voilà pourquoi. Tu ne devrais pas vouloir m'épouser – même pas en rêve.

– J'en rêve, je n'y peux rien.

– Eh bien, moi non plus je n'y peux rien. Tu ne peux pas m'épouser. Tu ne peux pas m'épouser et faire de moi une de ces femmes couvertes de bijoux ; le genre à faire des *paratha* parfaitement ronds et tout ce que dit ma belle-mère, ou à n'ouvrir la bouche que pour dire des choses gentilles.

– Pense à toutes ces choses gentilles que tu gardes pour toi. À force de dire des méchancetés, il ne doit plus t'en rester depuis le temps.

– Ce n'est pas drôle. »

Il jeta sa cigarette et lui fit face. Ils étaient arrivés à la boutique qui était faiblement éclairée par une lampe-tempête. L'épicier la reconnut et la salua. « Je ne cherche pas à être drôle. Je veux t'épouser.

– Impossible. Va-t'en, maintenant, il faut que j'achète des bougies. » Elle le planta là pour se diriger vers le comptoir et demanda des bougies. Elle entendit un bruit de pas qui s'éloignait, et elle s'attarda, achetant de l'huile, du savon, des œufs, se faisant le reproche de le guetter, d'espérer qu'il revienne, qu'il la supplie à nouveau.

Lorsqu'elle arriva devant chez elle, il était appuyé sur le capot de sa voiture.

« Roule », dit-elle, grimpant sur le siège du passager.

Il fit lentement marche arrière pour sortir de l'allée, presque avec nonchalance. Elle appuya son visage contre la vitre, laissant échapper un souffle brûlant, farouche.

« Où veux-tu aller ? » dit-il une main sur le volant, le coude sorti. Elle sentait son sang battre dans ses oreilles.

« Roule, peu importe où on va. » Ne pleure pas, se dit-elle. Ce serait tellement stupide de te mettre à pleurer. « Tu aurais pu me le demander toi-même, tu sais.

– Je voulais d'abord être sûr que ta mère serait de mon côté.

– Elle est de ton côté. Tout le monde est de ton côté.

– Il n'y a pas de côté.

– C'est toi qui viens d'en parler.

– Pas de côtés.

– Est-ce que tu m'aimes, seulement ? »

Il passa en quatrième. Décontracté sur l'embrayage. Doux comme du miel de la forêt.

« Alors tu ne m'aimes pas.

– Tu as quelque chose contre le mariage ? »

Elle se tourna vers lui. « Quel âge j'ai ?

– Je ne sais pas, vingt-six ?

– Trente-deux, mon vieux ! Tu crois peut-être qu'à trente-deux balais, je me retrouverais sans mari, si je n'avais pas un problème avec le mariage ?

– Et moi qui pensais que c'était juste parce que tu n'avais pas trouvé l'homme idéal.

– Ça n'existe pas.

– L'homme idéal n'existe pas ?

– Au début, tout va bien, mais vient un jour où leur ego se fragilise et vous devez passer le reste de votre vie à les serrer dans vos bras pour qu'ils se sentent mieux. Et là, c'est votre vie à vous qui devient merdique. » Elle tapa du poing sur le tableau de bord.

« Tu parles de Shafaat ?

– Quoi, Shafaat ? Ah, tu es jaloux, maintenant. C'est exactement ce que je voulais dire. Un ego comme une coquille d'œuf. Et arrête de sourire, bon sang, ce n'est pas drôle.

– Ça pique comme une abeille », dit-il doucement, aussi tendre que des marshmallows.

Ils étaient arrivés à proximité de Paltan et elle se pencha en dehors de la voiture pour voir Paltan et son vaste terrain qu'elle connaissait si bien. Après le tournant, elle aperçut un panneau, bien éclairé. Elle tapa sur la vitre. « Arrête-toi ici… arrête. Arrête la voiture. »

Il freina brutalement. « Qu'est-ce qu'il y a ? »

Elle ouvrit la portière et se rua hors de la voiture. « Mais qu'est-ce que c'est que ça ? » Il faisait sombre, on avait du mal à voir au-delà des grilles, mais elle aperçut ce qui ressemblait à une grande roue et, au-delà, des animaux en plastique à têtes humaines : un parc d'attractions pour enfants. SISHU PARK, pouvait-on lire sur le panneau.

Maya cria. « Shishu Park ! » Elle secoua les grilles. « Tu le savais ? »

Elle vit Joy sortir de sa voiture et venir vers elle. Il devait savoir pourquoi elle pleurait et secouait les grilles. « Qui a fait ça ? demanda-t-elle. Qui a fait ça ?

– Je ne sais pas. » Il resta à quelques mètres d'elle, à fumer une cigarette. Elle pensa d'abord s'asseoir là, juste devant les grilles, et attendre que quelqu'un vienne lui expliquer pourquoi Paltan Maidan avait été transformé en parc d'attractions. Elle fit traîner ses mains sur les barreaux. Joy termina sa cigarette, vint se placer derrière elle et l'entoura de ses bras. Puis il la ramena à la voiture, lui ouvrant la portière avant de se mettre au volant et de démarrer. Le temps de faire demi-tour, elle s'était essuyé le visage avec le bas de son sari.

« Ce n'était qu'un site, dit-elle, un espace en plein air. Ils auraient pu en faire des tas de choses, ils auraient pu le laisser en l'état. » Elle l'imaginait dans la journée, ce parc, probablement jonché de cornets d'arachides grillées en papier journal, de grains de riz soufflé pleins d'huile de moutarde, de rubans tombés des nattes des petites filles courant des autos tamponneuses à la grande roue et hurlant à l'adresse de leurs parents pour qu'ils leur donnent la main, de lacets défaits, de copeaux de chocolat Mimi et d'emballages de biscuits roses au glucose. Un parc d'attractions ! Paltan Maidan, le site le plus sacré du pays, là où Mujib avait prononcé tous ses discours, où l'armée pakistanaise s'était rendue. Là où il était revenu après ses neuf mois d'exil, où il avait formalisé la naissance de la nation, essuyant quelques larmes avec un mouchoir qu'il avait ensuite agité en direction de la foule, des milliers et des milliers de gens, comme pour leur dire, je viens en paix, je suis votre père.

C'était là que, pour quelque temps, ils avaient gagné. Leur histoire serait désormais couverte d'épluchures de cacahouètes dans une odeur de barbe à papa.

Joy arrêta de nouveau la voiture dans une rue adjacente. Il défit sa ceinture de sécurité et se tourna vers elle. À quelques mètres il y avait un stand de *biri*. L'homme qui le tenait dormait, les chevilles croisées, un bras sur les yeux. Elle se remit à pleurer. Il en venait, du monde, ici, tous les jours ; ils achetaient leurs tickets et entraient pour passer un bon moment. Elle était la seule à être en colère.

Joy lui ôta les doigts de son visage. « Hé, dit-il, ce n'est pas grave. Moi aussi j'ai pleuré, la première fois que je l'ai vu. » Il se pencha plus près. Il fleurait bon le citron. Elle sentit ses sens s'éveiller. Elle lui passa une main derrière le cou et l'attira à elle. Lèvres offertes. Il disait quelque chose mais elle ne l'entendit pas. Elle l'attira plus près – maintenant sa bouche effleurait sa joue. Douce, avec un soupçon de barbe. Douce et rugueuse. Après-rasage au citron. Elle soupira. Ses lèvres, à présent tout près de son oreille, elle put entendre ce qu'il disait.

« J'aimerais te dire quelque chose à propos d'amour. Ils m'ont tranché le doigt avec un couperet, le savais-tu ? Je ne sais pas où ils ont dégotté un truc pareil, aussi gros. Probablement chez un boucher. Mais sais-tu à quoi je pensais quand ils m'ont fait ça ? Je pensais que, de toutes les personnes que je connaissais, tu serais la seule que ça n'arrêterait pas. Et, quand je suis rentré à la maison et que j'ai trouvé ma mère vêtue d'un sari blanc, je savais que ça aussi tu comprendrais, parce que ton père était mort depuis toutes ces années. Et pendant tout ce temps je t'ai aimée, dit-il. Tout ce temps. » Il s'écarta d'elle, sérieux à présent, et posa ses mains sur ses épaules.

« Promets-moi, murmura Maya.

– Tout ce que tu veux.

– Que tu ne me demanderas pas d'oublier. Qui nous sommes.

– Je te le promets. »

Il rassembla ses mains dans les siennes. Merci. Il les porta à son front. Merci.

*

Maya sentit qu'on la secouait brutalement. *« Apa, Apa. »* Une femme se tenait au pied de son lit, faisant de grands signes avec ses bras gantés, comme un mime.

« Qui êtes-vous ?

– La sœur de Rokeya. Excusez-moi de vous

réveiller comme ça, mais elle m'a demandé d'aller vous chercher. Elle souffre terriblement.

– Allez-y. Je vous rejoins là-haut.

– Non, pas là-haut. Elle est chez nous, à la maison. Dépêchez-vous, le rickshaw attend. »

Maya enfila un *salwaar kameez* froissé, glissa ses pieds dans une paire de sandales et courut à la porte de derrière, frôlant Sufia qui, les nuits se faisant plus fraîches, avait pris l'habitude de dormir à côté du poêle.

Dans le rickshaw, elle examina attentivement la sœur de Rokeya. « Est-ce qu'on s'est déjà vues ? Tu n'es jamais venue aux *jamaat* d'en haut ? » Le rickshaw prit la direction du nord de la ville, son conducteur pédalant vite dans les rues désertes, un *biri* au coin des lèvres.

« Je suis venue une fois mais je n'ai pas voulu rester. Khadija était en colère parce que Rokeya n'avait pas fait venir le reste de notre famille. »

La fille était couverte de la tête aux pieds, avec un seul petit morceau de mousseline de soie, pareil à un carreau sale, par lequel voir le monde. Elle souleva la mousseline, mettant à nu son visage. Il brillait, pâle et parfait, dans l'obscurité. « Khadija, quel que soit le nom qu'elle se donne… c'est une femme sans cœur.

– Tu n'aimes pas ses prêches ? » Elle songeait aux visages extatiques des autres filles, leur façon de brasser l'air autour de Khadija, bouche bée, le souffle brûlant de dévotion.

« Elle est absolument convaincue par tout ce qu'elle dit. Bon, ça, je peux l'accepter. Mais je ne peux pas suivre quelqu'un comme une mule.

– Mais alors, pourquoi t'habilles-tu ainsi ?

– Crois-tu que j'aurais pu aller te chercher au beau milieu de la nuit sinon ? »

Maya y réfléchit un instant. Une fille comme elle ne se serait jamais aventurée dehors sans la protection de sa pèlerine. Le côté pragmatique de la réponse l'impressionna. Elle serra la main de la fille. « Il y a combien de temps que le travail a commencé ?

– Quelques heures. Elle a refusé d'aller à l'hôpital. Elle est revenue chez nous affamée ; on a bien cru qu'elle allait y rester.

– Que s'est-il passé ?

– Elle ne veut pas le dire. Elle a été punie, je crois, mais je ne sais pas pourquoi. »

Maya se rappela avoir vu Rokeya par deux fois agenouillée dehors, en plein soleil. Pourquoi n'était-elle pas intervenue ? Elle avait cru que Rokeya le faisait de son plein gré et rangé ça au rayon des curieux rituels des gens d'en haut. Maintenant, elle se sentait coupable. « Je suis désolée, je l'ignorais totalement.

– Arrêtez-vous ici, dit la fille au conducteur du rickshaw. Nous devons finir à pied. » Elle s'était munie d'une lampe torche et elles avancèrent avec précaution dans la rue qui rétrécissait, jusqu'à une petite maison avec un rideau en travers de la porte. Il y avait une pièce devant, une autre à l'arrière et, quelque part au-delà, une cuisine qu'ils partageaient probablement avec les voisins.

Le père de Rokeya jeta un coup d'œil à Maya et détourna poliment les yeux. « *Subhan Allah*, dit-il, d'une voix pâteuse, je vous en prie, elle vous attend. »

Rokeya respirait difficilement. Quand elle aperçut Maya, elle ferma les yeux en les serrant fort et dit « Je savais que tu viendrais. »

Maya se lava les mains dans une cuvette et palpa le ventre de Rokeya. Puis elle dit à la jeune femme de souffler pendant qu'elle l'examinait. Quand Maya plongea le bras profondément en elle pour mesurer la dilatation du col, Rokeya tressaillit. « Allez, détends-toi », dit Maya, prenant aussitôt le ton apaisant qu'elle réservait aux femmes en travail. Elle sonda délicatement des doigts, cherchant le doux sommet du crâne du bébé. Mais ce sont ses fesses qu'elle sentit. Un siège. Ils auraient dû l'emmener à l'hôpital mais maintenant, c'était trop tard, la dilatation était bien trop avancée. Maya avait déjà fait des accouchements par le siège auparavant mais ils étaient risqués, et longs. Et où se trouvait le mari de Rokeya ? Il n'y avait aucun signe de lui. Mieux valait ne pas poser la question ; pas maintenant. « Ecoute-moi, Rokeya. Ouvre les yeux. »

Elle ouvrit les yeux, clignant des paupières.

« Ton bébé est à l'envers. Tu m'entends ? Fais-moi un signe de tête si tu comprends. Il est trop tard pour faire quoi que ce soit, il va falloir que tu accouches. Ne t'inquiète pas, je l'ai déjà fait. Ça va être long et ça va faire mal. Tu comprends ? » Ce sont les fesses du bébé qui sortiraient en premier, puis les jambes. Elle n'allait pas pouvoir l'aider à sortir ; si elle posait les mains sur le bébé, il risquait de relever ses bras et de rester coincé dans la filière pelvienne.

Rokeya acquiesça, refermant les yeux en serrant fort à nouveau.

Le moment venu, Maya l'aida à se mettre en position semi-assise, jambes repliées, dos arrondi.

« À la prochaine contraction, tu pousses, d’accord ? Tu pousses aussi fort que tu peux. »

À chaque contraction, Rokeya rejetait la tête en arrière et poussait un grognement. Doux, plus doux que Maya n’en avait jamais entendu. Maya lui murmurait des mots d’encouragement mais elle ne semblait pas les écouter, tout occupée qu’elle était à souffler grossièrement par le nez, les mains jointes, crispées à en devenir blanches aux jointures.

Sa sœur allait et venait, faisait bouillir de l’eau pour Rokeya, lui maintenait la tête. Les contractions étaient plus rapprochées maintenant mais, sans assistance, le bébé ne descendait que de quelques millimètres à la fois. Une heure s’écoula. Puis une autre. Rokeya s’écroula sur le dos. « Je n’y arrive pas, dit-elle. Je n’en peux plus. »

Maya scruta entre les jambes de Rokeya. « Ce ne sera plus très long, encore quelques minutes. Je le sens venir. »

Rokeya secoua la tête. « Je n’y arrive pas, murmura-t-elle.

– Il le faut. On n’a pas le choix. » Maya tenta de la remonter à nouveau mais elle retomba sur le matelas en secouant la tête. Le hurlement finit par sortir quand le bébé poussa vers le bas, un rugissement sourd. « Allez, vas-y, dit Maya, le bébé veut sortir, tu le sens, je sais que tu le sens. »

Rokeya était trop épuisée pour bouger. Maya se plaça derrière elle et la poussa en position assise. Puis elle s'assit derrière elle et la soutint par les aisselles. Elle mit sa bouche tout près de son oreille. « Tu sais quoi ? C'est une fille. Je l'ai senti à l'examen. C'est ta petite fille. Tu sais comme c'est difficile d'être une fille dans ce monde ? Ne veux-tu pas lui faire sentir que tu l'aimes déjà, avant même qu'elle ne vienne au monde ? Dis-lui. Allez, dis-lui. Pousse avec moi. » Maya empoigna Rokeya tandis qu'elle poussait, et sa force sembla lui revenir en poussant. Maya vit les jambes du bébé. À la poussée suivante, le torse et les épaules apparurent. Une fois que les bras furent libres, Maya tira en douceur, maintenant le cou. « Allez, une dernière fois », dit-elle. Mais Rokeya était parfaitement maîtresse de la situation à présent, son corps lui dictant chaque respiration. Le menton du bébé émergea, puis l'arête du nez, les yeux, couverts de jaune et de vert, résidus d'un monde déjà ancien. Maya la souleva, bras et jambes ballants le long du corps cependant qu'elle frottait le petit torse, attendant le cri. Puis il se fit entendre, aigu, puissant, glorieux. Avant de la mettre dans les bras de sa mère, elle lui murmura, comme elle l'avait fait pour toutes les naissances précédentes, *bonjour, petite amphibienne*. Quelqu'un devait saluer l'étrangeté de cette âme et la distance qu'elle avait parcourue, des millions et des millions d'années, pour arriver là.

Elle avait assisté à la naissance de tant de ces petits êtres, leur avait tenu la main au moment où ils avaient quitté leur univers marin pour accoster, mais elle ne s'était jamais autorisée à penser qu'un jour ce déversement de vie pût être le sien. Dans le moment de calme qui s'ensuivit, Maya se permit un petit rêve. Quelque chose de personnel. Elle songea à Joy et à l'enfant qu'ils pourraient avoir, une étrange petite créature qui serait à elle, cette fois, toute à elle.

Emmitouflé dans un *katha*, le bébé fut confié à la famille pendant que Maya s'occupait de Rokeya. Elle tendit une aiguille à la flamme de la lampe à pétrole et l'enfila. « Ça va encore faire mal, la prévint-elle. Je suis désolée. »

Rokeya se mordit la lèvre inférieure. « Il faut

que je te dise quelque chose, lui souffla-t-elle, tout en se cramponnant des deux mains au matelas.

– Maintenant ?

– Oui, dit-elle. Il faut que je te le dise, là, tout de suite. C'est à propos du petit. »

Avant de faire un autre point de suture, Maya se redressa. « Zaid ?

– Savais-tu qu'il s'était enfui de la madrasa ? »

Maya se concentra sur ses doigts qui s'activaient à refermer la blessure. « Enfui, vraiment ?

– C'était pendant que ta mère était à l'hôpital. »

Il avait menti. Elle se sentait idiote de ne pas l'avoir compris. « Tu l'as vu ? demanda-t-elle.

– Quelques instants seulement, avant que sœur Khadija ne le découvre. Je lui ai demandé pourquoi il s'était sauvé. Il m'a dit que c'était parce qu'à la madrasa le *Huzoor* l'avait obligé à s'allonger. Qu'est-ce qu'il voulait dire, Maya *Apa ?* Je n'ai pas arrêté d'y penser et d'y repenser, et ça ne peut vouloir dire qu'une chose, en fait. Une seule. »

Maya eut tout à coup l'impression que Rokeya avait inhalé tout l'air de la pièce. « Tu es bien certaine que c'est ce qu'il a dit ?

– Je sais que ce gosse ment. Mais là je l'ai cru. »

Ça ne peut vouloir dire qu'une chose. Maya dut faire appel à toute sa volonté pour finir de suturer la déchirure de Rokeya, lui donner ses instructions pour les soins à apporter à cette blessure, se glisser hors de la pièce, prendre congé de la famille et sauter dans le premier rickshaw qui passait, l'aube tapant des pieds sur l'horizon, sous un ciel encore noir, parsemé d'étoiles.

1977

Novembre

Sohail était en train de se débarrasser de ses livres. Maya le surprit à les mettre en caisse, classant, triant, dépoussiérant le dos des ouvrages. C'est le soin jaloux avec lequel il faisait ça, garnissant chaque carton de papier journal et mettant chaque livre délicatement dedans, qui la mit en colère. Elle vit le combat qu'il livrait chaque fois que sa main se posait sur un titre, un dos, dans sa façon de les ouvrir, d'en lire une page – de s'attarder sur Ibsen, de repenser à Hedda, peut-être, ou à Nora – puis de les refermer avec détermination, ces femmes d'une autre époque, d'un autre monde lui étant désormais interdites.

Elle l'affronta à ce moment-là, alors qu'elle était sur le seuil de la porte de sa chambre, les livres rassemblés à ses pieds comme un gros banc de poissons. Elle connaissait la réponse, l'avait toujours connue, sa nouvelle façon de s'habiller, la poussière sur sa guitare. « Silvi, dit-elle, je sais que c'est Silvi.

– C'est ma femme. Tu ne peux pas parler d'elle comme ça.

– Alors c'est ton idée ?

– C'est mon choix. » Il tenait un livre de Rilke qu'il agita devant elle.

Se constituer cette bibliothèque avait demandé beaucoup d'efforts. Il avait écumé le New Market, s'asseyant sur une chaise devant les bouquinistes, ou fouillant dans des coins pleins de toiles d'araignée à la recherche des livres qu'ils disaient ne pas avoir. Lawrence, Fitzgerald. *La Lettre écarlate.* Il aimait les héroïnes marginales, les exclues, Lily Bart, Hester Prynne et Moll Flanders. Le Rilke, elle savait qu'il l'avait volé à la bibliothèque de l'université. Ce livre s'était cramponné à lui, avait demandé à être rapporté à la maison, puis il avait été glissé dans le sac à dos d'un tout jeune soldat, endommagé par la pluie, dans l'air gorgé d'eau de la mousson. Il avait été lu à la lueur orange pâle d'une lampe à pétrole, ou jaune et or d'une bougie, pendant des repas de pain bis et de curry de banane verte. Orange, jaune, doré et vert banane. C'était ce qu'il pointait vers elle à présent, le coin du livre volé, qui allait être enfermé dans l'obscurité d'une caisse, ne serait plus jamais touché par le soldat, n'irait plus habiter la caresse de sa voix quand il lisait ses vers, parce que son nouvel amour ne lui autorisait qu'un seul poète.

« Ça n'a rien à voir avec elle.

– Tu as quelque chose contre les livres, tout à coup ?

– Il faut bien qu'il y ait des limites, Maya.

– Je suis d'accord. Il faut qu'il y ait des limites. N'est-ce pas pour cette raison que tu t'es battu ?

– Ça n'a pas servi à grand-chose, on dirait ?

– Je sais que c'est l'impression qu'on a aujourd'hui, mais ce ne sera pas toujours comme ça.

– Aucune importance. Il y a une autre vie après celle-ci. »

Il rangea le Rilke dans la caisse, prit un autre ouvrage sur l'étagère et le jeta à la suite.

« J'aimerais qu'on en parle, dit-elle. Tu ne m'as jamais parlé de la guerre.

– Qu'est-ce que j'aurais bien pu te raconter ? Nous nous sommes battus, nous avons gagné. Cela n'a pas changé grand-chose, en fin de compte. » Il enleva sa calotte et la tordit entre ses mains. Il avait les cheveux coupés ras. Jamais il n'avait eu autant l'air d'un soldat, même pendant la guerre.

Elle savait qu'il risquait de lui échapper à tout moment, désormais. Lui échapper à jamais. Que pourrait-elle bien lui dire pour le retenir ? Probablement rien. L'emprise de Silvi sur lui était bien trop forte. Et puis, elle avait le Tout-Puissant derrière elle. Un adversaire redoutable. Mais il y avait une chose, une chose qu'elle n'avait jamais dite à Sohail. Le temps était peut-être venu de lui dire, une chose qui pourrait lui faire subitement comprendre qu'il n'était pas le seul à souffrir à cause de ce qu'il avait fait. « J'aimerais te parler de Piya », lança-t-elle.

Il se retourna pour lui faire face : « Tout ça, c'est fini, Maya. » dit-il d'une voix grave et pleine de mystère.

Elle savait qu'il essayait de se convaincre lui-même. Qu'il pensait chaque jour à Piya. Chaque jour, il pensait à elle, il se demandait où elle avait bien pu aller. Maya aussi.

Elle lui prit la calotte des mains et fit de la place pour qu'ils puissent tous deux s'asseoir. Il mit ses mains sur les piles de livres et s'assit majestueusement, soudain très à l'écoute. Elle ne pouvait plus reculer. Il lui vint à l'esprit que si elle lui disait, il sortirait peut-être tous les livres des caisses pour les replacer sur les étagères. Troquerait son pyjama ample contre un pantalon et achèterait un magnétophone à bobines pour qu'ils puissent écouter Simon et Garfunkel.

Elle avala sa salive et commença : « C'était juste après la libération, juste après l'arrivée de Piya. J'ai commencé à travailler au Centre de réadaptation des femmes. *Ammoo* aussi. Nous nous sommes portées volontaires ensemble. Ils lui ont confié le travail de s'entretenir avec les veuves de guerre, de les aider à faire le point sur leurs pensions, leurs biens. À négocier avec la famille de leur mari. » Elle prit une inspiration profonde pour aborder calmement la suite. « Et donc, *Bhaiya*, du fait de mon expérience de médecin, tu sais, dans les camps, ils m'ont affectée aux blocs. Et j'ai pratiqué des avortements. »

Elle pliait, dépliait et repliait la calotte de prière de Sohail. « Je ne te l'ai pas dit. Tu croyais que je me contentais de m'occuper des malades mais, derrière, nous avions un vrai petit dispensaire où les femmes venaient se débarrasser de leurs bébés. Tu te souviens de ce que Cheikh Mujib répétait ? Qu'il ne voulait pas de ces petits bâtards dans notre pays. Mais pour certaines d'entre elles… C'était dur, tu sais, je n'y ai pas trop pensé à l'époque… Elles voulaient s'en débarrasser, mais au moment de passer à l'acte, elles se mettaient à pleurer. Ou alors elles se réveillaient et nous demandaient de remettre le bébé en place. Un jour, Piya est venue à la clinique. Elle a demandé à me voir… *Ammoo* n'était pas au courant. Piya est venue directement au bloc. Elle a demandé un examen. Elle était enceinte, *Bhaiya*, le savais-tu ? »

Elle n'arrivait pas à le regarder. Elle se disait en elle-même, regarde-le quand tu lui parles. Mais elle n'y arrivait pas, elle ne pouvait pas. Au lieu de ça elle regardait les livres. Ses yeux tombèrent sur *Retour à Brideshead.* « Elle n'en était qu'au début, dit-elle à Evelyn Waugh, ça se voyait à peine. Ça avait dû se produire vers la fin de la guerre.

« Elle voulait avorter. Tout de suite, disait-elle. Faites-le tout de suite. J'étais occupée, j'avais dix autres patientes ce matin-là, mais je lui ai dit d'attendre, que j'allais m'en charger. Aujourd'hui, dit-elle, il faut que ce soit aujourd'hui ou sinon je ne pourrai pas. *Je vais lui en parler*, répétait-elle. Je n'ai pas compris ce qu'elle voulait dire mais j'en ai touché un mot au médecin de service et j'ai fixé le rendez-vous. Quand son tour est venu, elle était nerveuse. Je ne suis plus aussi sûre, disait-elle. Elle m'a demandé : S'il vous plaît, appelez Sohail *Bhai*. Mais ce jour-là, souviens-toi, tu étais allé au cantonnement pour être démobilisé. Il y avait des formalités à accomplir, tu as été absent toute la journée. J'ai pensé qu'elle avait peur, juste peur, comme les autres. J'ai pensé la ramener à la maison mais je me suis souvenue de ce qu'elle avait dit, qu'il fallait que ce soit aujourd'hui, sinon elle n'aurait plus le courage. Je savais quoi faire ; je le faisais tout le temps, persuader les filles qu'elles prenaient la bonne décision, pour leur famille, pour leur pays. Après l'intervention, lui ai-je dit, tu pourras rentrer chez toi, ta famille te reprendra. Tu es une *birangona*, une héroïne de guerre… »

Les mots qu'elle avait employés lui revinrent d'un coup, ceux qu'on lui avait appris.

« Souillée par l'ennemi. L'enfant qui est dans tes entrailles est un bâtard, une fiole de poison. Tu ne dois pas le laisser venir au monde. Tu ne dois pas lui donner ton lait. Ce qui a été fait peut être défait. Tu ne dois pas vivre avec ça pour le reste de ta vie. Tu ne dois pas donner naissance à cet enfant. N'y pense pas comme à ton enfant, c'est la semence de ton ennemi ; voilà ce que je lui ai dit. Finalement, elle a accepté. »

Sohail transpirait, de fines lignes d'eau lui fractionnant la face. Il ne fit pas un geste pour s'essuyer. Il repensa au jour où il l'avait trouvée dans cette prison et où il l'en avait sortie, au frottement de ses cheveux ras sur sa clavicule pendant qu'il la portait. « Ramène-moi à la maison, l'implorait-elle. Je veux rentrer chez moi, ramène-moi à la maison. »

Ils se trouvaient dans une petite bambouseraie, aussi loin des cantonnements qu'il avait pu la porter. Mais le terrain était plat et, chaque fois qu'elle apercevait le bâtiment, elle se mettait à hurler, si bien qu'il l'appuya contre un arbre, tournant ainsi le dos à la prison. Il s'assit dans son champ de vision, là où le soleil donnait sur son visage, projetant sur elle une ombre allongée et gracieuse. « Mon village est à l'est », dit-elle.

Ils l'avaient amenée en jeep. »Il y avait une autre fille, mais elle est morte. »

Elle lui indiqua le nom de son village :

Dhanikhola. Tu vas m'y ramener ? Il lui dit que la guerre était finie. Ils allaient marcher. À chaque village, ils étaient accueillis avec des acclamations lasses et le peu de nourriture qui restait de la guerre. Village après village, Pahara, Mormora, Lalkhet. Chaque mère voulait qu'il soit son fils, revenant fatigué mais intact, une femme dans ses bras.

Elle avait dix-huit ans. « Ma sœur a le même âge, lui confia-t-il.

– Tu as une sœur ?

– Oui, Maya. Elle est allée travailler dans les camps de réfugiés de l'autre côté de la frontière.

– Toute seule ?

– C'est une fille courageuse. »

Piya avait les yeux très écartés et une voix un peu rauque, douloureuse. Le troisième jour elle alla barboter dans l'étang d'un village. Il la surveilla, craignant qu'elle ne s'aventure trop loin. Le soleil tapait sur son dos, s'accrochant à ses mains qui se frayaient un chemin dans l'eau, la propulsant en avant. Lorsqu'elle en eut jusqu'au cou, elle plongea la tête dedans. Son sari flotta comme une fleur à la surface de l'eau. Lorsqu'elle réapparut, elle était tout autre, comme si là, tout au fond, elle avait demandé à ses os de se remettre en place. C'est ainsi qu'elle émergea : nette, structurée. Des yeux bien écartés et des bleus dans la voix. Il demanda si elle projetait d'aller à Dacca, si elle viendrait le voir. Ils n'étaient plus très loin de chez elle, à peine quelques kilomètres.

Ils arrivèrent à la lisière du village et c'était exactement comme elle l'avait décrit : un bosquet d'arbres formant une touche de vert pâle sur de coquettes maisons de pisé et de chaume. Sur les murs extérieurs, des gâteaux de bouse circulaires portant l'empreinte des mains de ceux qui les avaient ramassés. Un étang. Des sons étouffés, le plafond bas du brouillard qui avale les cris du coucou, le clapotis de l'eau.

Il écrivit son adresse sur un morceau de papier, sachant qu'elle ne savait pas lire, qu'elle serait sondée, examinée sous tous les angles. Elle le jetterait au feu. Elle ne viendrait jamais.

Il porta la main à son front et lui dit adieu. Dans les formes. C'est Piya qui s'avança vers lui et posa sa main fleurant bon l'eau sur sa joue. Elle qui leva le visage et l'embrassa délicatement sur la bouche, de ses petites lèvres rêches comme l'enveloppe d'un grain de riz.

Elle avait appris quelques mots d'anglais. *See*

you again, au revoir, dit-elle en les détachant exagérément en syllabes hachées, maladroites.

Et si, elle était venue. Elle était venue et ils avaient passé des heures dans le jardin, à parler de tout et de rien. Le souvenir de la guerre s'estompait peu à peu. Jusqu'à ce soir-là – il sait maintenant que c'était après que Piya était allée voir Maya à l'hôpital, mais à l'époque, c'était un jour comme les autres. Il s'était rendu au cantonnement pour restituer son fusil. Au cours des dernières semaines de combats, on lui avait donné un uniforme, avec un insigne vert et rouge cousu sur la manche. Au cantonnement, il avait retrouvé ses camarades de régiment, Farouk, Shameek et Kona, tous en train de s'engager pour rester dans l'armée. Ils lui dirent qu'ils n'étaient pas étonnés qu'il laisse tomber ; ils ne lui avaient jamais trouvé l'esprit de corps. Sans idéal à défendre, il n'était pas des leurs. Il avait écouté le discours officiel puis été démobilisé, sans déshonneur, de l'armée du Bangladesh. Il était rentré chez lui, portant encore son uniforme. On lui avait dit qu'il pourrait le rendre plus tard.

Il était tard et la maison était silencieuse, tout le monde dormait, ou du moins était-ce ce qu'il croyait jusqu'au moment où il aperçut Piya dans le jardin. Il voyait à peine, dans le noir, mais, pas d'erreur, c'était bien elle, le dos bien droit comme lorsqu'elle était sortie de l'étang du village.

« Epouse-moi », lui murmura-t-il dans l'obscurité.

Elle pivota sur ses talons, détournant le regard vers l'autre côté du mur. « Qui habite là-bas ? demanda-t-elle en désignant la maison de deux étages.

– Personne. Il faut qu'on trouve de nouveaux locataires.

– Elle est à toi ?

– C'est *Ammoo* qui l'a fait construire. Après la mort de mon père, c'est le loyer qui nous a fait vivre.

– Elle est très grande.

– Deux étages.

– Tu es déjà entré dedans ?

– Oui. Tu veux y aller ? » Il souleva le loquet de la petite porte logée dans le mur.

Le pied sûr, malgré la faible lueur de la demi-lune, elle entra et s'avança à l'intérieur, sur la pelouse. Elle grimpa les trois marches et l'attendit devant une large porte à doubles vantaux.

« C'est fermé, dit-elle.

– Oui, bien sûr. J'ai oublié. Je suis désolé, je n'ai pas la clef. »

Elle mit ses mains contre une fenêtre, regarda à l'intérieur.

« Piya, dit-il, il faut que je te dise quelque chose.

– Moi aussi.

– Je veux me marier. » Il essaya de la voir mais la lumière était trop faible. « Je veux qu'on se marie – qu'en penses-tu ?

– Si c'est ce que tu désires, répondit-elle, en s'asseyant sur la marche du haut.

– Et toi, tu le veux ?

– Qu'est-ce qu'ils vont dire, tous ?

– On s'en fiche.

– Ils raconteront que je l'ai fait pour avoir ce qui est à toi, cette maison.

– Aucune importance. Tu m'aimes, n'est-ce pas ? »

Elle ne répondit pas, se contenta de rester assise parfaitement immobile, prise dans la lueur jaune du clair de lune. « Je serai ta femme, si tu le veux. Mais je ne suis pas une femme bien.

– Ce qui t'est arrivé – ce n'est pas ta faute.

– Je suis très fatiguée », dit-elle.

Il s'assit à côté d'elle. Prit ses mains dans les siennes. « Ne t'en fais pas, moi aussi, je suis fatigué. Je me fiche de tout ce qu'on pourrait dire. Tu comprends ? Moi aussi, je suis fatigué, tellement fatigué. Je veux m'allonger, la tête sur tes genoux – pardonne-moi –, je veux encore t'embrasser. Je veux oublier tout ce qui est arrivé avant. Je veux que nos enfants vivent dans ce pays, des enfants libres dans un pays libre. Mais à toi de décider. Ne me choisis pas juste parce que tu es ici, parce que tu ne peux pas rentrer chez toi. Choisis-moi si tu m'aimes – tu comprends ? C'est comme ça que je vois les choses, vraiment. Il faut que tu m'aimes. »

Elle lui serra les mains plus fort, puis, brutalement, elle lâcha prise et se leva précipitamment, toute légère sur l'herbe, comme une fille qui a grandi pieds nus. Elle disparut à l'autre bout de la pelouse.

Tout content, il prit cet envol pour un saut de joie, mais ce n'était qu'un départ éclair, des adieux, sans cérémonie.

Au matin, elle était partie. Avec son petit baluchon de vêtements, son peigne en plastique et le bâton de margousier qui lui servait de dentifrice. Avec son sari de rechange qui séchait le matin même sur la corde à linge.

Il partit à sa recherche. Il n'en avait pas eu l'intention mais il se surprit lui-même à retourner jusque dans son village, prenant un car pour Mymensingh, puis un rickshaw pour le reste du trajet. On ne l'a jamais revue, lui dit une vieille femme, crachant du jus de bétel par le coin de sa bouche. Le village avait perdu toute beauté, ses maisons décrépites et poussiéreuses dans la chaleur qui montait. Il s'en retourna à la ville et erra sans but d'une rue à l'autre, demandant aux passants s'ils avaient vu une jeune fille aux yeux bruns, marchant seule. Toutes les filles qui marchaient seules avaient les yeux bruns. Quel était le nom de son père ? Une fille s'était noyée dans le lac Dhanmondi. C'était peut-être elle. Il arriva trop tard à la morgue ; quelqu'un avait déjà réclamé le corps. Elle pouvait être dans un car roulant vers la frontière. Ou bien elle était montée dans un des avions rapatriant l'armée pakistanaise à Islamabad. Y avait-il des femmes à bord de cet avion ? Nos femmes ? Oui, il y avait des femmes. On leur avait promis le mariage. Elle était peut-être partie avec elles.

« Dis-moi, *Bhaiya*, fit doucement Maya, il était de toi ? »

Il se leva d'un bond, renversant une caisse ouverte. « Comment peux-tu me demander ça, après tout ce qui est arrivé ?

– Calme-toi.

– Je ne l'ai pas touchée, tu m'entends ? Je n'aurais pas pu la toucher. Pas après ce qui lui était arrivé. » Il tremblait à présent, les bras ballants le long du corps. » Tu as pratiqué l'intervention sans rien demander à personne, ni à moi, ni à *Ammoo* ?

– Mais je ne l'ai pas fait, *Bhaiya*. Je ne l'ai pas fait ! Elle a changé d'avis. »

Il se mit à pleurer. Elle vit ses yeux se remplir de larmes et il se détourna pour échapper à son regard.

« Tu as cru que je m'amusais, après la libération. Mais le sang coulait encore, *Bhaiya*, pour tout le monde. »

Il secoua ses mains sous ses yeux, comme si elles étaient humides. « Mais j'ai tué, Maya. J'ai tué. »

Bien entendu elle se méprit. « Ne t'inquiète pas, *Bhaiya*, tu as fait ce qu'il fallait. C'était une guerre juste, une bonne guerre. Pour nous, pour notre liberté. »

Il secoua la tête. « Je ne voulais pas. J'étais tellement en colère.

– S'ils m'avaient laissée me battre, je leur aurais tiré dans les genoux et je les aurais laissés mourir à petit feu.

– Il était innocent. »

Aucun d'eux n'était innocent. Elle le lui dit.

« Tu veux parler de sauvetage ? Silvi m'a sauvé. Toi tu étais trop occupée à tuer ces enfants. »

Ainsi, son choix était fait. Sa femme, un avenir sans livres. Cette pensée mit Maya en rage, une rage folle, contenue. « Si tu mets ces livres dans des caisses, je vais les en sortir et les étaler bien ouverts devant toi. Tous les livres que tu vas ranger, je vais les déballer et les laisser sur le seuil de ta porte. Je les lirai tout haut. Tu te souviens quand *Ammoo* te lisait le Coran ? Je vais faire la même chose. Je ne vais pas cesser de te rapporter ces livres jusqu'à ce que tu ne puisses plus les ignorer. »

Il avait la main plongée à l'intérieur d'une caisse. Lentement, il se redressa. « Il va falloir que je trouve un autre moyen de m'en débarrasser, alors », dit-il tranquillement.

Il va les donner, pensa-t-elle. Il va tous les donner. Et merde ! Alors elle sortit de la pièce sans un mot, traversa le jardin d'un air digne, défaisant sa tresse et coiffant grossièrement ses cheveux emmêlés avec les doigts. Fais quelque chose, se dit-elle, fais quelque chose. Ton frère est en train de changer, changer. Tu ne le reconnaîtras bientôt plus. Il avait été son plus vieil ami, tout ce qu'un frère devait être : protecteur, bourru, l'avait poussée à se dépasser. Il connaissait toutes ses faiblesses, savait qu'elle avait tendance à être un peu hystérique et dogmatique. Qu'elle était en colère la plupart du temps. Il la poussait dans ses retranchements. Elle avait besoin de lui. Non, ce n'était pas égoïste. Tous avaient besoin de lui. Il était une sorte de phare. Le pays avait besoin de lui. Cheikh Mujib, lui-même, l'avait affirmé. Oh, mon Dieu, Mujib était mort. Sohail ne pouvait pas disparaître, lui aussi, c'en serait trop. Le monde allait s'écrouler. Que pouvait-elle faire ? Silvi avait pris les choses en main dorénavant, Silvi dont les lèvres minces et les yeux d'étrangère avaient changé un homme blessé en prophète.

Elle songea à tout ce qu'il aimait. Avant la guerre, avant Piya et Silvi. Le cricket sur ondes courtes. Les mangues et les crèmes glacées. Dante, Ibsen. Jimi Hendrix et John Lennon. Sa voix à l'harmonium. Sa voix. À quand remontait la dernière fois qu'il l'avait entendue chanter ? Elle pourrait chanter pour lui. Se mettre à l'harmonium et chanter à pleine voix. Il lui était arrivé de voir les gens ouvrir de grands yeux dès qu'elle chantait les premières notes et, plus tard, même s'ils la connaissaient, elle remarquait que, à cause de sa voix, une certaine distance s'était installée entre eux, que le regard qu'ils portaient sur elle s'était modifié. Tant de tendresse chez une jeune femme si dure. Petite femme, mais grande voix.

Silvi pouvait aller au diable. Elle allait chanter. Elle sortit son harmonium de sa boîte. Il y avait bien longtemps qu'elle n'avait pas actionné les soufflets à l'arrière de l'instrument, pas depuis la guerre, en tout cas.

Elle était de nouveau en guerre. En guerre contre Silvi. Les livres, l'harmonium, Tagore[1] étaient de son côté, et elle allait se battre. Elle ressentait déjà l'ivresse de la victoire, arpentant le jardin, le poing fermé, boxant l'air. Elle ne pouvait plus compter sur ses amis, pas après que Sohail eut converti Kona en moins de deux. Âmes faibles ! Elle allait devoir lutter seule. Sohail était encore dans sa chambre, se demandant sans doute ce qu'il allait bien pouvoir faire

1 Rabindranath Tagore (1861-1941), prix Nobel de littérature en 1913. Poète mystique, compositeur, écrivain, dramaturge, peintre et philosophe bengali. L'hymne national bangladais est tiré d'un de ses nombreux chants, de même que l'hymne national indien.

de ses livres. Le moment idéal pour frapper. Elle dépoussiéra le dessus de l'harmonium. Installa un *pati* de jute dans le jardin. Elle se mettrait là. En rentrant, *Ammoo* la trouverait en train de chanter dans le jardin et elle serait bien d'accord que pour vaincre Silvi, il fallait utiliser tout l'arsenal dont elles disposaient. Elles allaient combattre la ferveur par la ferveur. Le soleil commençait à décliner, les sons du soir prenant le pas sur ceux du jour. Les grillons, les moustiques. Elle avait déjà été piquée à plusieurs reprises sur le bras. Elle n'y avait pas prêté attention. Elle alluma un serpentin anti-moustiques. Très bien, allons-y. Elle commença par un des airs favoris de Sohail : *Ekla Chalo Re. « Jodi tor daak shune keu na, tobe chalo re. »*

Elle fit quelques fausses notes au début, ses doigts s'embrouillant sur les touches, mais retrouva vite ses marques, actionnant les soufflets de la main gauche, enfonçant les touches de l'autre. Tagore, tout à fait l'homme de la situation.

Le chant prit fin. Elle entendit le bruissement d'un lézard *takoo*, son cri rauque en staccato. Aurait-elle dû apporter une lampe ? Continue de chanter. Un chant révolutionnaire : *Amar protibader bhasha, amar protirodher agun*. Celui-là lui fouetta le sang. Ses doigts couraient sur les touches avec force et agilité. Il fut un temps où Sohail adorait ce chant. Il lui évoquerait des tas de choses. Elle gardait un œil sur sa porte mais rien ne bougea tout le temps que dura le chant. Un poème, alors… Elle récita tout ce qu'elle savait du *Bidrohi*, de Nazrul[1], en gardant le tempo avec trois doigts sur l'harmonium. Lorsqu'elle se trompa, à la seconde strophe, elle crut qu'il allait se ruer hors de sa chambre pour finir le vers à sa place. Mais non, toujours rien. Elle passa au plus doux des chants de Tagore qu'elle connaissait, *Anondo dhara*. « Courant de joie ». Elle entendit quelque chose. Le grincement de sa porte. Une colonne de lumière, son ombre enchâssée dedans.

Il sortait. Elle poussa sa voix par anticipation. Quelque chose dans ses bras… Il faisait trop sombre pour qu'on pût voir ce que c'était. Ferme les yeux et continue de chanter : *« Anondo dhara bobichey bhuboney. »* Oui, le voilà qui se dirige vers l'entrée, puis sort dans l'allée. Le bruit de quelque chose que l'on traîne. Ses livres. Oh, il est en train de les emporter. Ne vacille pas, continue. Il ne fait que ce qu'il a dit qu'il ferait.

---

1 Kazi Nazrul Islam (1899-1976). Poète rebelle, musicien, philosophe bengali.

Quelqu'un va sûrement venir chercher ces livres. Qui que ce soit, elle allait l'en empêcher, le convaincre de laisser les livres devant la maison. Ha ! Et là, qu'est-ce qu'il ferait, hein ? Peut-être veut-il juste les cacher à Silvi – oui, c'est probablement cela. Il veut les protéger. Oublie les livres. Continue de chanter. *« Bobichey, bhuboney. »* Le voilà qui retourne dans sa chambre, en ressort, y retourne, en ressort ; elle l'entend grogner sous le poids des caisses qu'il déplace jusque dans l'allée.

Elle chantait sans même y penser, à présent, ce qui lui venait. Elle commençait un nouveau chant avant d'avoir fini le précédent. Son corps se balançait en mesure, ses doigts, son souffle, sa langue lui obéissant. Les yeux fermés serrés, persuadée que lorsqu'elle les rouvrirait, ces chants l'auraient ramenée à des années en arrière. À une époque où son frère ne mettait pas ses livres dans des caisses. Ces chants réchauffaient le jardin. C'est sans doute ainsi que Tagore aurait aimé que ses chants soient interprétés. Ils devaient réchauffer l'âme et le corps. Les mots devaient sortir rugissant, crépitant comme un feu.

Elle ouvrit les yeux.

Le jardin était d'une couleur orange sombre et, planté au beau milieu, Sohail jetait des livres sur un tas. Un bras levé, il jetait, regardait le feu croître, jetait. Chantait-elle encore ? Elle s'était arrêtée. On n'entendait plus que le bruit du brasier, un grondement grave. Elle voulut bouger, mais n'y parvint pas. Le seau se trouvait sous le robinet du jardin. Elle pourrait essayer de le remplir, d'éteindre le feu. Mais sa couleur était éloquente ; elle disait, je suis plus fort que toi. Mon feu réduit ton feu au silence.

Ce devait être un rêve. Elle se sentit gagnée par un grand calme. Elle reprit son chant. Pendant tout le temps qu'*Ammoo* la traîna à l'intérieur, puis remplit le seau et éteignit les flammes, sa voix demeura attachée aux vers. Ce ne fut que lorsque *Ammoo* cria qu'elle sortit de sa torpeur, parce que *Ammoo* disait que tout était sa faute, tandis qu'elle ôtait de ses cheveux les bouts de papier calciné, et qu'elle se frottait les joues, noircies par les caractères qui étaient redevenus de l'encre. Ce n'est qu'à ce moment-là qu'elle comprit ce qui s'était passé.

Sohail avait brûlé tous ses livres.

« C'est toi qui l'y as poussé, criait *Ammoo*. Tu l'as poussé, oui, poussé. » Et Maya s'entendit protester : « Que pouvais-je faire ? Je n'ai fait que chanter. » Mais sa mère, roulant des yeux comme des boules de loto, lui rétorquait « As-tu écouté quoi que ce soit de ce qu'il disait sur ce toit ? As-tu écouté ? Non. Tu t'es moquée de lui. Tu as fait la sourde oreille et tu t'es moquée de lui.

– Parce que je savais où ça le mènerait.

– Pas forcément. Non. C'est toi qui l'y as poussé en le traitant de mollah. Pourquoi ? Tu ne pouvais pas supporter qu'il soit différent. »

Et tu[1], mère.

Maya prit ses dispositions le soir même, téléphonant à Sultana et faisant ses bagages, les poumons pleins de feu. Au matin, elle avait disparu. Deux mois plus tard, les prêches sur le toit étaient terminés. La petite cabane en tôle ondulée fut montée, Sohail et Silvi bâtirent leur univers au-dessus du bungalow. Mme Chowdhury mourut, silencieusement et sans que sa fille verse une larme. Zaid naquit, fut mis au monde par une sage-femme dont le visage était couvert d'un morceau de voile noir. C'est là-dessus qu'il ouvrit les yeux, un espace vide à l'endroit où un sourire de bienvenue aurait dû l'accueillir.

---

1 *Et tu Brutus* : derniers mots prononcés en latin par Jules César dans la pièce *Jules César* de Shakespeare, et qui signifient : « Et toi, donc. »

*

Maya prit le car pour Tangail. Sans même défaire son bagage ou saluer son amie, elle prit son service à l'hôpital. Le médecin de garde était débordé, une éclaboussure de sang posée sur le col de sa chemise comme s'il avait lui-même saigné : « Qu'est-ce que vous fabriquez, là toute seule ? demanda-t-il en relevant ses manches, penché au-dessus d'un évier craquelé, cerclé de gris.

– Je suis une amie de Sultana, expliqua-t-elle. De la faculté de médecine. »

Il avait l'air trop fatigué pour poser d'autres questions. « On a une épidémie de choléra. » Les salles étaient pleines de monde ; les gens jetaient leurs *gamcha*[1] par terre et attendaient dans les couloirs. « Vous savez quoi faire – thérapie de réhydratation orale. » Il lui tendit une veste blanche. Fin de l'entretien.

Son poste fini, elle en prit un autre, sans s'arrêter, pleine d'une énergie farouche, portée par la crainte que si elle s'asseyait, si elle réfléchissait à ce qu'elle venait de faire, elle ne fût

1 Petites serviettes assez fines typiques du Bangladesh.

contrainte de rentrer au bungalow en courant. La deuxième nuit, elle trouva un stéthoscope abandonné qu'elle se passa autour du cou, et lorsqu'elle se vit dans un miroir, elle eut la satisfaction d'y découvrir un visage aux traits tirés qui la regardait, toutes traces de chagrin masquées par l'épuisement physique.

Quand Sultana la rejoignit, le lendemain matin, elle titubait, slalomant entre les patients, par terre, entre les lits.

« C'est l'heure d'arrêter, maintenant », déclara-t-elle.

Elle cligna des paupières, mettant un instant avant de la reconnaître. « J'en ai encore quelques-uns de la nuit dernière.

– Ça fait trente-huit heures de suite. Rentrons. »

Maya cligna des paupières à nouveau, le sel lui piquant les yeux. « Merci », dit-elle, détournant la tête pour que son amie ne voie pas ses larmes. « J'ai laissé mes affaires dans l'autre salle. »

Elle resta jusqu'à ce que l'épidémie de choléra perde de sa virulence. Quand le moment vint de partir, le mari de Sultana lui dit : « Mon ami Ranen a une clinique à Rangamati. Ils sont toujours en sous-effectif. »

Après une quinzaine à Khulna et une

semaine à Khagrachari, elle se retrouva dans le train en route pour Rangamati. Sur le ferry, elle entendit parler d'autres langues, avec des syllabes aux intonations gutturales, et un peu plus tard pendant le voyage, elle vit des femmes portant des tuniques et de longues jupes, avec des petits visages assez carrés, leur bébé attaché dans le dos par de longues étoffes qu'elles avaient tissées elles-mêmes, bleu nuit, jaunes et rouges. Toutes membres de tribus, les Chakma, les Marma, les Santal, déjà là bien avant quiconque, avant les cartes géographiques, le Pakistan et la guerre. Elle vit une jeune fille et sa mère manger avec leurs doigts quelque chose d'enveloppé dans une feuille d'arbre. Elles riaient à gorge déployée et se tapotaient mutuellement les joues, doucement, en signe d'affectueuse remontrance.

Elle termina le travail qui lui avait été assigné à Rangamati et reprit le train en direction du sud. Elle ne s'arrêta qu'aux confins du pays, au-delà du port de Chittagong, et flâna sur une bande de plage abandonnée au sable fauve. Cox's Bazar. L'eau était trouble mais agréablement chaude et, en se mouillant les chevilles, elle s'aperçut que l'arrière-goût de cendres et de goudron qu'elle avait sous la langue et entre les doigts avait disparu. La langue nette désormais, accroupie dans l'eau pour bien faire tremper son *kameez*, elle se frotta entre les orteils et derrière les genoux. À la maison d'hôtes, elle continua de se décrasser, avec du savon, cette fois, s'aspergeant la tête de seaux d'eau, s'attaquant à la poussière logée sous ses ongles. Elle émergea rubiconde, les cheveux enroulés dans la fine serviette rayée fournie avec la chambre.

Pour la première fois depuis son départ, elle pensa à sa mère et décida de lui envoyer un télégramme. Après s'être débattue avec les mots, elle opta finalement pour *Je vais bien. S'il te plaît ne t'inquiète pas. C'est mieux comme ça.*

C'est ainsi que les choses se sont passées. Quelques semaines ici, quelques semaines là. Rangamati, Bandorbon, Kushtia. Elle finit par remonter, en évitant la ville, le long du Jamuna, du Brahmapoutre, jusqu'à Rajshahi où elle s'installa, où elle eut ses rêves d'orphelinat et où elle se retrouva à manger des baies pourpres sous un jaquier, attendant le facteur.

1985

Février

La mosquée Kakrail n'avait pas du tout la beauté des mosquées des plus vieux quartiers de la ville. Ce n'était qu'une structure de béton, rectangulaire, d'où s'élevait, en son milieu, un minaret. À travers la grille aux motifs carrés, elle vit des hommes vaquer à leurs affaires, s'agenouiller pour prier, se baisser sous le robinet pour pratiquer les ablutions rituelles, ou écouter un prêche, debout, les mains croisées devant eux. C'était donc là que Sohail passait tout son temps. Se levant avant l'aube et traversant la ville grise et endormie pour retrouver ses camarades en religion.

Elle avait réveillé *Ammoo* pour la prévenir qu'elle devait aller voir Sohail. Sohail, protesta *Ammoo*, la bouche encore toute pâteuse de sommeil, tu ne le trouveras pas. Elle était sortie de la maison en courant, toujours vêtue du sari en coton gris qu'elle portait la veille, la naissance encore présente à l'esprit.

Elle entra par le portail et trouva quelques hommes qui tournaient en rond à l'extérieur du bâtiment. Ils la regardèrent, se détournèrent, la regardèrent à nouveau. La dévisagèrent, se grattèrent derrière les oreilles. Elle retint un sourire. Tout va bien, aurait-elle voulu leur dire, je ne vais pas vous mordre. Finalement, l'un d'eux s'avança : « Les femmes ne sont pas admises, lui lança-t-il en s'éclaircissant la voix.

– Je ne resterai pas longtemps », dit-elle, résistant à l'envie de lui faire baisser les yeux. Il n'avait pas plus de quinze ou seize ans. Barbe naissante, clairsemée, à peine plus qu'un duvet. Les épaules encore étroites, le corps encore replié sur lui-même. Il allait lui dire quelque chose, mais un homme plus âgé vint se placer derrière lui, lui mettant une main énorme sur l'épaule.

« *Begum*, je suis désolé mais nous n'avons rien de prévu pour les femmes. Vous devez partir immédiatement. » Sa voix était aussi puissante que sa main, profonde et rude, comme raclée sur la route.

« J'ai à faire ici, dit-elle. Je cherche mon frère.

– La *Jumma* va bientôt commencer. Il faut que vous partiez. »

Elle était tellement fatiguée. Cela ne devait pas être très compliqué de trouver son propre frère ? « Sohail Haque – je cherche Sohail Haque. »

L'homme hésita. Sa bouche s'ouvrit puis se referma, un orifice béant entouré d'une barbe épaisse. « Il n'est pas ici. »

Il mentait.

« Mais c'est ici qu'il vient tous les jours. Tous les jours, il est ici.

– Il n'est plus chez nous. » L'homme remua le bras et elle devina qu'il voulait la pousser mais qu'il ne pouvait pas, pas devant les autres, à présent tous rassemblés autour d'eux, se poussant du coude, la foule grossissant à mesure que les gens arrivaient pour la prière du vendredi.

« Plus chez vous ? Mais où est-il ?

– Je ne sais pas », lâcha-t-il, lui jetant un regard d'impatience non dissimulée. Le muezzin commença l'appel à la prière. Un porte-voix s'éveilla. *Allah-hu Akbar Allaaaah hu Akbar*.

La foule autour d'eux commença à s'aligner pour la prière. L'homme la prit par le coude pour la reconduire à la grille. « S'il vous plaît… Il faut que je trouve mon frère. » Elle éleva la voix.

« Sohail, Sohail ! » Mais ils étaient déjà arrivés à la grille et, la tenant toujours par le coude, il la poussa avec violence dans la rue, puis claqua la porte derrière elle. » Qu'est-ce que vous regardez tous ? l'entendit-elle gronder. Allez, retournez à vos prières ! »

Il doit être quelque part à l'intérieur. Elle se frotta le coude et la nuit lui revint, Rokeya peinant avec son accouchement par le siège. Ce qu'elle lui avait confié. Elle se demanda si Rokeya ne s'était pas laissé emporter par la douleur du travail. Mais d'après son expérience, les femmes étaient souvent plus lucides que jamais au moment de l'accouchement. Non, cela devait être vrai. Maya avait tout de suite su que c'était vrai. À l'idée que cela pût être vrai, elle en eut la gorge nouée. Zaid avait menti en prétextant qu'il était rentré à la maison pour des vacances. Elle se souvint de ce que Khadija avait dit. *Nous l'avons renvoyé.*

Elle entendit quelqu'un derrière elle et, se retournant, vit le jeune homme à qui elle s'était adressée en premier. Il se pencha pour lui parler à travers une fente de la porte. « Votre frère est à la mosquée de Kolabagan. Prenez Elephant Road jusqu'à Ghost Road. Ce n'est pas très grand, à côté d'un terrain vague. Une construction récente.

– Une nouvelle mosquée ? Mais pourquoi ? »

Elle voulut le retenir, mais il n'était déjà plus là.

*

Elle suivit les indications, Elephant Road jusqu'à Ghost Road. Elle fit signe aux passants, leur demanda où se trouvait la nouvelle mosquée. Ils l'orientèrent vers des rues de plus en plus étroites. Les gens de ce quartier étaient absorbés dans leurs tâches, les femmes plongeant les mains dans des seaux pour en sortir leur lessive, les hommes transportant de lourdes charges avec agilité, bidons d'eau, cartons clos ou sacs de ciment. Même les fils du téléphone se balançaient avec grâce et légèreté au-dessus des trottoirs.

Quand elle vit la porte, elle sut que c'était la bonne. Peinte en vert, avec une petite étoile et un croissant blancs gravés dessus. L'air alentour sentait le ciment frais et la poussière blanche restée en suspension. Il n'y avait pas de sonnette. Elle frappa à la porte. Pas de réponse. Elle frappa à nouveau. Elle tourna le coin du bâtiment pour chercher une autre entrée. Un homme passa, portant une pile de briques sur la tête. « C'est bien la nouvelle mosquée ? » lui demanda-t-elle.

L'homme ne put acquiescer d'un signe de tête mais lui lança, « Vous allez devoir attendre. Ils n'ouvrent pas la porte. »

Encore de l'attente. Elle trouva une petite trouée dans le haut mur qui entourait le bâtiment et s'y glissa, la main en visière pour se protéger du soleil. Les habitants de Ghost Road allaient et venaient. Elle pensa chercher un téléphone pour appeler Joy. Mais que lui dirait-elle ? Il arriverait dans sa Honda pour lui venir en aide. Elle ne voulait pas qu'on l'aide. Le soleil tapait sur son bras et sur le bas de sa jambe qui n'était pas à l'ombre. Elle s'assoupit, ouvrant de temps à autre un œil trouble sur les regards curieux que lui lançaient les passants.

L'après-midi arriva, puis passa, les rues retrouvant le calme, une vie au ralenti, les boutiques fermèrent, ou s'éclairèrent pour la soirée, ampoules fluorescentes, lampes à pétrole et petites flambées.

Rien ne bougea du côté du bâtiment de Sohail. Elle n'avait vu personne entrer ni sortir. Pas d'appel du muezzin, ni l'agitation caractéristique des corps se préparant pour la prière. *Ammoo* devait commencer à se faire du souci. Elle se rendit compte qu'elle n'avait rien mangé de la journée, son estomac la rappelant à l'ordre. Elle se dit à nouveau qu'elle aurait dû attendre qu'il rentre à la maison. Mais la porte s'ouvrit et il fut là, devant elle, les mains croisées sur la poitrine.

« Depuis combien de temps es-tu là ?

– Longtemps. Je peux entrer ? J'ai très soif.

– Attends. » Il repassa la porte puis réapparut avec un mug en fer-blanc rempli d'eau.

L'eau était tiède, elle avait un goût métallique. Elle la but d'un trait. « Alors c'est là que tu viens, maintenant ? C'est quoi, cet endroit ?

– Un lieu de réunions.

– N'importe qui peut venir ?

– Si ça leur dit, oui. » Il poussa un gros soupir, puis la surprit en lui mettant la main sur l'épaule. « Il y a quelque chose qui te tracasse, Maya ? »

Elle résolut d'y aller en douceur. « Ce jour-là, à l'hôpital, demanda-t-elle, qu'est-ce que tu lui as murmuré à *Ammoo* ?

– *Surah Yasin.* » Sa voix était tendre, pleine d'amour. *« Waalqurani alhakeemi, Innaka lamina almursaleena...* » C'est sûrement cela qui avait réveillé *Ammoo*, l'appel de son aîné. Le miracle de sa voix.

« Elle va bien mieux, tu sais. Elle remarche, elle n'arrête pas. »

Un rickshaw s'arrêta devant eux. *« Jaben ? »* demanda le chauffeur en faisant tinter sa clochette.

Maya s'apprêtait à lui faire signe de s'en aller quand Sohail dit « Attends un peu. *Apa* va bientôt devoir rentrer.

– Sohail, je t'en prie, laisse-moi entrer. Il faut que je te parle. »

Il ne dit rien, se contentant de rester devant la porte comme s'il gardait ce qu'il y avait à l'intérieur. Elle se rendit compte qu'elle allait devoir lui parler là, dans la rue. « C'est à propos de Zaid. » Elle observa son visage pour voir s'il était au courant, s'il se doutait de quelque chose. « J'ai appris qu'il s'était enfui. Quand *Ammoo* était à l'hôpital. »

Sohail soupira. Sa main se fit plus lourde sur son épaule.

« Est-ce qu'il t'a dit pourquoi il s'était enfui ? »

Il fit non de la tête. Une dénégation lasse, résignée. « Le *Huzoor* a dit que...

– Justement, c'est du *Huzoor* dont je veux te parler. Il se passe quelque chose ; quelque chose cloche. J'ai vu Zaid, ça n'avait pas l'air d'aller. *Ammoo* rentrait à l'hôpital ce jour-là, sinon je serais venue t'en parler. » Elle se cherchait des excuses. Si seulement Zaid n'était pas arrivé à ce moment-là, si seulement elle l'avait emmené à l'hôpital avec elle. « Bref, il faut que tu l'enlèves de là, reprit-elle. Ce n'est pas un endroit sûr pour un enfant. Ce *Huzoor* fait des choses, je ne sais pas quoi exactement, mais contre lui un enfant n'a aucun moyen de se défendre. Est-ce que tu comprends ce que je suis en train de te dire ? »

Il se détourna d'elle. De l'autre côté de la rue, le conducteur du rickshaw s'était pelotonné sur le siège de son véhicule. On entendait les bruits de la ville en fond sonore, les camions qui avançaient cahin-caha au loin, le crissement des wagons sur les rails. Elle voulut lui prendre la main, l'imaginant en train de comprendre une fois le choc passé. Quand il lui fit face et parla, sa voix était cassée. « Il ment, tu le sais bien. Il ment tout le temps. » Une ride profonde entre ses yeux.

« Je sais, mais tu ne peux pas courir le risque. Même s'il y a peu de chances qu'il dise la vérité, tu dois le sortir de là. Et je t'assure qu'il n'avait pas l'air bien. Rokeya a dit…

– Tu as vu Rokeya ?

– Je l'ai accouchée ce matin.

– Elle a eu une façon de quitter le *Jamaat* ; sœur Khadija l'a ressenti comme un affront. » Le témoignage devenait fragile, moins fiable.

« La madrasa n'est pas un endroit bien, *Bhaiya*.

– Tu n'es pas objective. » Il se lissait la barbe des deux mains. Sur son front l'hématome pourpre réfléchissait la lumière déclinante. Le dévot croyait qu'au jour du Jugement dernier, il brillerait comme un signal lumineux, et elle l'imagina cette lumière, se déversant de son front, semblable à la lampe frontale des mineurs.

« Tu vas y aller demain, n'est-ce pas ? »

Il marqua un temps, tirant plus fort sur sa barbe, pour en dompter l'ondulation. « C'est mon fils. Je veillerai à sa sécurité.

– Promets-moi d'y aller demain.

– Ça, je ne peux pas te le promettre. »

Il ne pouvait pas vouloir dire ce qu'il semblait exprimer. Il n'allait pas y aller, il n'allait pas voler au secours de son fils, le sortir de l'espèce de bouge infernal où il l'avait envoyé.

« Tu veux qu'il soit exactement comme toi, n'est-ce pas ? »

Sohail fit un pas vers elle, et il fut près d'elle, tout près, quand il déclara « Je veux plus que tout qu'il ne devienne pas comme moi, au contraire. C'est la raison pour laquelle je l'ai envoyé là-bas. »

Cela n'avait aucun sens. Elle le lui dit. « Tu ne peux pas comprendre. » Il l'embrassa délicatement, manquant son front, ses lèvres se posant sur les sourcils. Elle se tenait raide, se demandant ce qu'elle allait faire. Elle s'était attendue à de la magnanimité de sa part. À l'hôpital, elle en avait eu un aperçu. Il était venu au chevet de sa mère, il avait récité les paroles. Sur le moment elle avait pensé que cela pourrait suffire. Mais il ne l'avait pas crue. Il n'allait pas secourir son fils.

Quand elle rentra à la maison, *Ammoo* dormait déjà. Maya prépara un petit sac. Une brosse à dents, une tenue de rechange. Puis, pensant à la sœur de Rokeya, elle monta sur le toit et prit tranquillement un long tchador noir et un niqab qui séchaient sur la corde à linge. Elle écrivit un mot qu'elle laissa sur la table de nuit d'*Ammoo*. « Je dois repartir quelques jours à Rajshahi. Des affaires à prendre. »

Avant de sortir sous le ciel du matin, rose et ambré, elle appela le numéro de Joy. « Que se passe-t-il ? demanda-t-il d'une voix encore tout ensommeillée. Tu as changé d'avis ?

– Non.

– Bon. On peut s'enfuir, tu sais. Il y a des bureaux de *kazi* dans tout le pays. On leur file quelques dollars et ils feront ça sur-le-champ. »

Elle lui annonça qu'elle allait à Rajshahi pour quelques jours.

« Laisse-moi t'accompagner.

– Non, mais j'ai besoin que tu me rendes un service.

– Tout ce que tu voudras.

– Je veux que tu me retrouves quelqu'un. Quelqu'un que j'ai perdu pendant la guerre. »

Le lendemain

Lui, au moins, n'avait pas changé : le fleuve Jamuna, même avec son régime d'hiver réduit, qui battait vigoureusement ses berges. Bien qu'elle eût couru jusque-là, Maya fit une pause avant d'embarquer sur le ferry, voulant jouir de la beauté de la terre et du limon brun qu'il charriait. Peu de chose vous en imposait dans ce pays, mais ce fleuve, épais, dangereux, était une splendeur.

Le ferry était bondé en ce samedi matin. Maya alla s'installer à sa place sur le pont inférieur. Un coup de sirène brutal et le ferry prit de la vitesse, penchant comme un fauteuil à bascule en entrant dans le courant du Jamuna.

Elle savait peu de chose sur la madrasa, hormis les quelques éléments qu'elle avait réussi à glaner. Sohail lui avait parlé d'emmener son fils à Chandpur, et Zaid avait dit que la madrasa était sur une petite île au milieu du fleuve. Elle avait consulté une carte et trouvé trois Chandpur différents. Un seul était proche d'un fleuve. À l'aube, avant de se mettre en route, elle était montée interroger Khadija, en vain. Tu ne viens plus nous voir, avait-elle dit.

Maya s'était laissé duper. Toutes ces après-midi qu'elle avait passées, grisée par la possibilité qu'il y ait autre chose dans la maladie de sa mère, une main divine qu'elle pourrait diriger avec l'aide de Khadija et du *Jamaat*. Comment avait-elle pu être aussi stupide ? Elle n'aurait jamais dû laisser Sohail emmener Zaid à la madrasa. La maladie d'*Ammoo* avait obscurci son jugement. Et quand Zaid s'était adressé à elle, elle l'avait chassé. Quelle sorte de mère ferait-elle ? Elle n'était même pas capable de voir ce qui se passait sous ses yeux.

La cabine était pleine à craquer, l'air étouffant. Rester à l'intérieur lui avait donné soif. Elle alla sur le pont, les bras appuyés au bastingage, des gouttelettes d'eau lui atterrissant sur le visage.

Elle trouva un stand de boissons fraîches. Un garçon au *lungi* remonté sur les cuisses était accroupi devant un baquet plein de glace et de boissons non alcoolisées. « Un Coca, s'il te plaît », dit-elle. Il avait environ douze ans, des bras forts dépassant d'une veste qui avait dû être blanche. Il sortit une bouteille du baquet, l'essuya avec un chiffon et l'ouvrit contre la table de bois délabrée qui était devant lui.

Elle lui donna cinq takas. Il attira son regard et lui fit un si grand sourire, si prometteur, qu'elle se surprit à lui demander pourquoi il n'était pas à l'école.

Il haussa les épaules, sans cesser de sourire.

« Où habites-tu ?

– Sur ce ferry. Le pilote est mon oncle. »

Une famille nombreuse s'approcha du stand et commanda des boissons. « Trois Mirinda et sept 7 Up ! » cria le père, ravi de sa blague. « Et que ça saute. » Le garçon se dépêcha de les servir, pêchant les bouteilles dans l'eau glacée, les remplaçant par d'autres sorties des caisses empilées à côté de lui. Maya s'attarda, le regardant travailler. L'homme prit ses boissons, jeta quelques pièces de monnaie au garçon, évitant les pailles pointues qui dansaient dans le goulot des bouteilles décapsulées.

« Vous habitez Dacca ? demanda-t-il à Maya.

– Oui, répondit-elle. Je suis médecin. »

Il avança sa lèvre inférieure et hocha la tête, impressionné : *« Dakhtar. »*

Ils étaient au milieu du fleuve, à présent, les berges disparaissant des deux côtés. Un muezzin annonça la prière d'*Asr*. Le moteur toussa, le ferry ralentit. Puis il s'arrêta brusquement et le silence se fit ; on n'entendait que le clapotement de l'eau contre le bateau.

« Il arrive que le moteur tombe en panne », dit le garçon. Ils entendirent des éclats de voix venant d'en dessous, un bruit de gens qui couraient. Plus un souffle de vent. Les passagers encombraient les couloirs de circulation, se pressant contre le bastingage.

« Venez avec moi, dit le garçon. Je connais un coin où on sera mieux.

– Oh, ça va aller. » Maya secoua la tête. « Je suis très bien ici, vraiment. Et tu ne devrais pas quitter ton stand ; les gens vont avoir soif. »

Il était déjà en train de glisser le baquet sous la table et de replier son petit étal. Elle lui emboîta le pas. Il monta quelques marches, traversa le ferry et grimpa avec agilité sur une échelle étroite, ses pieds nus épousant la forme des barreaux métalliques, puis il se retourna et tendit la main à Maya.

Le temps était radieux, le soleil se réfléchissant sur la peinture blanche du toit, mais l'endroit n'étant pas protégé du vent, il y faisait aussi plus frais. Ils allèrent se percher sur un petit rebord dans un coin, à l'orient du bateau. L'appel du muezzin retentit à nouveau. Quelques autres personnes étaient là aussi ; un homme déroula un petit rectangle de tissu et se mit à prier, inclinant la tête vers l'ouest. La prière vint spontanément aux lèvres de Maya. Elle pensa à sa mère qui lui avait patiemment appris ces versets et la réticence avec laquelle elle s'était soumise à l'hôpital. Une heure passa. Le garçon prit congé. « Il faut que j'aille vendre mes boissons, dit-il.

– Comment t'appelles-tu ? demanda Maya.

– Khoka.

– Au revoir, Khoka. » Elle lui fit un petit signe de la main, puis ajouta « Dieu te garde. »

Le ferry hoqueta, la sirène retentit pour saluer le redémarrage. Ils atteignirent rapidement l'autre rive, flottant vers l'étendue de terre, le soleil léger, fringant, à l'horizon.

Alors qu'elle quittait le ferry, Maya trouva Khoka qui l'attendait, serrant un petit ballot.

« Où allez-vous, *dakhtar* ? Laissez-moi vous accompagner. Je peux vous aider. » Elle le voyait mieux, à présent, dans la pleine lumière de l'après-midi. Il avait des yeux noirs, lumineux. Il serait beau, un jour, s'il était convenablement nourri. Si ses épaules n'étaient pas brûlées et voûtées par les longues heures passées sur le quai. Mais elle ne voulait pas s'encombrer de qui que ce fût ; il risquait de poser des questions auxquelles elle ne pourrait pas répondre. « Non, ça va aller. » Elle fouilla dans son sac pour en sortir quelques billets.

Il secoua la tête, refusant l'argent, soudain intimidé.

Dès qu'elle posa le pied sur le *ghat*[1], elle fut entourée de porteurs, serveurs de thé, vendeurs de *chotpoti*, bateliers et autres gens désireux d'acheter, de vendre ou de louer quelque chose. La nuit allait vite tomber mais elle n'avait pas l'intention de faire halte ici ; elle voulait continuer vers le nord, en direction de Chandpur. Empoignant son sac, elle balaya la rive du regard, à la recherche d'une embarcation disponible. Les bateliers la virent et la hélèrent.

1 Marches qui recouvrent les rives des cours d'eau ou les berges des bassins et qui permettent d'entrer dans l'eau.

« *Apa*, vous allez quelque part, venez avec moi !

– En amont, en aval, où vous voudrez, *Apa*, venez, venez. »

Elle hésita à côté d'un bateau, ne sachant tout à coup plus quoi faire. Elle avait souvent voyagé seule, mais regardant autour d'elle et voyant qu'elle était la seule femme sur la berge, elle se surprit à regretter de ne pas avoir emmené Joy. Tu te ramollis camarade Haque. Agacée par ce manque de confiance soudain, elle fit signe à l'un des bateliers.

« Je dois remonter le fleuve, annonça-t-elle.

– Bien, bien, dit le batelier en hochant la tête, donnez-moi vos affaires.

– Dites-moi d'abord le tarif.

– Ne vous en faites pas pour le tarif, ma p'tite dame. » Il tendit à nouveau le bras, frôlant la bandoulière de son sac.

Elle recula. « Laissez tomber, dit-elle. J'ai changé d'avis. »

L'homme sauta de son bateau avec légèreté et vint se poster à côté d'elle. « Ne vous en faites pas, ma p'tite dame, le tarif sera correct. Et, de toute façon – il sortit quelque chose du coin de sa bouche, le mâcha puis le cracha –, une femme ne devrait pas voyager seule. »

Elle tourna les talons, le remerciant de son aide. Les autres bateliers observaient la scène. « La dame ne sait pas où elle veut aller ! claironna-t-il, derrière elle. Priver un homme de son gagne-pain, c'est du propre. Laissez-nous au moins quelque chose pour le dérangement. »

C'était si ridicule qu'elle se retourna. « Quel dérangement ? C'est vous qui devriez me payer, à me harceler comme ça. »

Le visage de l'homme se rembrunit. « Vous croyez peut-être que vous pouvez dire tout ce que vous voulez ? » Il lui prit le bras. « Parce que vous avez de l'argent et que je ne suis qu'un batelier ? »

En elle la colère monta. « Vous croyez que vous pouvez me dire tout ce que vous voulez juste parce que je suis une femme ? » Elle se libéra et s'en retourna vers le ferry, cependant que l'homme continuait à l'apostropher de plus belle. Les gens s'arrêtaient de laver leur bateau pour les regarder. À aller et venir ainsi sur la berge, elle était un spectacle à elle seule.

Khoka portait une caisse de bouteilles de Coca sur l'épaule. « J'ai changé d'avis, lui lança-t-elle, essayant de vaincre le tremblement de sa voix. Trouve-moi un batelier, quelqu'un d'honnête, pour m'emmener en amont.

– Il est trop tard, *dakhtar*, personne ne vous prendra maintenant. Ils quittent tous le *ghat*, la nuit est en train de tomber. »

Elle se concentra, ayant insupportablement chaud, à présent, bien que la lumière du jour fût en train de virer du jaune au gris, et se demanda si elle agissait bien, éprouvant l'urgence de la situation et une peur panique à l'idée de ne pas savoir où chercher Zaid. Ce garçon, ce vendeur de boissons fraîches était tellement pauvre qu'il devait passer toutes ses journées entre les deux rives, à ouvrir bouteille sur bouteille sans jamais aller à l'école. Mais il avait ce ciel ouvert au-dessus de lui et il était libre de partir, libre de ses mouvements.

« Je t'en prie, il faut que tu me trouves quelqu'un. Je paierai, j'ai de l'argent. Mais il faut que ce soit ce soir.

– OK, je vais essayer. » Il la soulagea de son sac et l'emmena un peu plus loin sur la rive, en aval. Les bateliers emballaient leurs affaires, nettoyaient les moteurs, écopaient. Il la laissa dans une échoppe où elle acheta un paquet de Nabisco et prit une tasse de thé. Il revint quelques minutes plus tard et la conduisit à une embarcation toute simple. Un batelier très âgé l'accueillit. « *Chacha* va s'occuper de toi, dit Khoka, n'est-ce pas, *Chacha* ? »

Khoka tendit la main pour l'aider à monter sur le bateau. « Avec votre permission, *dakhtar*, j'aimerais venir avec vous.

– Tu penses que je ne peux pas y aller seule ? Je l'ai déjà fait, tu sais. J'ai fait la guerre.

– Tu as fait la guerre ? Mon oncle aussi. Il a une cicatrice ici, dit-il en faisant courir son index sur sa joue, c'est une balle qui l'a atteint. »

Il sourit à nouveau, comme s'il n'y avait pas de tragédie dans le monde dont il n'ait entendu parler et qu'il n'ait surmontée. « D'accord, fit Maya, viens avec moi, alors. »

Le soleil tutoyait l'horizon quand ils se mirent en route pour remonter le courant, les silhouettes restées sur la rive rapetissant jusqu'à devenir des petits points jaunes qui brillaient comme des cigarettes dans une pièce obscure. À travers les lattes de bambou, elle voyait l'eau qui montait contre le bord de l'embarcation. Ils passèrent une heure sans rien dire. Le batelier fredonnait en ramant. Puis Khoka dit « *Dakhtar*, je devrais pas demander. Mais vous avez des ennuis ? »

Maya hésita, se demandant s'il allait comprendre quelque chose à tout ça. « Je suis à la recherche d'un petit garçon. Mon neveu. » Et là, elle raconta toute l'histoire, son retour après une longue absence, le bungalow à Dacca, la maladie de sa mère et l'arrivée de Zaid.

Le visage de Khoka réagissait à chaque épisode du récit. Elle voyait bien qu'il pensait à sa propre situation, comparant sa vie et ses propres misères à celles de cet autre garçon. Il en faisait le compte : la mort de ses parents, les longues journées passées à charrier les caisses de boissons sur les marches du *ghat*. Toutes les autres blessures cachées. À la fin, alors qu'elle racontait l'aveu de Rokeya, puis sa dernière rencontre avec Sohail, elle avait presque oublié où elle se trouvait. Quand elle releva la tête, elle vit que Khoka avait les yeux qui brillaient. Il se pencha par-dessus le bord de l'embarcation, prit un peu d'eau dans sa main et s'en aspergea le visage.

Il n'aurait pas été convenable qu'il l'embrassât. Mais, quand il s'essuya grossièrement le visage avec ses mains, ce fut comme s'il la serrait dans ses bras, comme s'il lui avait dit, vous avez bien fait de venir ici, d'embarquer sur ce bateau, de remonter le fleuve à la recherche de ce garçon. Quand vous le trouverez, vous me trouverez aussi.

Et c'est ainsi qu'ils firent le trajet amont, le Jamuna battant contre ses berges, exigeant son passage, brisant et avalant des morceaux de rive, les emportant vers leur destination à son rythme, selon son bon vouloir.

Elle dit à Khoka ce qu'elle savait de la madrasa.

« Vous ne connaissez pas son nom ?

– Non. Je ne connais pas du tout le coin.

– Même pas le nom du village ?

– Non, désolée.

– Eh bien, nous irons dans toutes les madrasas de tous les villages à proximité de Chandpur et nous le trouverons. »

Zaid avait dit que c'était entouré d'eau. Elle n'avait pas bien saisi, de prime abord, mais maintenant elle comprenait. Le fleuve était si large et si sauvage qu'il créait ses propres îlots. Elle en avait entendu parler, mais n'avait jamais vu cela. Khoka lui apprit qu'on les appelait des *char* et lui en désigna, galettes de terre flottantes ne dépassant la surface de l'eau que de quelques centimètres seulement, parsemées de quelques pâles touffes d'herbe.

« Ces îlots apparaissent chaque année après la mousson. Ils peuvent rester, ou bien être avalés par le fleuve en quelques mois, ça dépend. Celui-là – il en désigna un qui ressemblait à la berge – il est vieux, ça fait plusieurs années qu'il est là. Votre madrasa a dû être construite sur l'un des plus anciens. » Il dit quelque chose au batelier. « Arrêtons-nous et allons nous renseigner.

– Trop tard, dit le batelier. On va s'arrêter et essayer demain. »

Maya regarda sa montre. Sept heures, mais il faisait déjà complètement nuit, le fleuve était gris et noir, subitement silencieux.

Le batelier fit cuire du riz sur un réchaud de fortune à côté du moteur pendant que Khoka faisait frire quelques crevettes qu'il avait attrapées depuis le bateau. Ils mangèrent silencieusement, Maya surprise par le croquant salé, délicieux des crevettes. Après le repas, Khoka dit « Le batelier voudrait vous demander quelque chose, *dakhtar.* » Il guida le vieil homme jusqu'à elle. Il avait un visage sillonné de rides profondes qui lui donnaient un air bienveillant. « C'est au sujet de ma femme, expliqua le batelier, c'est son cou. » Il porta ses mains à son vieux cou fatigué. « Il est tout rond.

– Vous voulez dire enflé ?

– On dirait qu'elle a avalé une citrouille. » Ses lèvres à lui étaient cernées d'orange à cause de la noix de bétel, et sa bouche était noire.

« C'est un goitre, expliqua Maya. Elle a besoin d'iode. Lorsque vous irez au magasin pour acheter du sel, dites-leur que vous voulez du sel iodé.

– Et c'est cher ?

– Le même prix que l'autre. » La loi imposait désormais que l'on vende du sel iodé mais elle n'était pas appliquée par tous les producteurs. À Rajshahi, elle avait convaincu les marchands de sel de se convertir au sel iodé. Il n'y avait pas de cou enflé dans son village.

Le batelier porta sa main droite à son front pour la remercier. Puis il lui fit signe de s'étendre dans le bateau, Khoka et lui allaient trouver un coin sec sur la rive. Elle s'endormit rapidement, les bras bien serrés autour d'elle pour se tenir chaud, la burqa en couverture.

Au matin, Khoka héla un groupe d'hommes allant aux champs. Oui, leur dit-on, il y avait une madrasa ici. Ils avancèrent en pataugeant entre des bandes de paddy et tombèrent sur un bâtiment scolaire bleu entièrement fait de plaques de tôle ondulée. Quelques enfants traînaient sur une pelouse mal entretenue devant le bâtiment. « Cela ne peut pas être ça, dit Maya, faisant demi-tour.

– Tu ne veux pas voir le directeur ?

– Regarde, dit-elle, montrant du doigt les enfants. Des filles. »

Ils poursuivirent leur chemin en amont, le batelier luttant contre le courant. Ils s'arrêtèrent encore plusieurs fois, visitèrent des écoles de fortune, les dépendances de mosquées. Il y avait quelque chose d'impermanent dans ces îles, d'autant que, dans leurs saris et leurs *lungi* gonflés par la brise du fleuve, leurs habitants paraissaient légers, insouciants. Peut-être y reviendrai-je le cœur plus joyeux, se dit Maya, tandis que le soleil plongeait une fois de plus sous l'horizon aqueux.

Le lendemain matin, ils s'arrêtèrent sur une grande île qui s'élevait de plus d'un mètre au-dessus du niveau de l'eau. Les pieds s'enfonçant dans le limon, Maya et Khoka suivirent le sentier qui partait de la berge. Après quelques pas, le sol était plus élevé, donc plus sec, et leur progression s'en trouva facilitée, Khoka balançant le sac de Maya en marchant, le coucou koël et le bulbul chantant de concert, créant un effet d'entraînement.

Deux autres tentatives, et ils se retrouvèrent devant une petite porte bleue massive, prise dans un mur sans fenêtre. Maya eut soudain l'estomac noué. « C'est sûrement ça. » Elle sortit la burqa de son sac et l'enfila par la tête. Elle se couvrit la tête et le visage avec le niqab, surprise par la sensation de son propre souffle sur ses joues. « Attends à côté du bateau, dit-elle à Khoka. On aura peut-être besoin de filer très vite. »

Elle contourna le bâtiment, comme une voleuse. Un haut mur entourait l'ensemble, dont plusieurs bâtiments plus petits autour d'une cour centrale. Une forte odeur de garçons qui ne se sont pas lavés et de bananes pourries flottait comme une brume sur le bâtiment. Elle finit par rassembler son courage et frappa à la porte. Un garçon, plus âgé que Zaid, l'ouvrit aussitôt. « Où est le *Huzoor* ? dit-elle. Conduis-moi auprès de lui. »

Il hésita. « Le Grand *Huzoor* ou le Petit *Huzoor* ? »

Elle ne savait pas. « Aucune importance. Disons, le grand. Le responsable. »

Le garçon se redressa, comme s'il se rappelait quelque chose. « Les femmes ne sont pas admises, objecta-t-il.

– Ça va, il m'attend. » Elle étendit le bras et tapota la calotte du garçon, mais il se raidit et recula dans l'obscurité.

« Non », dit-il et il fit mine de refermer la porte.

Elle le prit par les épaules. « Le *Huzoor* va me recevoir, dit-elle. Fais-moi entrer. »

Il la repoussa et claqua la porte. Elle tambourina du poing, sachant qu'il était derrière. « Ouvre-moi cette porte ! »

Elle fit à nouveau le tour du bâtiment, cherchant une entrée. L'endroit semblait désert, pas de bruit de pas, aucun bruit d'aucune sorte. Elle revint à la porte. Cogna à nouveau. Il faisait noir, étouffant, sous son niqab. Elle soufflait comme un bœuf.

Rien. Elle fit demi-tour, retourna au fleuve en courant. Le bateau n'était pas amarré, Khoka et le batelier attendaient, les rames sur les genoux. « Ils n'ont pas voulu me laisser entrer, dit-elle.

– Ils sont combien ? demanda Khoka.

– Un garçon, seulement. Les salles de classe doivent se trouver derrière, mais je n'en suis pas sûre.

– Laissez-moi venir avec vous, suggéra Khoka. Je pourrai peut-être trouver un moyen d'entrer. » Il gagna la rive à pied.

Ils firent une nouvelle tentative à la porte. Le garçon ouvrit, mais c'est Khoka qui parla. « Il faut qu'on entre, dit-il, c'est très important. »

Le garçon désigna Maya : « Interdit aux femmes. »

Khoka repoussa le garçon sur le côté et se glissa à l'intérieur. Maya était prête à le suivre mais Khoka referma la porte derrière lui. Elle entendit une bagarre, des pas, des éclats de voix étouffées. *Maintenant*, entendit-elle. *Maintenant*.

La porte s'ouvrit. Khoka tenait le garçon par le coude. « Entrez, dit-il. Je resterai ici.

– Qu'est-ce que tu lui as dit ? murmura-t-elle.

– Que vous êtes la sœur du *Huzoor* Haque, que vous êtes venue traiter des affaires importantes et que, si Dieu le veut, et si on vous laisse entrer, la madrasa sera couverte de bienfaits.

– Vraiment ?

– En réalité, pardonnez-moi *dakhtar*, je lui ai dit que s'il ne faisait pas ce que je lui demandais, j'allais le battre jusqu'à ce que le sang lui sorte des oreilles. »

Le garçon renifla, l'air furieux, tourna les talons et la conduisit le long d'un couloir jusqu'à une cour intérieure. Il lui demanda de patienter pendant qu'il parlait au *Huzoor*. « Dis-lui que je suis Mme Haque », lança-t-elle. Elle attendit, tâchant de bouger le moins possible sous cette chaleur. Le garçon réapparut et la conduisit dans une petite pièce. Un homme très mince à la barbe bien taillée était assis derrière un bureau, un stylo à la main. Il portait ses lunettes remontées sur l'arête du nez.

« J'aimerais parler au *Huzoor*, dit-elle. Qui êtes-vous ?

– Je suis le *Choto Huzoor*.

– Où est le Grand *Huzoor* ?

– En déplacement. »

Maya jaugeait l'homme. La sœur de Rokeya avait raison au sujet de la burqa : elle pouvait dévisager librement les gens, sans être vue. Elle remarqua ses doigts fuselés peu soignés, les flaques sombres de ses yeux avec des traces de khôl. Sa longue djellaba lui balayait les chevilles.

Elle ravala la peur qui remonta au souvenir de l'homme qui lui avait mis un couteau sous la gorge.

Il posa son stylo. « En quoi puis-je vous aider ma sœur ? » Il sourit faisant apparaître des petites dents.

Maya s'approcha, posa les mains sur le bureau. « Je viens chercher quelqu'un. Un garçon. »

Le *Huzoor* regarda ses chaussures et, soudain, elle n'eut plus peur de lui ; il savait pourquoi elle était là, le savait à la façon dont elle se tenait et avançait son visage vers lui. Ses doigts se mirent à trembler, son stylo s'agita comme le tracé de battements de cœur irréguliers. « Je ne vais pas m'attarder, l'assura-t-elle. Je suis venue récupérer Zaid Haque. Vous allez me le remettre et je ne vous embêterai pas plus longtemps. »

Elle se préparait à une discussion mais il resta figé à son bureau, le stylo en l'air. Elle remarqua que ses ongles étaient teints au henné. Elle se répéta, éleva la voix. Elle s'entendit le menacer, lui dire qu'elle allait parler au Grand *Huzoor*, qui informerait ses supérieurs. Qu'il serait déshonoré. Puis elle avertirait la police et ferait fermer la madrasa. Il serait arrêté. Avez-vous déjà vu à quoi ressemble une prison,

Huzoor ? Comme il se levait et bloquait la porte, elle s'approcha de lui et plaça ses mains sur sa poitrine. « Je sais ce que vous avez fait, l'assura-t-elle. Je le sais et Dieu le sait ; vous brûlerez en enfer pour ça. » Il eut des tremblements dans la voix cependant qu'il désignait l'arrière de l'enceinte, marmonnant quelque chose à propos d'une cabane et d'une porte verrouillée. « Je sais ce que vous avez fait, répéta-t-elle, alors qu'il ôtait la clef qu'il portait autour du cou. Je le sais et Dieu le sait. »

Elle longe le mur du bâtiment, tourne le coin et se retrouve dans une allée bordée de buissons. Elle voit l'école, une pièce rectangulaire au toit de tôle. Et entend, venant de l'intérieur, un bourdonnement de voix, nombreuses, un essaim d'abeilles.

Comme l'a dit l'homme, elle tombe sur une petite cabane carrée, de la taille d'un poulailler. Sans toit, mais les murs sont hauts. Elle frappe à la porte avant d'essayer le verrou. Elle a peur d'appeler, peur d'être entendue, peur de ce qu'elle va entendre. Une réponse à la porte. Pas une voix, mais des petits coups secs assourdis, pas des jointures, plutôt une pression de la paume. Le verrou bloque la serrure de la porte.

Elle se sert de la clef.

La porte s'ouvre et il est là, accroupi au-dessus d'un trou creusé dans le sol. Elle tend les bras, il s'y précipite, et elle croit l'entendre appeler son nom, Maya Maya Maya. Son cœur s'en réjouit tout d'abord, puis les mots se précisent et elle se rappelle qu'elle porte toujours son déguisement et qu'il l'a prise pour sa mère. *Ma, Ma, Ma*.

Elle l'installe dans le bateau. Il s'accroche à elle. *L'alphabet arabe*, dit-il. *Alif, ba, ta, sa. Je le sais.* Ils rejoignent Gaibandha. Sur le bateau, dans le noir à nouveau, Maya insiste pour que Zaid mange quelque chose. Il refuse, regardant à travers les claies de bambou posées en arc de cercle sur la structure qui sert d'abri au bateau, cherchant des yeux le ciel nocturne. *Je sais l'alphabet arabe*, répète-t-il. *Où est ma mère ?* Elle n'est pas là, lui dit Maya, tu le sais bien. *Bismillah ir-Rahman ir-Raheem*, commence-t-il, récitant les paroles qu'on lui a apprises. *Nauzubillah hira-shabitan-ir-Raheem.* Un petit lézard a réussi à monter à bord et court précipitamment dans tous les sens parmi les tiges de bambou incurvées du toit. Il se concentre dessus, le chassant avec son doigt.

Sa grand-mère l'attend à la maison, lui dit Maya, elle sera tellement heureuse de le voir. Son père aussi. À l'évocation de son père, il dit, *Je ne veux pas rentrer à la maison. Je sais l'alphabet arabe. Alifbatasa. BismillahirRahmanirRaheem.* Il a une coupure sur la joue. Un hématome au pli du coude.

Elle est torturée par un sentiment de culpabilité, à présent, à cause des sandales qu'elle ne lui a jamais achetées, parce qu'elle l'a laissé se faire prendre à voler, qu'elle ne l'a pas suffisamment traité comme l'un des siens, comme un fils. Elle s'attend à être en colère contre son père, aussi, à ce que sa rage finisse par exploser en elle, mais, pour l'instant, elle ne peut que se faire des reproches.

Khoka n'arrive pas à détacher ses yeux du garçon. Il le regarde, encore et encore, chassant la main de Zaid qui se saisit du lézard, lui enlève la queue et le jette à l'eau.

Maintenant qu'ils approchent du rivage, Zaid monologue de plus en plus fort. *J'aime les oranges*, dit-il. *Apportez-moi une orange. Apportez-moi une bicyclette.* Il se met à réciter l'appel à la prière. *AshahadullahMuhammadur RazulAllah*. Il se lève, se penche de tout son poids d'un côté, puis de l'autre. Le bateau tangue. La berge est bondée de bateliers, de pêcheurs et de gens comme eux, qui vont d'un ici à un ailleurs. Ils sont tout près à présent, et il se met à gémir, frappant Maya de ses poings alors qu'elle le prend dans ses bras. « Tu veux rester sur le bateau, Zaid, c'est ce que tu veux ? Tu veux passer la nuit ici ? Très bien, très bien. »

Ils font demi-tour, s'éloignant du quai du ferry, le batelier les amarre contre la berge.

Khoka et le batelier se dirigent vers la rive, la laissant seule avec Zaid. Il se met à faire plus frais et elle ouvre la fermeture éclair de sa burqa pour en protéger l'enfant. Il lui tourne le dos et elle se pelotonne contre lui, ses mains caressant doucement ses cheveux. Sa respiration ralentit.

« On va rentrer à la maison, dit-elle. Demain, nous serons à la maison.

– Je ne veux pas.

– Ne t'en fais pas, ce ne sera pas comme avant.

– J'ai essayé de m'enfuir.

– Je sais, Rokeya me l'a dit.

– Mais *Abboo* m'a renvoyé là-bas.

– Quand tu lui auras tout raconté, il ne le refera plus. Il ne te renverra plus jamais là-bas. Dors maintenant. Demain nous serons à la maison. »

Elle est fatiguée, à présent, si fatiguée. Elle pense qu'il lui dit quelque chose, sans en être certaine. *Je veux une bicyclette. Je lui ai déjà dit.* « Ne t'en fais pas, marmonne-t-elle. Je vais lui parler. Tu ne risques plus rien désormais. »

Alifbatasa.

Ce ne sont que quelques instants de sommeil, mais elle se les rappellera comme la chose la plus douce qu'elle ait jamais connue, parce que le garçon respire à côté d'elle, un avenir intact devant lui.

Elle est en train de rêver lorsqu'elle l'entend : un petit plouf, à peine plus qu'un hoquet dans l'eau. Mais elle sait ; elle sait que c'est lui. Elle plonge, la burqa se gonflant autour d'elle, le courant l'éloignant du bateau en un instant. Elle l'appelle, ouvre les yeux sous l'eau, essaie de voir à travers l'obscurité et le limon liquide du Jamuna, tombe de plus en plus profond dans cette nuit, et là, une paire de mains fortes sur ses épaules. Elle ouvre les yeux. Khoka. Elle lutte, le repoussant, mais ils sont déjà sur le bateau. Qu'il est fort. Que le courant est brutal, affamé.

C'est une tape sur la tête qui la réveille, des mains qui l'empoignent, lui tirent les bras de chaque côté. Et là elle découvre quelque chose sur la police : qu'elle sépare le corps de façon à le dissocier. Ils la soulèvent de terre et elle hurle OUESTZAID, puis sa tête heurte le plancher du camion et tout devient noir.

Le froid, et pas une once de lumière. Elle cherche son visage à tâtons dans le noir. Le nez, cassé. Des lèvres comme un fruit éclaté. Elle appuie, palpe, la douleur irradie ses joues et ses tempes.

Elle tire sur sa burqa. C'est d'une ironie cruelle, cette façon qu'elle a eu de se cramponner à ce vêtement. Les autres prisonniers sont tout près mais elle ne peut pas les entendre. Elle était avec eux, au début, entassés dans une pièce où les femmes dormaient à tour de rôle. Mais elle s'est mise à hurler sans pouvoir s'arrêter. Les femmes l'ont entourée, ont essayé de la réconforter. Mais elle hurlait toujours.

ZAIDOUESTZAID.

Pour finir, un policier est entré dans la cellule, l'a jetée à terre et l'a tabassée, la plongeant dans le noir. Elle a ouvert les yeux là-dessus : une pièce comme un cercueil, plus personne après qui crier.

Le glissement du métal. Une assiette, un verre d'eau.

Elle boit l'eau mais, lorsqu'ils viennent pour récupérer le plateau, elle le leur jette à la tête. Que son corps éprouve la faim ! Mieux vaut avoir la tête légère, les membres lourds. Mieux vaut ne pas se rappeler le bruit des profondeurs aquatiques.

Ils lui envoient une femme. Une voix douce. Tu n'as rien mangé depuis trois jours.

Où est Zaid ?

Tu fais une grève de la faim ? Dis-nous pourquoi tu es ici.

Ils savent pertinemment pourquoi elle est ici. Pourquoi sinon l'avoir enfermée là-dedans ? Une attaque préventive de la part de ce *Huzoor* aux dents gâtées.

Où est Zaid ?

Ce qu'elle a été bête. Elle voulait tellement que son frère lui revienne qu'elle en a ignoré son propre serment. Avant tout Ne-Pas-Nuire.

Une main, petite, entre en collision avec sa joue. La lèvre s'ouvre à nouveau. « Mange, salope. Je ne veux pas avoir ta mort sur la conscience. »

Quelques jours plus tard, une semaine peut-être, elle ne sait pas exactement, on la pousse dans un fourgon. Les mains attachées avec une corde, une odeur de campagne dans les narines, herbe, paddy et bouses séchées, tout le long jusqu'aux abords de la ville. Un homme écrit son nom dans un registre.

À Rajshahi, elle était entourée d'enfants. Elle avait cessé de compter ceux qu'elle avait aidés à venir au monde, mais elle gardait le décompte de ceux qu'elle avait enterrés, morts à cause du choléra ou d'une morsure de serpent, ou de la crue brutale d'un fleuve voisin, ou parce que la boîte de lait coûtait trop cher au moment où leur mère n'en avait plus au sein, ou sans la moindre raison. Sans la moindre raison, elle en avait accompagné cent trente-sept au cimetière.

Elle les avait tous aimés, tous, même si elle ne les avait connus que le temps de placer son oreille sur leur petite poitrine et de dire à leur mère que c'était fini, qu'il n'y avait plus rien à faire. Mais aucun ne lui avait fait battre le cœur comme ça, ni un vivant, ni un mort. Un fantôme d'enfant qui disparaissait, malmenait les langues et trichait aux cartes.

*

La prison centrale de Dacca. Une grande pièce carrée, bondée de femmes. Qui sent l'urine et dont l'air est vicié par un trop grand nombre de respirations. Tel pays, telle prison. La pauvreté partout. La mort à deux pas. La naissance aussi. Une femme en travail est traînée dehors, tête pendante. Maya aurait pu l'aider, mais s'en abstient. Une vieille femme se peigne les cheveux. C'est douloureux, elle a des hématomes sur le crâne. Arrêtez, dit-elle. On lui asperge de l'eau sur les yeux. De la nourriture passe par des doigts salés et ridés. Elle ouvre les yeux. La femme est une ombre noire au visage peint d'iris blancs.

Des fragments de sa vie lui reviennent. Le bain dans l'étang avec Nazia. L'odeur des plants de sésame. L'autodafé de livres dans le jardin. La voix de Sohail. *J'ai tué, Maya. J'ai tué.* Pour qu'il ne devienne pas comme moi. Ce n'était pas Piya, c'était Silvi. C'était la guerre. À cause de la guerre, c'était trop tard. *J'ai tué.* Maintenant elle savait ce que c'était que le poids de la mort.

Quelqu'un prononce son nom. On l'amène

sur le devant de la cellule. Joy est accroupi de l'autre côté des barreaux. Elle lève les yeux et voit qu'il pleure. Elle pense le dérider en lui faisant remarquer qu'ils sont désormais à égalité, condamnés tous les deux, mais la seule chose qu'elle veut dire, c'est « Où est-il ? »

Joy baisse la tête. « Ils ne l'ont pas encore retrouvé. »

La lumière change. Elle le voit en entier, à présent, ses robustes épaules, ses chaussures à semelles épaisses. Elle n'a pas eu conscience de sa peur, jusqu'ici, mais là, elle empoigne les barreaux, les secoue, comme un animal.

« Je vais te sortir de là, dit Joy. Ça va prendre quelques semaines. »

Elle s'arrête. Dehors, elle sera bien obligée d'affronter cela. Elle a peur de lui demander ce qu'*Ammoo* a dit en l'apprenant. Et Sohail. Qu'a dit Sohail ? « Je ne veux pas sortir. Je veux rester ici.

– Ne dis pas n'importe quoi, Maya. J'ai mis un bon avocat sur ton dossier.

– Tu ne veux plus m'épouser, je le sais. Et ta mère, qu'est-ce qu'elle va dire ?

– Elle sait tout. Je lui ai dit que tu voulais seulement sortir le petit de là. Ce n'est pas ta faute. »

Il lui couvre les doigts avec ses mains. Une question vient aux lèvres de Maya. « Étais-tu en colère après la mort de ton père ?

– Pourquoi ?

– Simple curiosité.

– J'étais tellement en colère que je suis descendu dans la rue avec mon arme, prêt à tuer quiconque ressemblait à un Bihari ou un Pakistanais. C'est pour ça que ma mère m'a envoyé aux États-Unis… Parce que j'aurais pu tuer quelqu'un. »

Elle comprenait, maintenant, pourquoi il était parti si brusquement. Comme elle avait été cruelle ! Elle pique comme une abeille.

« L'avocat essaie d'obtenir très vite le passage en jugement. As-tu besoin de quelque chose ?

– Non.

– Je fais vérifier ta nourriture. Il faut que tu manges. » Il essaie de ne pas se remettre à pleurer, le visage tendu par l'effort que cela représente.

La lumière de la lampe l'accompagne pendant quelques pas puis il disparaît, englouti par la prison.

La fois suivante, il revient avec Rehana. On l'autorise à aller dans une pièce avec une table et deux chaises. *Ammoo* porte un sari bleu foncé, son visage surgit pâle et rond de l'obscurité. Elle porte des lunettes. Elle s'assied doucement sur une chaise. La main de Joy plane au-dessus de la tête de Maya. « Je serai dehors. »

« Je suis venue te dire quelque chose », dit *Ammoo*.

Maya ne peut pas la regarder en face. Elle lève le bras au-dessus de sa tête et tire le niqab sur son visage. Je ne supporte pas ton regard.

« Je sais que tu as toujours accusé Silvi d'être responsable de ce qui est arrivé à ton frère. »

Silvi. Silvi avait traversé la rue pour poser ses mains autour du cou de Sohail.

« Étais-tu au courant pour Haji Mudasser ? »

Maya cherche sa voix. Elle opine.

« C'est l'imam qu'ils révèrent à Kakrail. Mais en 1972 il était à la mosquée de la 13e Rue. »

La mosquée proche du lac. L'*eidgah* où les hommes du quartier se réunissaient le vendredi.

« Sohail a commencé à y aller aussitôt après la guerre. »

La voix de Maya émergea, faible, de l'intérieur du niqab. « Qu'est-ce que tu dis ?

– Haji Mudasser a été comme un père pour Sohail.

– Il ne m'a jamais parlé de lui. »

Ammoo s'appuie des coudes sur la table. « Tu sais, je me suis toujours demandé auquel de vous deux votre père avait le plus manqué. »

À moi. À moi.

« Au début, je croyais que c'était à toi. Une fille a besoin de son père, je le sais mieux que personne. Et j'ai toujours pensé que, si ton père était encore de ce monde, il ne t'aurait pas laissée partir à la guerre. Ni à Rajshahi. Nous serions tous restés ensemble, soudés. Mais, quand il est mort, Sohail n'avait que huit ans, tu sais. Il n'avait que huit ans et il est devenu l'homme de la maison. Je l'envoyais chercher la carte de rationnement, payer les factures d'électricité. Tu ne t'en souviens pas. Il le fallait bien, vois-tu, je n'avais personne d'autre. Et après ce qui s'était passé pendant la guerre, Sohail a trouvé Haji Mudasser.

– Après quoi, qu'est-ce qui s'était passé ?

– Il rentrait, raconta-t-elle, et il y avait cet homme sur la route… Cela tenait plus de l'accident, en fait. »

Pourquoi est-elle la dernière à l'apprendre ?

« Il m'a dit que tu le savais, dit *Ammoo*. Que, la nuit où il a brûlé ses livres, il t'en a parlé. »

Non, il n'en a pas parlé. Il ne lui a jamais rien dit. *J'ai tué, Maya. J'ai tué.*

« Bref, si je te raconte ça, Maya… Si je te le dis, c'est parce qu'une chose comme celle-là peut détruire un homme. Ça peut t'enlever des années, t'ôter la vie. »

Ce n'est pas la même chose. Zaid n'était qu'un petit garçon.

« Et une autre chose… au sujet de Silvi. Tu ne devrais pas lui mettre tout sur le dos. Vers la fin, elle était… je crois qu'elle avait compris. »

Pardonner à Silvi ? C'est par elle que tout avait commencé. *Il ne peut y en avoir qu'Un*, avait-elle déclaré. Et le monde s'était rétréci. Sa propre culpabilité ne rendait pas Maya plus indulgente.

« L'ont-ils trouvé ? » murmure-t-elle.

Ammoo enlace les doigts de Maya. Sa main est ferme. « Non, ils ne l'ont pas trouvé. » Sa main serre un peu plus fort. « Tu n'as pas cru Zaid quand il t'a dit que sa mère jouait avec lui au Ludo et lui avait promis qu'il irait à l'école. Mais c'était vrai. »

Elle ne veut pas que sa mère s'en aille. Elle se cramponne à elle et ils doivent la faire lâcher.

Ammoo lui a tout raconté. Maintenant, elle sait. Sohail était venu au secours de Piya dans les baraquements. L'avait libérée et conduite au village. Ce n'est qu'à ce moment-là que lui-même envisagea de rentrer chez lui. Il marcha vers le sud, sur la route de Jessore, au milieu d'une foule de réfugiés. La paix remontait à quelques jours seulement et ils refluaient déjà. Il marcha toute la journée, se reposant sur le bord de la route, comme tous les autres, bras repliés sous sa chemise à carreaux bleus et rouges – un trésor ayant appartenu à son ami Aref. Un soir, il faisait déjà noir, il vit un homme sur la route. Bien nourri, vêtu d'une veste de laine épaisse, un foulard serré autour du cou et du menton, il ne ressemblait pas du tout aux autres. Pourquoi marchait-il avec autant d'assurance – à grandes enjambées même ? Sohail voulut le voir de plus près. Était-ce un officier ennemi qui essayait de se fondre dans la foule ? Était-ce l'officier qui avait pris Piya ? Peu importait. À leur manière, tous avaient pris Piya dans le magasin, derrière leurs baraquements.

Sohail s'approcha de l'homme, l'homme

regarda Sohail et Sohail crut l'avoir entendu dire quelque chose ; ce n'était pas très clair, parce que sa bouche était masquée par le foulard de laine qu'il portait autour du cou. Il s'approcha, la main agrippée à son fusil. *Beta*, dit l'homme, *beta. Beta.* C'était ainsi qu'*Ammoo* avait toujours appelé Sohail, un mot tendre, un mot du passé. Un mot ourdou. Et en moins de deux il lâcha son fusil et étreignit cet homme, l'étreignit comme si c'était son père depuis longtemps disparu, puis, l'instant d'après, il sortit le couteau caché dans son *lungi*, et quand l'homme vit le couteau, il s'agenouilla, mit ses bras autour des genoux de Sohail et dit *Bismillah ir-Rahman ir-Raheem.* L'homme le suppliait de l'épargner. Il le suppliait, mais Sohail n'entendit que les paroles du *Kalma* alors qu'il le prenait par le cou et répondait *Il n'est de Dieu que Dieu*, et sans même s'en rendre compte, ils se mirent à parler en même temps, tuant et mourant, mourant et tuant, Sohail tenant le couteau d'une main sûre, et, dans le reflet de cette lame, voyant les yeux de la fille dans les baraquements, avec son visage rond, ses cheveux tondus, agi qu'il était par toutes ces choses qu'il avait vues ou imaginées, des choses qui exigeaient ce geste de la main en travers de la gorge de cet homme, tandis qu'il récitait *Dieu est Grand, Dieu est Grand, Dieu est Grand.*

Le sang coula du cou de l'homme. Sohail ôta son foulard, lui découvrant le visage, et, alors qu'il le regardait, la vérité lui apparut subitement, l'atteignant comme une balle en plein cœur. *Beta.* Cet homme n'était pas un soldat. Ce n'était ni un soldat, ni un Bihari, pas même un ennemi. Juste un très vieil homme au poil poivre et sel sur un menton mal rasé. Il avait le visage d'un père, gentil, ordinaire, effrayé. Un homme insignifiant. Un homme qui n'avait rien fait. Qui rentrait chez lui après la guerre, comme tout le monde.

La vie de Sohail en échange de cette mort. Payée au prix de la chair et du sang. Elle doit être là, à battre en lui. Il avait évité *Ammoo* pour cette raison, parce qu'elle ne l'avait pas suffisamment préparé. Si elle lui avait donné le Livre plus tôt, il aurait agi autrement. Il ne l'aurait peut-être pas fait.

Le lendemain, Maya reçoit la visite d'un homme râblé, sanglé dans un costume ajusté. Il se présente comme son avocat. « Je crains que la situation ne soit un peu plus complexe que nous ne le pensions, dit-il. Les mollahs sont ligués contre vous. »

Elle avait raison. C'était bien ce *Huzoor*, qui avait filé doux devant elle et la poignardait dans le dos.

« Le problème est que le Dictateur tente de les caresser dans le sens du poil, alors il vous a prise en grippe. Et vous avez aggravé votre cas en le ridiculisant. »

Le Dictateur ? Elle est perplexe. « Je croyais avoir été incarcérée pour le kidnapping de mon neveu, Zaid.

– J'ai entendu parler de ça, madame, et je suis vraiment désolé. Mais ceci est beaucoup plus grave. »

Qu'est-ce qui pourrait être plus grave ?

« Ils hésitent entre deux motifs d'inculpation en ce qui vous concerne : la diffamation ou la trahison. Comme vous pouvez l'imaginer, la trahison serait bien pire. Heureusement, l'opinion publique est de votre côté. Il y aura une marche de protestation demain à Shaheed Minar. Pour vous et Shafaat. »

Shafaat ? La chose lui revient, à présent. Elle est en prison pour avoir écrit cet article et traité le Dictateur de criminel de guerre. L'avocat lui raconte toute l'histoire. Shafaat et Aditi ont été arrêtés eux aussi. Lui en veulent-ils, elle voudrait savoir. Il rit ouvertement parce que être arrêté, c'est exactement ce que Shafaat a toujours voulu. C'est un héros, elle lui a rendu un grand service.

Elle se cache le visage dans ses mains. Ce n'était pas à cause de Zaid qu'ils étaient venus. Tout le monde se fichait de ce petit garçon. Elle le sent à nouveau, le goût de l'eau brune.

*

Au tribunal, on lui détacha les mains et on lui demanda de prendre place à côté de son avocat. Vêtu d'une *kurta* froissée, Joy était assis au premier rang. Au cours de ces dernières semaines, Maya avait eu la sensation de se transformer en quelque chose d'inconsistant, ses poignets devenant fragiles, ses joues creuses et grises. Elle devait avoir une sale tête. Elle rencontra son regard qui l'observait, sans ciller.

Son avocat se couvrit la tête d'un casque de boucles. Le juge entra et tout le monde se leva.

« Votre Honneur, dit l'avocat, dans un anglais parfait, appris à l'étranger, je suis venu plaider la mise en liberté sous caution de Mlle Sheherezade Haque.

– Le chef d'inculpation n'autorise pas de mise en liberté sous caution », déclara le juge, s'éclaircissant la voix, comme s'il allait cracher. Évidemment que ce chef d'inculpation excluait une liberté sous caution. C'était normal.

« Votre Honneur, nous contestons le chef de trahison. Mlle Haque – s'il s'agit bien de Mlle Haque – faisait simplement usage de la liberté qui lui est garantie par la constitution du Bangladesh.

– Il ne vous a pas échappé que nous sommes sous le régime de la loi martiale, monsieur ?

– Oui, Votre Honneur, mais j'ai pris la liberté de considérer que vous répondiez à une autorité supérieure. À notre constitution démocratique. »

Le juge fit une pause, se tourna vers elle. « Et que diriez-vous, mademoiselle Haque, si vous deviez plaider vous-même ? Comme vous le savez, la trahison est un chef d'inculpation d'une extrême gravité. »

Maya retrouva sa voix. « Je ne suis pas coupable de trahison, Votre Honneur, dit-elle. Mon seul tort est d'avoir dit la vérité.

– Priver un citoyen de son droit de protester est tout à fait contraire à la loi, Votre Honneur. Comme vous le savez, cet article a surtout été écrit pour que les criminels de guerre soient jugés, et non pour offenser le Dictateur. »

Le visage du juge se contracta. « Qu'attendez-vous exactement de cette cour ? »

L'avocat leva les bras. « Le frère de Mlle Haque était un combattant de la liberté. Sa mère fut une de ces héroïnes discrètes et méconnues de la révolution. Elle-même suit la tradition familiale. Je fais simplement appel à l'idéal de justice auquel votre cour est attachée. »

Le juge parut réfléchir à cela. « Vous avez été une combattante de la liberté, mademoiselle Haque ?

– Je l'ai été et je le reste, Votre Honneur. »

Il la scruta comme pour s'assurer de la véracité de ses dires. « Nous laisserons donc à la cour le soin de décider de votre sort. La liberté sous caution est accordée, décréta-t-il d'un ton bourru. Vous êtes libre, mademoiselle Haque. »

Après l'annonce de la décision du juge, Maya jeta un coup d'œil derrière elle, en quête de Joy. Elle regarda au fond, deux, trois fois. C'était bien Sohail qui était là, les yeux baissés, de sorte qu'elle voyait le sommet de sa tête, l'épais turban qui avait remplacé sa calotte de prière. Il marmonna quelque chose puis, levant les yeux, il croisa le regard de sa sœur. Elle sentit ses jambes se dérober sous le poids du fardeau qu'elle portait en elle. « Il faut que j'y aille, dit-elle à son avocat, faites vite, s'il vous plaît. » Elle se dirigea vers Sohail, lui prit la main et dit « Zaid, l'ont-ils retrouvé ?

– Dans l'eau, samedi dernier. » Son regard était sombre, ses paupières tombantes. On le lui avait caché. Ils l'avaient enterré, avaient murmuré leurs prières.

Sa vie se résumait donc à ça. Le corps d'un garçon rejeté sur le rivage du Jamuna. Elle aurait voulu se jeter aux pieds de Sohail, implorer sa clémence, mais elle ne la méritait pas. Elle attendit qu'il la frappe. Qu'il lui ouvre la lèvre à nouveau. Sans le vouloir, elle parla à haute voix. « Je voulais juste le sauver.

– Il ne t'appartenait pas de le sauver », se contenta-t-il de répondre.

Il n'était pas à elle. Il ne l'avait jamais été. À qui appartenait-il, alors ? À ce père revêtu d'une robe qui vivait derrière un haut mur, derrière un chapelet de versets ? Il lui vint un goût d'amertume dans la bouche. « Tu l'as mis en danger, Sohail, j'ai tenté de t'en avertir.

– Qu'est-ce que tu croyais, Maya ? Que je n'allais pas le sortir de là ? »

Elle chancela. « Mais je croyais, je croyais que tu avais dit…

– J'ai dit que j'allais assurer sa sécurité. »

Il y serait allé lui-même. Il y serait allé, il aurait sauvé son fils, il l'aurait ramené. Et maintenant ils seraient dans le jardin, à sucer des fleurs du buisson d'ixora. « Alors, c'est moi… Je suis responsable de sa mort.

– Dieu seul peut choisir l'heure de la mort d'un homme », dit-il.

Elle ne le croyait pas. Elle n'était pas prête à se débarrasser de sa responsabilité et elle allait le lui dire, qu'il devait assumer – ils le devaient l'un et l'autre –, mais quelque chose remua en elle, quelque chose qui lui disait qu'elle devait accepter ce qu'il lui offrait, une façon de donner un sens à ce qui était arrivé, de lui pardonner. Et, même si elle ne voulait pas de ce pardon – non, elle ne voulait pas être pardonnée –, elle fut soulagée de ce qu'il lui ait été offert, de ce qu'un semblant de possibilité existât qu'il y ait quelque chose au-delà d'eux, au-delà de leur cœur à l'un et à l'autre. Elle se souvenait que dans le Livre, il était écrit *Oui, ceux qui sont soumis à Dieu, et celles qui lui sont soumises, les croyants et les croyantes, voilà ceux pour lesquels Dieu a préparé un pardon*[1]...

Elle osa le regarder en face. Elle aurait voulu lui demander s'il pourrait l'aimer à nouveau, mais s'en abstint. Au lieu de ça, elle lui dit « Je te crois. »

Il opina. Elle se demanda pourquoi il était venu. Pour la voir écrouée, probablement. Pour rajouter ses propres accusations à celles des autres. J'accuse ma sœur Maya ici présente des crimes suivants : de ne pas m'avoir cru lorsque je me suis tourné vers le Livre, de s'être moquée de mon allégeance à la foi, d'avoir tenté de me faire retomber dans mon ancienne vie, de m'avoir abandonné à tous les démons qui sont venus me hanter après notre guerre, après que nous avons retiré nos doigts du ciel. De ne pas m'avoir aimé. D'avoir aimé mon fils. De l'avoir tué.

Après un long moment, il déclara : « Je m'en vais. Après les quarante jours de deuil, je pars en Arabie Saoudite.

– Pour combien de temps ?

– Quelques mois, un an peut-être. »

C'était donc pour dire adieu qu'il était venu. « Et *Ammoo* ?

---

1 Le Coran, XXXIII, 35.

– Il faudra que tu t'en occupes.
– Et pour les femmes qui vivent en haut ?
– Khadija vient avec moi. »

Elle acquiesça, compréhensive. La générosité de Dieu était infinie.

Elle aurait voulu lui dire qu'elle était au courant pour l'homme qu'il avait tué, qu'elle savait que c'était ce qui l'avait amené là, ce qu'il emportait partout avec lui, un collier de culpabilité autour du cou, et que, finalement, il y avait une raison à tout cela. Mais il était trop tard pour cela, trop tard. Il ne pouvait pas y avoir de raison entre eux. Pour elle, il demeurerait une hallucination, le fantôme d'un homme qu'elle avait aimé. Et elle resterait une étrangère pour lui. Qu'il fût prêt à l'accepter sans la punir lui suffisait. « Je suis tellement désolée, *Bhaiya*. Vraiment, tellement désolée. » Elle inclina la tête, dans l'attente du poids de sa main, de sa bénédiction.

« Ce n'est pas à moi de te pardonner, dit-il. Cela ne m'appartient pas. »

Elle reviendra à ce jour-là. Elle le convoquera à tous les moments-clés de sa vie. Que se serait-il passé si. Si seulement. Sohail avait tué un homme. Il lui avait pris la vie et l'avait tué sauvagement, comme un animal. Chaque jour il entend les bruits de cet instant-là, il sent le poids du couteau dans sa main, la déchirure des chairs, l'humidité du sang sur ses doigts. Et ce sera pareil pour elle. Elle se reverra prendre le ferry, frapper à la porte de la madrasa, soulever l'enfant pour le sortir de sa cellule, le serrer dans ses bras, fermer les yeux, et elle se dira de ne pas dormir mais le sommeil viendra, et chaque fois qu'elle rouvrira les yeux il sera trop tard. Que se serait-il passé si. Si seulement.

*

Je rêve, je rêve. Nous sommes au bungalow, Sohail et moi. Cela se passe avant le Livre, avant la guerre. *Ammoo* épluche des mangues et nous attendons que le marchand de crèmes glacées fasse retentir la sonnette de son tricycle et crie esquimau, esquimau, esquimau. Nous revenons tout juste de l'université et dans ses veines court cette idée qu'il peut exister quelque chose de plus grand que sa propre vie. Pendant que je rêve, Zaid se réveille dans la nuit, il ne sait plus où il est, il sait seulement qu'on va le renvoyer à son père, qui le ramènera à la madrasa, sa vie de boomerang. Le sable est doux sur la rive du fleuve ; ses orteils se recroquevillent dans la vase. *Alif, ba, ta, sa. Je connais l'alphabet*, dit-il. Je rêve de crème glacée et de mangues. Je rêve de nous trois, ce qui est déjà formidable parce qu'on avait dit à *Ammoo* qu'elle n'arriverait jamais à nous élever toute seule Sohail et moi, et que nous voici, avec nos appétits, nos opinions politiques et le grondement des possibles qui nous rosit les joues, et où est-il, mon Zaid, il est assis sur la berge du Jamuna, trempe ses orteils dans ses eaux houleuses. Chaudes. Lui aussi rêve, ses espoirs vont vers une autre vie, de l'autre côté du fleuve, avec des rires, un vélo et la télévision à longueur de journée. Une école. De l'amour. Des barres chocolatées. L'esquimau. L'homme aux esquimaux arrive sur son triporteur à glace, notre langue s'enroule autour de ce mélange : la mangue toute chaude de l'arbre, l'après-midi retenue à l'intérieur, associée au goût de l'hiver, froide et sucrée. Mon frère est beau, tellement beau que les filles lui glissent des petits mots en classe, l'encre saignant d'impatience dans leurs mains moites. Il est sérieux et fier, et mange deux fois plus de mangues qu'*Ammoo* et moi, mais nous ne nous en offusquons pas, il a toujours été une sorte de prince dans cette maison. Privilège masculin. Zaid agace sa dent qui remue, met les doigts dans sa bouche, tire. Elle n'est pas prête à tomber ; il l'arrache de sa racine ; il a du sang dans la bouche. Il crache.

Elle a l'air d'être sa mère mais ce n'est pas sa mère. Elle le ramène à la maison. Elle lui promet qu'il n'y retournera pas, qu'elle va parler à son père. Mais que va-t-elle lui dire ? *Je lui ai déjà dit.* Au début il se penche dans l'eau, imite un oiseau plongeur avec ses mains, se rince la bouche. L'eau est aussi aigre que le sang. L'autre rive, l'autre rive. Où les dents ne pourrissent pas et où personne ne va lui maintenir les poignets. Des crèmes glacées et des mangues. De la mélasse. Saigner le dattier pour boire sa sève. Elle n'est pas loin cette rive, se dit-il. Huit cents mètres tout au plus. Son père gagnera toujours. On l'y renverra. Il n'y retournera pas. Ah ça non ! Elle n'est pas loin cette rive. J'arriverai à retenir ma respiration tout ce temps-là. Il fait basculer son corps, moins une dent, et l'eau le recouvre. J'arriverai à retenir ma respiration tout ce temps-là.

ÉPILOGUE

1992

C'est une journée parfaite. Encore un petit air hivernal dans les arbres, une lumière pâle, qui scintille. L'estrade est habillée d'un tissu rouge et vert et, au milieu de la scène, il y a un petit box carré posé sur une plateforme surélevée. Le box des témoins.

Suhrawardy Field sera bientôt noir de visages. L'un après l'autre ils monteront sur la scène. L'un après l'autre, ils commenceront à raconter l'histoire. Ali Ahmed, Shahjahan Sultan, Jahanara Imam. Ils parleront de la guerre, des enfants et des camarades qu'ils ont perdus. De ce qu'ils ont vu et de ce qu'ils ont fait. Ils prononceront ces mots qu'ils n'ont prononcés que pour eux-mêmes pendant toutes ces années.

La fille de Maya, Zubaida, âgée de cinq ans, lui tiendra la main tout au long des interventions qui se poursuivront l'après-midi. Elles en auront les mains moites, mais resteront cramponnées l'une à l'autre, doigts entrelacés. « *Ammoo*, murmurera-t-elle, est-ce qu'ils vont pendre Ghulam Azam maintenant ?

– Pas encore, *beta*. Il va d'abord être jugé. »

Quand Jahanara Imam se lèvera pour raconter son histoire, Maya cherchera *Ammoo* dans la foule. Elle ne la verra pas – il y a bien trop de monde – mais elle sait que sa mère sera là. Elle a promis. L'assistance écoutera, rendant le silence moins pesant par des approbations et des applaudissements, redemandant encore et encore à entendre que Jahanara avait envoyé son fils adolescent au front. Que c'était son devoir de mère.

Puis c'est le moment.

Une femme se lève. Elle s'avance vers l'estrade, regardant droit, loin devant elle. Tout est silencieux, hormis le bruissement des arbres. Un cadeau de l'assistance, comme si elle retenait son souffle pour elle.

Elle a gagné en majesté avec les années. Elle a pris un peu de poids mais elle est toujours belle. Un jeune homme l'accompagne jusqu'à l'estrade, la tenant par le coude.

Un petit signe de la tête, puis Maya commence. « Voulez-vous nous dire votre nom.

– Piya Islam.

– Dites-nous pourquoi vous êtes ici madame Islam. »

Elle sourit : « Mademoiselle. »

Rires approbateurs de l'assistance.

« Mademoiselle Islam, dites-nous pourquoi vous êtes ici aujourd'hui.

– J'ai été capturée par l'armée pakistanaise le 26 juillet 1971. Ils ont fait un raid sur mon village ; quelqu'un leur avait dit que nous cachions des partisans. Mon père a été tué. » Elle s'interrompt, s'éclaircit la voix. Le jeune homme lui tend un verre d'eau. Elle boit.

« On m'a mise dans un camion. La fille de nos voisins était avec moi ; elle n'avait que quatorze ans. Elle a pleuré et vomi dans le camion.

« Nous étions enchaînées au mur. Quelqu'un avait été là avant nous – on a vu son nom gravé dans le mur. Elle s'était pendue, alors ils nous ont rasé la tête et pris nos saris.

– Pouvez-vous nous dire combien ils étaient ?

– Vingt, trente. Ils prenaient leur tour. Après la mort de l'autre fille, il n'y avait plus que moi.

– Et combien de temps êtes-vous restée en captivité, mademoiselle Islam ?

– Jusqu'à la fin de la guerre.

– Merci, mademoiselle Islam. Y a-t-il quelque chose que vous voudriez ajouter ?

– Oui. » Elle se tourna vers le jeune homme. « Voici mon fils. Il s'appelle Sohail. Je lui ai donné le nom de l'homme qui m'a sortie de là. L'homme qui m'a sauvé la vie. »

Piya redescend du box des témoins. Maya va vers elle et, devant tous ces gens, ceux qui sont venus témoigner et ceux qui sont venus raconter leur histoire, elles s'embrassent. Tout ce qui est bon dans son frère, tout ce qui est bon en elle, est ici, en ce lieu, dans cette femme qui a donné son nom à son fils, dans cette petite fille qui tient son nom du fils de son frère. Zaid. Zubaida. Un nom arrimé à un autre. Chaque fois que sa fille rit, avec la joie, le miracle de bonheur qui s'en dégage, l'empreinte d'une souffrance est toujours là, associée au souvenir d'un petit polyglotte, voleur et requin au jeu. Il lui manque. Tous les jours, il lui manque. Zaid et Sohail. Elle le sent ici, sous les côtes, tout près de son cœur battant.

Et aux tempes, aussi, et chaque fois qu'elle fermera les yeux, qu'elle verra l'image de ce qu'est devenu Sohail, sachant qu'ils n'iront jamais au cinéma, ne se mettront jamais à table avec *Ammoo*, ne partageront ni une blague, ni un livre (il ne peut y en avoir qu'Un, il ne peut y en avoir qu'Un), son cœur se brisera. Mais la blessure, dans l'histoire de son frère, la blessure inguérissable, elle la reconnaît désormais, car c'est aussi la sienne. Et le sachant, elle ne peut plus le vouloir différent.

REMERCIEMENTS

Tout d'abord, je voudrais remercier mes parents, Shaheen et Mahfuz Anam, d'avoir toujours été à mes côtés lors des hauts et des bas de ma vie d'écrivain. Ils me rappellent constamment ce qui est en jeu lorsque j'écris ; ils m'ont enseigné par l'exemple, par leur engagement, leur intégrité, toute une vie au service des autres. Ma gratitude à leur égard est infinie. Je remercie ma sœur et grande amie, Shaveena, qui apporte son amour, son humour et sa sérénité à tous les moments que nous passons ensemble. Et surtout, d'avoir très tôt lu ce livre avec tout le discernement dont elle est capable. Ma grand-mère, Musleha Islam, continue d'être pour moi une source d'inspiration. J'aimerais également remercier tous les Farouq/Faruk Islam de m'avoir inspirée pour décrire les événements de notre histoire commune.

Sarah Chalfant est mon agent, mais aussi une âme sœur et un ange gardien. Elle me permet d'effectuer mon travail avec tout le sérieux nécessaire. Je lui en rends grâce, du fond du cœur.

Terry Karten est le genre de femme que tout écrivain rêve de rencontrer. Je n'oublierai jamais cette longue après-midi, peu de temps après que j'ai achevé un premier jet du livre, où nous avons eu une conversation qui a embrassé ce qui m'a paru être un vaste univers de sujets, tous plus ou moins reliés à ce roman. Son discernement et sa grande sensibilité ont contribué à enrichir une bonne partie de ce roman. Puisse notre dialogue se prolonger durablement.

Ce livre m'a permis de retrouver Anya Serota. Comme éditrice, ses intuitions, sorte de touche magique, m'ont été particulièrement précieuses. Comme amie chère à mon cœur, elle est fidèle, généreuse, c'est un rayon de soleil. J'ai énormément de chance qu'elle soit l'une et l'autre pour moi.

Je suis très reconnaissante à Jamie Byng de l'enthousiasme que lui-même et ses collègues de Cannongate ont manifesté à l'égard de cet ouvrage. Je n'aurais pas pu imaginer de meilleure maison d'édition pour ce livre.

J'ai la chance d'avoir une arme secrète, dans mon arsenal d'écrivain : je veux parler de Donna Poppy. Merci, Donna, de m'avoir sauvée de moi-même.

Ma reconnaissance va aussi à Charles Buchan et toute l'équipe de l'agence Wylie pour avoir diffusé mon travail aux quatre coins du monde. Un grand merci en particulier à Elisabetta Migliavada et à mes amis de chez Garzanti qui m'ont donné le sentiment d'être chez moi en Italie. Merci également à Meru Gokhale pour son enthousiasme et ses avis éclairés à un stade particulièrement crucial du processus.

C'est à mes amis que je dois d'avoir gardé un bon moral, malgré les longues heures passées seule à ma table de travail. Je dois beaucoup à Joe Treasure en particulier, que je ne pourrais jamais assez remercier pour toutes ces années d'amitié et de collaboration artistique. Mes remerciements aussi à Alice Albinia, Kamila Shamsie, Leesa Gazi, Priya Basil, Sohini Alam, Sona Bari, Eeshita Azad et Tash Aw.

Alors que je terminais l'écriture de ce livre, je me suis fiancée avec l'homme le plus merveilleux qui soit. Il a été là, chaque jour, à me dire son amour durant tout le processus d'écriture ; il m'encourageait à travailler encore plus dur, à reculer les limites de ma volonté et de mes capacités, me demandant d'être toujours plus exigeante, dans la vie comme dans l'art. Pour tout cela et bien plus encore – ce livre est pour toi, Roli.

Dépôt légal : septembre 2012
IMPRIMÉ EN FRANCE

Achevé d'imprimer le 31 août 2012
sur les presses de l'imprimerie « La Source d'Or »
63039 Clermont-Ferrand
Imprimeur n° 16066

PEFC/10-31-2008

Dans le cadre de sa politique de développement durable,
La Source d'Or a été référencée IMPRIM'VERT®
par son organisme consulaire de tutelle.
Cet ouvrage est imprimé - pour l'intérieur -
sur papier bouffant "Munken Print Cream" 70 g, main de 1,5,
provenant de la gestion durable des forêts,
des papeteries Arctic Paper, dont les usines ont obtenu
les certifications environnementales ISO 14001 et E.M.A.S.